回到中國歷史現場

那时明月

㊤

关山远 著

广西教育出版社
南宁

图书在版编目（CIP）数据

那时明月 / 关山远著. -- 南宁 ：广西教育出版社，2021.3（2021.6 重印）
（回到中国历史现场）
ISBN 978-7-5435-8925-4

Ⅰ. ①那… Ⅱ. ①关… Ⅲ. ①随笔-作品集-中国-当代 Ⅳ. ①I267.1

中国版本图书馆 CIP 数据核字(2021)第 041647 号

策划编辑：黄红杰　王飞峙　孙华明
责任编辑：孙华明
责任校对：陆嫣澄　刘汉明
封面设计：王　媚
内文设计：今亮后声
责任技编：蒋　媛

出 版 人：石立民
出版发行：广西教育出版社
地　　址：广西南宁市鲤湾路 8 号　邮政编码：530022
电　　话：0771-5865797
本社网址：http://www.gxeph.com
电子信箱：gxeph@vip.163.com
印　　刷：天津奥丰特印刷有限公司
开　　本：880mm×1230mm　1/32
印　　张：11.5
字　　数：270 千字
版　　次：2021 年 3 月第 1 版
印　　次：2021 年 6 月第 2 次印刷
书　　号：ISBN 978-7-5435-8925-4
定　　价：58.00 元（全两册）

自序
我们和我们的历史

2009 到 2019 年，我给《新华每日电讯》每周五的副刊《草地周刊》写读史专栏，整整十年，每周一篇，几未间断。这篇自序，算是十年写作的一个小结。此文写得断断续续，动笔时正值 2020 年艰难的春天，完成时又逢北京控制疫情、南方暴雨成灾，而世界日甚喧哗与骚动，充满了不确定性。

2020 年刚刚过半，却真正让人感悟到何为“百年未有之大变局”，回想此前岁月，甚至有何等平淡无奇之感慨，我们从未如此真实地拥有“历史感”。从这个意义而言，此文也算“应运而生”。

故　事

我并非职业的专栏作家，平时工作繁忙，经常要出差。《草地周刊》每周三晚上截稿，我是一个让编辑很崩溃的作者，基本上都是拖到每周三晚上开始写稿。晚餐后开始动笔，很多时候要写到凌晨两三点，我常对编辑说：“你睡吧，明天一早就能看到稿子了。”我在飞机、高铁上写过，在休假旅游途中写过，在一场大醉后写过，偶尔还用手机写过，逐字揿出六七千字的长文。新冠疫情暴发后，时间被迫缓下来了，不再熬夜写专栏，但每到周三晚上，我总有些怅然若失，睡不着觉，背后似乎有只手推着，想去打开笔记本电脑。

不止一人跟我讲过：关老师，每篇都是六七千字，干吗要写这么长呢？多累！确实累。现在网络流行的写法是长诗式，一行一句，把当年武侠小说作家古龙以尽可能少的字数来撑完一页纸的狡猾手法发挥到了极致。就此而言，我是一种古典的厚道。我的回复是：按字数算稿费的啊。对方无不大笑。稿费很重要，至少在心理层面——“北漂”伊始，我的房租就来自每周专栏的稿费，颇感自豪，但是当房东顺应大势毅然提价后，这笔稿费就不足以支付每月房租了。稿费确实不高，我还在每周吭哧吭哧地写，就不是单纯为了稿费了。那又是为了什么呢？一是逼自己多读点书，二是让读者每周能通过我的文章有一次深度阅读。

第一点容易做到。我曾经有过良好的阅读习惯，用我妈妈的话来说，走到哪里，手里都拿着一本书。她深感自豪。如今她老人家很伤心：儿子走到哪里，手里都拿着一个手机了。我妈妈学历不高，她不知道尼葛洛庞帝，不知道移动传播，不知道算法。在她朴素的认知里，万般皆下品，唯有读书高。我得继续保持读书的好习惯。毕竟，每周写一篇专栏，每篇六七千字，不读点书，是比较吃力的。

第二点就比较难了。中国人历来信奉“己所不欲，勿施于人”，但是“己所欲”而“施于人”，在当今也是容易招致反感的。虽然中国读书人一直努力在践行对己“明德”、对人“新民”的“大学之道”，但是在今天的互联网环境下，中国人尤其是年轻人最反感的就是说教，不过大家对故事是不抗拒的。每篇六七千字，能够完整地讲一个故事了。六七千字，大约15分钟读完，我的愿望是：读完后，读者能够若有所思，或者再读一遍。这个时间，大约半小时。每周能有这么一次，足矣。

中国的历史，有多少故事值得后人去讲！这套丛书名为《回到中国历史现场》，我试图在几千年的中国历史中找到一个片段，可以是一个故事，可以是一个人物，也可以是一段思考，还可以是一种情绪，将其置于一个充满戏剧张力的场景中，有矛盾，有冲突，有悬念，读罢让人若有所思，最后有些收获。

基于信史，阐释历史，讲述故事，非常重要。英国哲学家科林伍德有句名言：“一切历史都是思想史，是历史学家心灵中重演过去的思想。”但这句话必须要有一个前提：信史。历史不是主观认定的，它必须有确凿的根据。力求真实地反映和再现历史，是史学家最为基本的学术道德准则。我不是一个专业的历史研究者，不做历史考据，也不写历史小说，更不戏说历史，最为反感的是那种精心预设一个子虚乌有的“历史标靶”，然后集中火力攻击，并以此来进行证明或否定。此种手法，有时很讨巧，但终非正道。

近年有种似是而非的观点，认为所谓爱国主义之类的宏大叙事都是不可信的，只有个体叙事才是真实的，甚至有人试图以所谓个人叙事、小叙事去解构宏大叙事。唯物史观认为：历史细节的真实，不等于历史事实的真实。因为历史细节纷繁复杂、有轻有重，并不是所有细节都有助于弄清真相，有些细节还可能掩盖真相。比如，我们不能因为慈禧太后纠正了“杨乃武与小白菜”的冤案，就认定她是一代明君。对历史事实的阐释，应当重视的是那些重大的、具有决定性意义的细节。

因此，我一方面在史料中努力选取重大的、具有决定性意义的细节，让人读懂个人与家国发展至今的内在逻辑；另一方面，努力提高自己“讲故事”的能力，注重鲜活与真实的融合。

“讲故事”的能力很重要。《人类简史》的作者赫拉利甚至说，史前时代，智人获得了最终的成功，就在于“会讲故事”。人和人之间的合作，不需要彼此熟悉，只需要认同同一个故事即可。这些故事可以是同一套法律规则，同一种宗教信仰。当然，赫拉利所说的是广义的“讲故事”。但我理想中的历史故事，也是如此境界，即共识之构建，重点在于对历史的共识。好的历史故事，不是告诉读者一些历史细节，比如慈禧太后每顿饭都吃些什么，也并非教人如何从纷纷扰扰的历史中学习生存之道，而是努力告诉读者：我为什么会这样？我们为什么会这样？中国人为什么会这样？

哪个人的身上不带着历史的烙印？科幻小说《沙丘》中，生活在沙漠深处的弗雷曼人有极具仪式感的穴地狂欢，喝下沙虫的生命之水，得以抹掉回忆、忘记历史。但这只是科幻小说。恩格斯说过：“历史就是我们的一切。”历史是一个民族、一个国家形成发展和盛衰兴亡的真实记录。一个人的身体发肤，来自父母，传承着父母的基因。但这个人的精神和思想中，却流淌着历史的基因。只有我们读懂了中国历史，尤其是自1840年以来的近现代史，才会明白：为什么有那么多仁人志士，又有那么多汉奸败类；为什么有人基于中国的历史对未来充满信心，而有些人却鼓吹历史虚无主义，甚至歪曲、抹黑历史，无所不用其极；为什么很多人充满自信，“此生无悔入华夏，来世还生种花（种花，谐音中华）家”，而有些人却恨父母没给自己生一副白皮囊……

我们都背负着历史往前走。在路上，共识很重要，共识也很难得。讲好历史故事，构建国人共识，正是我辈的使命。

损 益

十年读史，读出的是对中国文化的自信。

从古至今，中国读书人的读书大境界不是升官发财，而是“美其身”。乡贤唐浩明先生以研究曾国藩著称，我曾上门请教曾国藩修身之道对今人的意义。唐先生说：“曾国藩一直走在成为圣贤的路上。”

汲取营养，摒弃糟粕，让自己变得更好——这是中国历史的魅力与生命力所在，也就是孔子所言的“损益”（《论语·为政》）二字。“损益”意即传承之道，对于上一朝代，不是完全颠覆，也不是萧规曹随、全盘照搬，而是有继承有发展，去其糟粕，留其精华。

“损益”是一个动态的过程，对于中华文明至关重要。众所周知，古代四大文明中唯一延续至今的，是中华文明。相比于人类文明重要的起源地——西亚两河流域、地中海与印度，战争与征服频频带来文明更迭（今天的印度早就不是当年唐僧西游取经的那个印度了），中华文明更多的是一种“孤独的成长”，这一格局一直延续到 1840 年第一次鸦片战争才被打破。

“孤独的成长”，并不是静止的，因为有“损益”。在漫长的历史中，中国历史文化的核心并没有发生根本变化，确保了中华文明的延续性，与此同时，中华文明因不断地大浪淘沙、自我调适，具有高度的生命力。

今天所说的中国、中国人，其实是一个复杂的范畴。它既包括5000年灿烂文明，也有近代史开启以来100余年的屈辱与抗争，还有新中国建立后的社会主义建设的探索与实践，还有改革开放40余年的积累……我们无法以某一段历史来限定中国、中国人，甚至不能以简单的时间递进来概括。它有5000年文明的基因，有革命年代、社会主义建设年代打上的烙印，也有不断学习外国文化，尤其是对西方文化的批判和吸收。那种僵化的“非黑即白”式的思维，是无法真正理解当今中国和中国人的。

事实上，人类的历史也是一个“损益”的过程。人类有过那么多至暗时刻：奴隶制的罪恶、奥斯威辛集中营、南京大屠杀……回首历史，人们总是痛惜美好被毁灭，并努力阻止这种毁灭，这就是人类进步的意义。让自己变得更好，是自身努力的过程，也是学习他人的过程，“各美其美，美人之美”的过程。

这个过程是动态的，人类向上向善向美向好之心，是人类相信未来的最大动力。这个过程有时也是曲折的，甚至还可能在一定时期后退。傲慢与偏见是人类的大敌，但历史螺旋上升，此消彼长，处于不同文明之中的人们，都在追求一个更好的未来。历史不可能终结，福山自己也承认了“历史终结论”的错误。不同的文明有不同的产生环境，也选择了不同的发展道路，“美美与共，世界大同”才是人类文明理想境界。

我们从“损益”的角度来看待中国历史，自信无疑会油然而生。譬如今天谈儒家，有人往往嗤之以鼻，以为要“复古”，但是，儒学一直处于消化、吸纳外来思想后不断前行的动态之中。汉儒融入了道，宋儒吸纳了佛，今天的儒学更是消化、吸取了众多外来思想，儒学内部也在不断反思、检讨、演变，剔除了其中落后的部分。从北宋的二程、张载，到南宋的朱熹、陆九渊，再到明中期的王阳明，儒学一直在变化，及至明末清初，大思想家王船山痛定思痛，基于问题导向，对儒家与时代的不适应进行了系统性的批判。他批判过朱熹、王阳明、司马迁，甚至还有孔子。他提出“理势合一”的历史观，痛斥“复古论历史观”“循环论历史观”，认为历史是发展变化的，不是“今不如昔”，要回到过去，也不是一段时期就简单循环一次，而是“新故相推，日生不滞”。

王船山先生是我老家湖南衡阳先贤。衡阳县有乡野名菜“夫子肉”和“夫子辣椒”，后来我才知道源于王船山（船山先生本名“王夫之”）。他逃避清廷追捕，隐居于尚未开化之穷乡僻壤，思考著述之余，利用当地食材发明了这两道美味。但王船山对衡阳乃至湖南的贡献，又岂止这两道菜？船山精神是以求实、创新为内核的湖湘文化的一个源头，曾国藩、胡林翼、郭嵩焘、谭嗣同、梁启超、黄兴、章炳麟、杨昌济、毛泽东等名人固然均不同程度受过他的影响，就连没读过几天书的衡阳乡民也不尚空谈，埋头苦干。

船山思想的传播过程，堪称“中国文化自信”的经典诠释。生前，船山先生的著作主要在其亲族好友中小范围传播。作为终其一生不向清朝低头的“硬骨头”，他自言 200 年之后才会有人知道他。但是不用等到 200 年，船山先生逝世 150 年后，“湘学复兴之导师”（梁启超语）邓显鹤发现了《船山遗书》，欣喜若狂，刊布了船山先生著作 18 种，共 150 卷。湖湘学子开始深受影响，其中包括曾国藩。曾国藩祖籍衡阳，妻子欧阳氏是衡阳人，他少年时代亦在衡阳石鼓书院（王船山曾任此书院教职）念过书，奉旨搞团练后，从长沙负气出走，来到衡阳操练湘军及水师，由此腾飞。就是在衡阳练兵时，曾国藩立下承诺：平定太平天国后，校勘刻印《船山先生全集》。攻克南京一年后，1865 年，曾国藩、曾国荃兄弟在此大量刊行《船山遗书》刻本，计 57 种 258 卷，船山先生重要著作基本纳入此丛书，曾国藩作序。从此，天下皆知王船山。1914 年，长沙成立了船山学社，时常举行讲座，其中一个认真的听众就是青年毛泽东。新中国成立后，毛泽东曾为船山学社题额。他如是评价：西方有个黑格尔，东方有个王船山。

可以说，晚清以来，处于忧患之中的中国知识分子，无论是自我修炼还是寻求“变法”，无论是推翻清王朝还是抵抗日本入侵，都能从王船山的著述中汲取营养，都能从中找到批判的武器。

值得一提的是，曾氏兄弟当初刊印《船山遗书》时，还是冒着一定风险的；20 世纪 90 年代初，衡阳人唐浩明推出长篇小说《曾国藩》，让读者看到了一个与此前语境中完全不同的曾国藩，也是冒着一定风险的。有意思的是：唐家的祖先曾经办了一个私塾，请了名塾师汪觉庵，后来汪觉庵成为曾国藩的恩师，而汪觉庵的小女儿还嫁给了王船山七世孙王世全的第四子。

这是中国一代代读书人基于文化自信而自觉传承的担当，更是中国优秀文化的生命力！

中　庸

与“损益”一样，“中庸”也是理解中国历史的关键词。

有人常把“中庸”视为圆滑，大谬矣！“中庸”，朱熹注为“不偏不倚、无过无及”，是儒学推崇通过“至诚”而达到的道德行为的最高标准。照我的理解，“中庸”是寻找平衡点的哲学，这个点往往并非对称点，可能是黄金分割点，也可能是体育比赛的“赛点”；这个点还是时常变换的，寻找这个点并不容易，有时需要斗争，甚至可能会矫枉过正。但一旦把握到了这个点，就抓住了主要矛盾和矛盾的主要方面，从而使矛盾不致恶化，避免局势失控，进入均衡状态。但这种均衡状态也不是恒久不变的，所以读历史常有惊心动魄之感，国家、民族如同在时间的惊涛骇浪之上走钢丝，于动荡中寻找平衡。

中国人很早就认识到：不变的，就是变。中国古代哲学认为宇宙中充塞着“气”，“天地间只有一气充周，生人生物”（黄宗羲语），而“气”是处于不断的运动变化之中，也让天地万物相互关联，“生生日新”。主宰这一切的不是上帝，“所谓主宰者，即是理也”（朱熹语）。因此，人对“理”或“天理”或“道”的追求，就能达到追求整体和谐的目的，“致中和，天地位焉，万物育焉”（《中庸》），“阴阳合和而万物生”，最终达到“天人合一”“天人相通”的境界。

今天看来，这确实是中国先贤苦苦探索天地造化规律的智慧结晶。更重要的启示是“人本主义”在中国早有萌芽。人本主义、人本精神是中国文化的一个核心，早在西周时期，中国人就意识到自己与“天”的关系，是“法天”“以天为则”，把“天”作为学习的一个榜样（这正是孔子迷恋西周的原因），而不是匍匐在“神”的脚下做奴隶。“天人合一”“天人相通”的境界，让人能够拥有与天、地一样平等的地位。如何走到这一步？靠人的自我德行提升。中国精神的精髓，就蕴藏在两句古语中：“天行健，君子以自强不息”，“地势坤，君子以厚德载物”。

“中庸”不仅仅是中国人的方法论，更是价值观，甚至可以视为折射中国文化包容性的一种善意设计，让人平衡心灵、不走极端。譬如儒道释，往往三者一体，趋于平衡，让人得意时不忘形，失意时不绝望，能入世也能出世，给了中国传统文人多少生存的智慧，更让苏轼这样的人成为中国人优雅人格的典范！唐浩明先生治有一印，印缺了一角，正是他推崇的曾国藩“守阙”之道。真正得道之君子，要安于有缺陷的生存状态，如曾氏所言：“平日最好昔人‘花未全开月未圆’七字，以为惜福之道、保泰之法莫精于此。”在曾国藩眼里，“花好月圆”，不是最佳状态，最佳状态是花尚未全开、月尚未全圆的时候。大智慧！

上述的“天”是崇高的、善意的，但中国古人也深知，有时“天地不仁”、天意难测，这个时候怎么办？“中庸”之道，教出的确实不是迂腐的精致利己主义的孱弱儒生，而是为“道”“理”可以殉道的霹雳书生。孟子说“虽千万人，吾往矣”，天地将倾，如果没人挺身而出，那只会顺势往一边倒。挺身而出者很清楚，以孤勇之躯又哪能力挽狂澜于既倒？但还是挺身而出了，他们是悲剧英雄，但他们的牺牲并非没有价值，他们是确保中国精气神千年赓续的守护者。历史的天平正因为有他们存在，才不会一头坠向暗黑深处。孤勇者的传承更让人感动。有古人将于谦、史可法视为南宋文天祥再世，这就是历史基因的传承！读抗战史淞沪会战一段，装备低劣的中国海军派出两艘排水量仅 10 吨的鱼雷艇，出发主动攻击日军旗舰——排水量近万吨的重型巡洋舰“出云号”，这两艘鱼雷艇一艘名“史可法 102 号”，一艘名“文天祥 171 号”，读到此处，怎能不热泪长流……

我在《回到中国历史现场》中写了很多先贤，从孔子、墨子到苏轼、辛弃疾，再到王船山、谭嗣同……我在故纸堆里寻找他们的故事，仿佛也在与他们进行跨越时空的对话，感受他们伟大的人格力量。世界从来不是按照理想模式运行的，但永远有人为了理想而奋不顾身。罗曼·罗兰在《米开朗琪罗传》有一句话被引用滥了：“世上只有一种真正的英雄主义，那就是在认清了生活的真相后，依然热爱生活。”相对应的，中国思想家李泽厚先生在《中国哲学如何登场？》中有同样表述，但更让中国人“心有戚戚焉”：

佛知空而执空，道知空而戏空，儒知空却执有，一无所靠而奋力自强。深知人生的荒凉、虚幻、谬误却珍惜此生，投入世界，让情感本体使虚无消失，所以虽心空万物却执着顽强，洒脱空灵却进退有度。修身齐家，正心诚意，努力取得超越时间的心灵境界……

为这段话，当浮一大白！

长　征

中国共产党的历史上，有太多这样壮烈的“殉道者”，他们殉的“道”，是共产主义理想。

人们习惯说“中国共产党员是用特殊材料制成的”，确实，在中国以往的历史中，可以依稀找到类似的为了理想信念赴汤蹈火的先贤影子，但找不到像中国共产党这样一个群体，他们把价值观与方法论、理想与纪律进行融合，更重要的是，没有自己的特殊利益，这使中国共产党拥有了区别于人类历史上一切其他党派的独特属性。

读懂了中国共产党的历史，才会读懂中国的近现代史；同样，读懂了中国的近现代史，才会读懂中国共产党的历史。

1944 年夏天，中国守军与日寇在衡阳有一场惨烈的大战。我父亲当年二十出头，曾被日军征去当挑夫，后来伺机逃脱。衡阳保卫战，被誉为东方的斯大林格勒保卫战。但是，衡阳保卫战注定不是斯大林格勒保卫战。斯大林格勒保卫战历时半年。德军突入了城区，占领了市中心，继而占领了整座城市 80%的地区。苏联红军一度岌岌可危，但硬撑着没有崩溃。最后崩溃的是德军，严寒降临，他们被增援的苏联红军“包了饺子”，此役最终成为第二次世界大战东部战线的转折点。但是在衡阳，在中日双方都快支撑不下去的时候，始终没有等来援军的衡阳守军最终被迫投降了。后人无法指责衡阳守军，他们尽力了，他们也赢得了对手的尊重，但这毕竟是留给历史的最大遗憾。多遗憾啊，衡阳守军都听到了遥远的枪炮声，如果援军能打进来，崩溃的就是日军，但历史又哪能假设……抗战期间，中国军队确实找不到几场酣畅淋漓的胜利。这是历史注定的遗憾——那个时代的中国，虽竭尽全力，仍身不由己。

这种无力感弥漫在1840年以来的中国历史中，有些人甚至已习惯了跪姿，把他搀起来，他双腿发抖，忍不住还想继续跪下去，直到抗美援朝几场对外敌酣畅淋漓的胜利之后——1950年冬天，在朝鲜半岛的长津湖，美军号称最能打的精锐部队被中国人民志愿军打残了，清长大捷的消息传来，不仅美国人震惊了，100年来就没有正眼看过中国人的日本人也受到了巨大的震撼。一个国家靠什么赢得尊重？实力。这才是世界的真相。中国文化历来强调和谐大于冲突，信奉“国虽大，好战必亡”，但是，没有实力守护和平的时候却去奢望和平，就是莫大的悲剧。

中国共产党给中国带来了翻天覆地的变化，最明显的就是这股在20世纪50年代注入的“精神国力”。这种强大的力量，是中共在无穷的苦难中磨砺出来的。

前些年，趁公干出差或休假旅游，我断断续续走完了长征路。2011年夏天，我们驱车翻越夹金山，这也是当年红军长征途中翻越的第一座大雪山。山路盘旋，海拔渐高，车到山顶王母寨，大雾弥漫，几步之外的山路林石皆隐没不见。山顶氧气稀薄，我们走得很慢，轻声说话，突然间，大雾中现出一座碑来，“红军长征翻越夹金山王母寨纪念碑”，碑前有香，青烟袅袅。跟山下宝兴县城青衣江畔的长征纪念碑相比，这座碑低矮且简陋，但于沉沉雾中蓦然显现时，扑面而来的历史感，真切且深刻。

在长征路上，我一直在思考一个问题：中国共产党与国民党同样诞生于中国内忧外患之际，同样有救国救民的初心，甚至连党的组织形态都同样“以俄为师”，堪称“一根藤上结出的两个瓜”，但为什么却在历史中走向了两个方向？除了信仰、理想、纪律、政治建设、群众关系等因素，国民党还缺少了一场苦难的长征。

读懂了中国共产党在历史上遭遇过的一次次苦难，才会理解她的一切：不会屈服于外力压迫的“硬骨头”，独立自主的强烈愿望，自我纠错能力，对纪律的严格要求，“理想信念大于天”的忠诚……

很多人误以为，长征之后，中共和红军就安全了，但鲜为人知的是，西安事变爆发前的1936年年底，中共和红军已山穷水尽，濒临绝境。一方面，陕北地瘠民贫，难以支撑一支大军；另一方面，红军寻求战略空间的努力严重受挫，西渡黄河失败，西路军损失殆尽。虽然红军当时已与张学良的东北军、杨虎城的西北军秘密结成三位一体，也在与国民党秘密谈判，但蒋介石手握一手好牌，自然想赢光对手。他逼迫张学良给疲惫不堪的红军补上最后一枪，你不开枪，就调走，换嫡系部队上来。张学良左支右绌。红军局势日急，甚至计划再来一次长征——分路突围转战内地，经山西、河南、陕南，一年之后再打回到陕北或甘北。此行将途经国民党中央军势力范围，可以想象，这将远比此前的长征更艰难，红军和大批干部能否还保持下来，都将成问题。恰恰此时，西安事变爆发了。

这是历史对中共的眷顾吗？“运气”无法解释，更多是历史的必然：长征后期，面对国内国际局势，中共进行了重大战略转变，由“武装保卫苏联”转为建立抗日民族统一战线，不但促成了全面抗战局面的形成，也极大地改变了中国共产党自身的处境和形象。在外部因素中，张学良的转变至为关键。这个身负家恨国仇的军阀，在与红军秘密谈判时突然提出加入中国共产党的要求（见谢春涛主编《入党：40个人的信仰选择》）。当时中共中央同意，但由于共产国际的反对，张学良没能入党。张学良要求入党是一时冲动吗？探寻风雷激荡下的人物内心，确实是一场生动的历史课。张学良在晚年的口述历史中说道："可以说我就是共产党……不但同情他们，我拥护他们，这是真正我（的）内心。"

为什么逆境中苦苦求存的共产党能够绝处逢生、绝地反击，而手握一手好牌的国民党，却把牌打得稀烂？答案，可以写成皇皇巨著，也可以很简单：

从诞生之日起，中国共产党就不是一个利益集团，而是因为共同的价值观才走到了一起。还可以说，中国共产党一直在路上，新的长征，新的磨砺，从未停歇。

融　生

历史会重演吗？

这是很多人喜欢问的问题。我总是回答："人不能两次踏进同一条河流"，时过境迁，一切都在变化。相比于"人类从历史中学到的唯一教训，就是人类无法从历史中学到任何教训"这句广为人知的名言，美国史学家约翰·托兰在《日本帝国衰亡史：1936—1945》序言中的一句话，或许更精辟："历史不会简单地给人以教训，只有人类本性的再现，而不是历史的重演。"

用发展的眼光来看待历史、研究历史、书写历史，非常重要。例如，不能在今天一说儒学，就强调"半部《论语》治天下"，一部《论语》在当前是无法实现国家治理体系与治理能力现代化的。当代中国，经过70余年的社会主义建设、40余年的改革开放，经历了工业体系的建设、市场经济的洗礼，从世界看，从历史看，均无法套用任何一种模式：不是简单延续中国历史文化的母版，不是简单套用马克思主义经典作家设想的模板，不是其他社会主义国家实践的再版，也不是西方现代化道路的翻版。

没有一套现成的理论可以解释今天的中国，同样，也没有一套现成的理论，可以解释今天的世界。跨入 21 世纪第三个十年的人类，正亟待突破一个瓶颈：人文社科与自然科技同样在低迷徘徊。

譬如，2020 年，世人最大的疑问应该是：以“上帝的选民”自诩的美国怎么了？

以往理论，无法解释。

旅美一甲子的历史学家许倬云先生倒是提供了一个新的视角：美国信仰淡薄，个人主义沦于自私，“在城市之中，芸芸众生熙来攘往，满街是人，却都是社会学家所谓寂寞的人群”。

许倬云先生提及的“寂寞的人群”，堪称一针见血。当今世界，“人”的问题愈发凸显，战争、饥饿、贫富分化、大国霸凌、传染疾病等老问题尚未解决，新的问题又接踵而来：科技发展带来的人际关系的疏离，虚拟世界对现实世界的侵蚀，反智主义与技术迷信同样盛行……人类上一轮解放还没彻底完成，又面临第二轮解放。

真的有“上帝的选民”吗？在当今世界，历史青睐的，是真正用心去解决“人”的问题的大智慧者。“人”，不是乌合之众，也不仅仅是一张张“选票”，而是一个个有尊严、有价值、正在创造历史的真实的人。

此时再读马克思在《资本论》中提出的“自由人联合体”，似乎听到了激荡至今的历史风雷之声。马克思、恩格斯在创立唯物史观过程中就确立了以人的发展为核心的价值取向，《共产党宣言》大气磅礴地预测了未来理想的社会形式："将是这样一个联合体，在那里，每个人的自由发展是一切人的自由发展的条件。"在《资本论》中，马克思更是力透纸背地写道：要建立"一个更高级的、以每一个个人的全面而自由的发展为基本原则的社会形式"。

生而为人，既脆弱又高贵。"自由人联合体"，蕴藏着对人的彻底解放和自由全面发展的价值追求。在弊病丛生、焦虑盛行的当今世界，面对各种糟糕的"人类本性的再现"，"自由人联合体"怎么不可能站到人类社会道义的制高点？

"自由人联合体"，前提应是"以人为中心"。这无疑与当今中国的实践高度契合，诚如许倬云先生所云："中国取精用宏，最后组成至今仍在人心的文化体系——一个以'人'为中心的社会伦理观。"

"以人为中心"，是当今马克思主义中国化的最佳切入点。哲学大家汤一介先生曾提出马克思主义与儒学有四个契合之处：其一，儒学与马克思主义具有共同的社会理想；其二，儒学与马克思主义都是注重实践的学说；其三，儒学与马克思主义都是从社会关系来定义"人"，而不是从抽象的个人来定义"人"；其四，儒学和马克思主义都主张自然社会万事万物通过斗争而最终达到和谐。其实，还有一个更重要的契合点，就是对"人"的重视。马克思主义强调"人的解放"与"人的全面发展"；中国古人则强调"天人合一"，共生和谐，《周易》更是有"天地人三才"之说，将人与天、地并论，高扬人道旗帜。

但是，中国共产党的群众观点跟儒家文化的"民本"思想相比，并不在一个层面。儒家文化提出“民为邦本”，把民比作水，“水可载舟，亦可覆舟”，孟子甚至还说“民为贵，社稷次之，君为轻”，归根结底，就是劝导君主要施“仁政”，使君民之间的对立不尖锐化，本质还是基于“君”与“民”的对立。与“民”相比，儒家精英是高高在上的，“民本”很多时候只停留在宏观的理论层面。儒学走向衰败，就源于儒家精英与普罗大众的距离，儒家精英高高在上，高谈阔论而无实干之才，社会治理基本由胥吏掌握，“官无封建而吏有封建”（语出南宋思想家叶适）。所谓“皇权不下乡”，政府对基层失去有效控制，结果可想而知。马克思主义群众史观则强调“人民群众主体地位”，新中国成立后，中国共产党紧紧依靠人民、带领人民，进行了犁庭扫穴式的深度社会变革，缔造了一个真正的“以人为中心”的新中国。

中国共产党源自人民，根基在人民，血脉在人民，除了最广大人民的利益，没有自己特殊的利益，党和人民不是对立的，而是一致的、统一的。任何试图把中国共产党从中国人民中间“剔除”出去、制造对立的人，确实是太不了解中国共产党了。以前，有人喜欢宣称“我爱中国，但不爱政府”之类的言论，也有人振振有词：“我爱国家，但国家爱我吗？”但是，这次新冠疫情给大家上了何等生动与深刻的一堂课！“让子弹飞一会儿”，很重要，曾经的愤怒，曾经的迷信，过段时间再看，对照着再看看，并非那么回事儿。中国人有什么理由不自信？！

历史的规律是大乱之后有大治。相信诞生过众多伟大思想家的西方文明，未来还能够继续诞生伟大的思想家。而在中国，我们这一代人则将幸运地看到中国智慧融合而生，为人类文明提供宝贵借鉴。

"中国智慧"，并不简单只是马克思主义与中国传统文化尤其是儒学的若干契合，更不是谁占多少比例的简单拼盘，而应是基于中国立场、摆脱西方话语体系之后的"融生"，是全新的中国思想、哲学指引，可视为在中华民族优秀传统文化、西方先进文化"损益"的基础上，对"中庸"的全新的追求：在传统与现代、本土与西方之间，找到一个坚实的平衡点。

我们这个时代，注定深邃，不会平庸。

我们的历史和未来

我们的未来会好吗？

我们这一代人"历史感"很强。我在乡村长大，村子一直到我上初一时才通电。没有电的晚上，用煤油灯照明，煤油灯还有一个用处：夏夜燎蚊子，放下蚊帐，把煤油灯上的鼓形玻璃罩朝蚊子一凑，嗤一声轻响，冒一股焦香。这是一段难忘的回忆。现在，煤油灯几乎只有到博物馆才能见到了。我们这一代中国人，经历的是浓缩的加速度的"中国时间"，一个贫穷的农业国家几十年便完成了工业化进程，骤然开始了欢呼尖叫、目眩神迷之旅。未来充满不确定性，但未来就在前方。

相较于"历史会重演吗"这个问题，"未来会好吗"是一个更难回答的问题。预测未来，比阐释历史要困难得多。但是，今天决定明天，历史决定未来。科幻大家阿西莫夫在代表作《基地》中写了一种神奇的心理史学，成功地预测了银河帝国的命运和人类的未来。书中的心理史学是以物理学的气体分子动力学转化而成的社会学说：

气体分子动力学不能估计每个分子的运动，但能计算出整体是膨胀还是收缩；同样的道理，心理史学不能预测个人的命运，但把经济及社会力量的影响导入模型后，就完全可以通过统计科学的计算，准确地预测出社会的发展走向，甚至可以在关键点导入适当的变数，进而改变以后社会发展的可能途径。

初读《基地》，甚感玄幻，但是，在今天大数据与每个人发生关联时，心理史学或许很快成为现实。我们应该充满自信：中国选择了一条正确的道路，加上中国人历来勤奋，且有从古至今形成的价值观，比如做到个人服从集体、责任大于权利等，虽然曾被人诟病，但在这次疫情期间，中国年轻人表现出来的自律力与责任感，让人深感中国未来大有希望。亿万在路上的中国人，只要坚持，保持定力，中国更美好的未来是可以预测到的。至于我本人，还将继续撰写读史专栏，但不打算再熬夜了，宁肯少写几篇，也要重视健康。按第二个百年目标，至2050年，中国将建成富强民主文明和谐美丽的社会主义现代化强国。而我是1972年生人，届时年近八旬，还能热烈拥抱历史，老泪纵横，且步履矫健。

最后，不能免俗，要感谢很多人，感谢为本书出版付出辛勤劳动的人，感谢为本书赐墨题写书名的唐浩明先生，感谢《草地周刊》陪伴我十年的方立新、田朝晖、姜锦铭、李牧鸣、易艳刚、刘小草和《瞭望智库》的夏宇等人，还要感谢广大读者，认识与不认识的均给了我巨大的鼓励。最感谢的还是我的家人，支持理解，十年不变。

是为序。

2020年7月16日于北京

目录

体制　传承与革新

生 态　和谐与冲突

体制

传承与革新

“刀下留人”与“刀下不留人”

“刀下留人”与“刀下不留人”，都不是件简单事。

“刀下留人”是中国妇孺皆知的四个字，寄托了大家对传奇的渴望、对公正的期盼、对命运转折的向往，还有一点小小的人本精神。在大量的戏剧与影视作品中，都有这样的情景：刽子手的屠刀已经高高举起，寒光闪闪，四周鸦雀无声，就等人头落地，突然有一骑飞奔而至，骑手高呼“刀下留人”。于是，一个无辜的生命得到挽救，一起天大的冤案被翻案。就像好莱坞电影总是在千钧一发之际出现逆转一样，中国人也喜欢极具戏剧性的“刀下留人”。

著名的昆曲《十五贯》讲的就是这么一个故事：无锡县肉铺老板尤葫芦借得十五贯本钱做生意，他对养女苏戌娟开玩笑说是卖她所得的卖身钱，养女信以为真，当夜逃走。深夜，赌徒地痞娄阿鼠闯进尤家，为还赌债盗走十五贯钱并杀死尤葫芦，过后反诬告苏戌娟犯了谋财杀父罪。苏戌娟出逃后，与素不相识的客商伙计熊友兰同行，邻人发现后产生怀疑，而熊友兰身上正巧带钱十五贯，于是两人被扭送县衙见官。知县听信诬告，定苏戌娟勾结奸夫、盗钱杀父之罪，判苏、熊二人死刑。监斩官况钟觉得内中有冤，力争缓斩。他详细调查，发现娄阿鼠破绽，继而又乔装算命先生，套出娄阿鼠杀人的口供，最后将娄阿鼠带回县衙，升堂问罪，澄清了黑白是非，使杀人者伏法，蒙冤者昭雪。

事实上，“刀下留人”有其历史依据。在《十五贯》中，苏、熊二人在临刑前大声喊冤，况钟觉得其中有疑，坚决要求暂缓行刑，他的理由中最重要的一条，就是“那律典上载着一款：凡死囚临刑叫冤者，再勘问陈奏”。也就是说，他作为监斩官，在死囚喊冤时，有权暂停行刑。《大明会典》中确实有这么一条。清朝入关后，沿用《大明律》，后来在嘉庆十二年（1807 年）又特意立法：“凡处决人犯，有临刑时呼冤者，奏闻覆鞫。如审明实有冤抑，立为申雪，将原审官参奏，照例惩治。如系妄行翻异，冀延显戮，除原犯斩罪仍即处斩外，如原犯绞罪者，亦改为斩罪，即行正法。”也就是说：在发生临刑喊冤的情况时，可以停止行刑，向皇帝报告请求复审。如果确实是冤案，原审法官全部要被处分；如果查明只是罪犯企图拖延生命，斩首的依然斩首，绞刑的加重为斩首，立即执行。

在历史上，著名的真实的“刀下留人”，当属晚清杨乃武与小白菜一案，也是所谓“清末四大奇案”之一，后来这个故事被无数次写进小说、搬上银幕。

从表面上来看，这是一次对刑讯逼供的反思。1873 年，杨乃武被诬与毕秀姑（外号小白菜）毒杀毕氏之夫，屈打成招，判为死刑。当时杨乃武和小白菜受尽各种酷刑，包括夹棍、油锅、打板子、杀威棍、老虎凳等。杨乃武家人不断告状，虽然一级级重审，但其实也是官官相护，都定为死刑。这事最后惊动了慈禧太后，她最终给杨乃武、小白菜平反昭雪，同时严厉处分了制造冤案的一干官员。

慈禧在历史上的形象那是相当的负面，有人因此说，想不到慈禧也干了件好事。其实不然，杨乃武与小白菜一案的曲折过程，其实是晚清官场的一场激烈斗争。当年正是湘军势力如日中天之际，他们击败了太平天国，朝廷论功行赏，当时江南一带的各级官员基本上都是湘系军阀，都是打仗出身，当然没什么审判常识，所以常常酿成冤假错案。又因为他们均出自湘军一系，所以冤假错案当事人上诉，官员也是互相包庇维护，要想翻案，谈何容易？清朝皇族，自然不能容忍这些，早就想找机会来压制一下湘军的嚣张气焰，正好利用杨乃武与小白菜一案的机会，一下子摘掉一百多名官员的顶戴花翎，永不叙用，对湘军一系是个打击，清朝皇族则出了口恶气。同样名列“清末四大奇案”之一的“刺马案”，即张汶祥刺杀两江总督马新贻案，事实上也是湘军一系与清朝皇族斗争的一个缩影。

刀下留人，不简单；刀下不留人，同样也不简单。

明嘉靖年间，严嵩、严世蕃父子权倾一时，最终被铲除。起初，嘉靖并无杀严世蕃之心，只是下诏逮严世蕃入大理寺狱，命严嵩致仕，“仍给岁禄”。严嵩朝中独相十余年，党羽众多，但是，如果不处理严世蕃，又无法向皇帝交代，法司最后就“裁定”严世蕃受贿八百两白银，上奏于御前。廷议后，判决流放严世蕃于雷州，其中一个儿子及心腹罗龙文等人分戍边地。

但这远远不是最终结果，一方面，朝中有人想斩草除根，以首辅徐阶为代表，他是为了争宠，以免严嵩东山再起；另一方面，严世蕃也不消停，他被流放雷州，但是，刚刚行至半道，他便擅自回返，在宜春大兴土木，修建豪华别墅。更危险的是，他常常酒后宣言：“哪天我得以重起，一定要拿下徐老头的人头，邹应龙也跑不掉！”严嵩比他儿子沉稳得多，听闻严世蕃狂言，惴惴不安。

果然，马上有人举报严世蕃在江西阴聚徒众，诽谤朝议，图谋不轨。嘉靖大怒，命逮严世蕃等人入京审讯。严世蕃落到这地步，仍旧嚣张，放言："任他燎原火，自有倒海水。"徐阶是个狠角色，他拟的罪状，重点在于描述严世蕃与倭寇头子汪直阴通，准备勾结日本岛寇，南北煽动，引诱北边蒙古人侵边，意在倾覆大明王朝。果然，疏上，嘉靖拍案狂怒。他最恨倭寇，见严公子和这些人勾结，那还了得，马上下令锦衣卫严讯。严世蕃得知徐阶所拟的"罪状"，抱头大哭："这回死定了！"没过多久，严世蕃等人被斩于市，严氏家族被抄家，共抄得黄金三万余两、白银二百万余两，奇珍异宝不计其数，多为皇宫内府所无。不久，严氏党徒在朝诸人，也皆为徐阶等人清洗出去。严家大树，连根被拔。

从历史上来看，许多初狱是并未定死刑的，但因为种种原因，或者因为主权者只是缓兵之计，或者因为政敌要趁热打铁、斩草除根，或者因为民意沸腾，当事人最终难逃一死。例如，明末太监魏忠贤，只手遮天的"九千岁"，等到明思宗朱由检即位，他的末日到了。起初，嘉兴贡生钱嘉徵弹劾魏忠贤十大罪，于是皇帝贬谪魏忠贤于凤阳。但这只是第一步，没多久，皇帝下令将其逮捕治罪，魏忠贤还没到凤阳呢，听到这个消息，知道会死得很惨，就在阜城畏罪自杀了。皇帝下诏肢解其尸体，将其首级悬挂在河间府，又处死客氏，结束了明代政治史上宦官专权最黑暗的一页。

这种刀下留人或者刀下不留人的例子，数明清两朝为多，从另外一个角度来看，这是极度加强了君主专制中央集权制度的明清时代的必然体现。

古代司法权力往往集中在皇帝一人之手，处死的命令来自他，赦免的权力也来自他。即便罪犯被押上刑场，只要皇帝下令，仍然可以被赦免。罪犯喊冤，由皇帝指令复审，也是皇帝权力的显示。而在今天，依法治国、依法执政和依法行政，才是现代国家的治理正道。

“坏青年”曹操与人才推荐

公元 174 年，安徽亳州，一个横行乡里、游手好闲的恶少突然成了道德楷模，被推荐到首都洛阳为郎，也就是去给皇帝当卫士了。白天，皇帝上朝时，他全副武装站在殿阶旁，皇帝出游，他骑马跟在旁边；晚上皇帝睡觉了，他持大戟宿卫殿门、殿廊。总而言之，他成皇帝身边的人了。果然，没过多久，他又被推荐为洛阳北部尉，相当于今天的县公安局局长，时年 20 岁，即使放在当年，也是年轻干部了。辉煌仕途，从此开始。

那时没有网络，也不用公示，否则这个年轻干部要陷入舆论旋涡。估计当时乡里只是议论一两句：这个阿瞒居然也被推荐了！或者还有些庆幸：这家伙终于被推荐走了，免得烦大家了。

这个 20 岁就当上县公安局局长的年轻人，后来家喻户晓，一直到现在都很有名，他名叫曹操。

有句流行的话：不要输在起跑线上。在风雨欲来、大厦将倾的东汉末年，曹操能够赢得关键的人生第一步，无疑要归功于“推荐”二字。今天大伙儿或许疑惑：还有靠推荐就可以当官的？在两汉，推荐确实是官员选拔的重要途径。

当然，如果曹操早生 300 年，他或许因品行不端而得不到推荐的机会——这项名为“举孝廉”的制度，是专门为品行端正的人准备的。但是，历史往往是这样的：一种制度的设计，初衷都是好的，但是常常不知不觉地就变了味。

汉代选拔官员，实行察举制，其实质是一种推荐制度，即州郡等地方官在自己管辖区内考察、选拔人才，按照一定的科目如孝廉、秀才等，定期或不定期地向中央政府推荐合乎相应标准的人才，经过适当的考核，授予官职。

孝廉是察举制的重中之重，始于汉武帝。武帝初年，他的主要智囊董仲舒提出：“使诸列侯郡守二千石，各择其吏民之贤者，岁贡各二人，以给宿卫。”董仲舒还建议把选才制度固定化——岁举。此后，元光元年（前134年），汉武帝“初令郡国举孝廉各一人”。从此，孝廉科作为察举的岁举科目，登上两汉仕进舞台。

孝、廉二字，以《汉书注》闻名的隋唐著名学者颜师古是这么解释的：“孝谓善事父母者，廉谓清洁有廉隅者。”也就是人们常说的“孝子廉吏”。在古人眼中，孝为礼之始，廉为官之本，用今天的话来说，“举孝廉”就是地方向上面推荐品行高洁的后备干部。

起初，汉朝举“孝廉”是以郡为单位。汉武帝采纳大臣的建议，按郡国人口数量分配名额：郡国人口20万以上每年推荐孝廉一人，不满20万两年推荐一人，不满10万三年推荐一人。一度还限年龄40岁以上才得推荐。但此种“限年法”实行不久，就废除了。

应该说，20万选1，难度还是比较高的，两汉人口最多时，也就6000万左右。当然，难度更高的是2009年中学校长实名推荐学生上北大，要从千万考生中选出来90个人。

汉朝地广人稀，消息不畅，所以衡量推荐谁孝廉谁不孝廉，对地方来说，是件头疼的事，就像今天这些有幸向北大推荐学生的中学校长一样。

是金子总能放光，这无疑是自我安慰的话。一个人才被发掘出来，有时是“桃李不言，下自成蹊”，有时还需自我宣传。汉朝没有网络、没有电视，但人家照样懂得如何造舆论。为了吸引眼球，在孝廉这个名义下，包含着各式各样的求名法。

东汉的许武被举为孝廉后，和两个兄弟许晏、许普分家，三份财产，自己取最好的一份肥田广宅，两个兄弟忍让不争。结果，地方官员一看，这哥俩不错啊，因此又把他俩也推荐为孝廉。许武于是大会宾客，宣告使两兄弟成名的本意——独乐乐不如众乐乐，孝廉要当兄弟一起当，考虑到两个弟弟还没显名，所以故意弄了次不公平的分家，以兄长的贪鄙来烘托弟弟的高尚。宣告完毕，他又宣布把所有财产全部分给弟弟。

这样一来，许武不仅让两个弟弟都成了孝廉，自己更是名气大振，后被调至中央，任长乐少府，掌太后宫中事务，一下子进入权力中枢——要知道，东汉时期，太后权力大得很。

从今天来看，许武无疑是一个策划高手，但也有失败的策划者。同样是在东汉，有一个叫赵宣的人，父母死后，住在墓道中行丧礼，一住就是20年，这下可不得了，四乡闻名，大家都称他是孝子。州郡官屡次想把他推荐为孝廉，请他做官，他都不出来，估计这家伙是想一步到位。扭捏作态之中，赵宣孝名愈来愈大，成了当时著名的道德模范。但牛皮终于被吹破了——太守陈蕃查出赵宣在墓道中和老婆生了5个儿子，不由大怒，把这个费尽心机骗取推荐的家伙抓了起来，按惑众欺鬼神的罪名处罚。

这个陈蕃，是东汉重臣，著名的“一屋不扫，何以扫天下”之典故，即源于陈蕃。需要特别指出的是，陈蕃也是 20 岁即举孝廉出仕的年轻干部，赵宣这一套把戏，怎么能骗得过这位前辈高手？

不过话说回来，虽然举孝廉中很多弄虚作假、沽名钓誉的人得到了推荐（汉代孝子故事特别多），但是这项制度刚实施时，强调被荐举者在当地公众中的形象和口碑，还比较合理和公正，确实为急需用人的汉朝网罗了大量人才。孝廉出身的官吏，更被认为是“正途”“清流”，很被看重。西汉孝廉中，有官僚、贵族以及富豪的子弟，也有不少布衣平民，一时人才济济，“名公巨卿多出之”。班固在《汉书》中赞道：“群士慕向，异人并出。”

但随着时间推移，孝廉之推荐，渐渐变味了。一些人为出名不惜弄虚作假，欺上瞒下；一些人钻察举制度的空子，营私舞弊，滥用职权；一些人利用门生故吏的私人关系，组成大大小小的私人集团，进而发展为门阀士族集团。到东汉后期，地方豪强势力大发展，他们占据了舆论高地，拥有人物品评的权力。东汉末年，更是政治腐败，豪强并起，向一切贤者开放的举孝廉，完全被少数特权阶层霸占了，管你无才无德，只要有权有钱，照样可以被隆重推荐。因此，东汉有民谣这样唱道：“举秀才，不知书；察孝廉，父别居。寒素清白浊如泥，高第良将怯如鸡。”

史载，曹操“任性好侠，放荡不羁，不修品行”，更严重的是，曹操不听他爸爸的话。但是，曹操出身名门，爷爷曹腾曾封侯，所以，这些恶评并不耽误他以道德模范的身份昂首进入朝堂。相反，在中国历史上更著名的诸葛亮，他的上级、下级，朋友、敌人，都评价他是一个德才兼备的好青年，却无人问津，只能在隆中住茅庐种田。

不过，曹操虽担不起孝廉之名，但确实是个人才，不是阿斗一类人物。他在天下大乱、群雄并起时大显身手，能力超群，而且写得一手好文章，气魄雄伟，慷慨悲凉，是个文武双全的英雄。

什么是人才？什么样的方法才能选拔出人才？曹操的故事，无疑让后人争议不休。曹操做得很干脆。他虽是孝廉出身，却鄙视这种制度，认为这种虚伪的道德对于治国平天下毫无用处，所以下令必须名实相符，甚至“不仁不孝而有治国用兵之术”的人也可以起用。这当然又走到另一个极端了。曹操没做皇帝，他做皇帝的儿子曹丕，将察举制度改为了九品中正制。

九品中正制，在魏晋南北朝时全面取代以举孝廉、举秀才为主要内容的察举制。九品中正制也强调道德，推选有声望的人担任各郡的中正官，负责察访本地士人，按其才德声望评定九个等级（上上，上中，上下，中上，中中，中下，下上，下中，下下），然后根据士人的品级，向吏部举荐。吏部依据中正的报告，按品级授官。

但是，这一制度变质更快，很快变成了变相的世袭制，原因很简单——各级组织部门的负责人，也就是大小中正官，均被各个州郡的“著姓士族”所垄断，他们在评定品级时，偏袒士族人物，九品的划分已经背离了“不计门第”的原则。此后的300年间，出现了“上品无寒门，下品无势族”的门阀士族垄断政权的局面，而九品中正制一直是保护士族世袭政治特权的官僚选拔制度。

隋唐之后，科举制度开始实行，从此一脉相承，延续1300余年，直至1905年废除。

在今天看来，科举制度的背后是范进一类小人物的白发与泪水，它是腐朽至极、摧残人性、禁锢思想的封建考试制度，但是，还是一句老话：一种制度的设计，初衷往往都是好的。相比两汉以来以荐举为主的人才选拔制度，科举无疑是巨大的进步。

事实上，科举制度能够延续千余年，自有其生命力与合理性。回溯中国历史，星汉灿烂，多少治国安邦的名臣，多少文留千古的大家，均是出自科举。

今天，高考时遭诟病，但是，“取消高考”始终不可能成为主流声音。在尚未找到一种可以取代高考的考试制度之前，高考仍然是目前最公正、最科学、最具可操作性的人才选拔制度。

从世袭到荐举，从科举到高考，历史总是在改革中不断地进步。如今，关于高考改革最热闹的话题，莫过于中学校长实名推荐学生上北大。其中压力最大的，当然是实名的中学校长了，所以北大公示了 90 名被推荐的学生名单后，大家没啥话说，但总是有些不是滋味——都是些成绩优秀的好孩子，但没有曹操，没有钱锺书。

其实，这一推荐结果是早就预料到的，中学校长们还是采取最稳妥的办法——推荐学习最好的。毕竟，综合素质难量化，而分数最好量化。

实名推荐制在很多国家实行，北大的良苦用心也无须赘言，但“推荐”两个字，确实很敏感，让人想起举孝廉，想起工农兵大学生。

但是，我们应该相信，时代已经变化了，我们应该相信大学对人才的渴慕，相信中学校长们对名誉的珍惜，我们更应相信，缘于舆论对此事高度关注而激发的当事人的敬畏之心。

希望在接下来的几年里，中学校长在实名推荐时有更多的基于公平的底气与慧眼，能够推荐出来的，不仅仅是高分学生。按一考定终身标准，数学得 15 分的钱锺书，不是一个好学生；按孝廉标准，曹操也不是个好青年，当年除了桥玄、何颙几人外，并没几个看好曹操。

一粒盐背后的权力结晶

2014年河南新郑市民因用郑州盐被罚款的新闻，让大伙儿对几乎如空气和水一般平常的盐兴趣大增。接下来工业和信息化部出来说话了：正加紧研究制订盐业体制改革方案，总方向是取消食盐专营。食盐专营制度取消之日，无疑会因终结这段漫长历史而被写入史册。

在等待这一天到来的时候，我们不妨坐下来，凝视一粒盐，这洁白的结晶体，会开始膨胀权力的气场。

一

“早春二月，春寒料峭，但大会堂热气腾腾，在隆重的大会开幕式后，来自全国各地聚集到首都的代表们，开展了热烈的讨论……”

如果汉朝也有记者，肯定会这么描述公元前81年在汉朝长安举行的一场意义重大的会议，史称“盐铁之议”，从当年二月一直开到七月。汉朝记者们不得不多用几个成语——“春意盎然”“百花盛开”“桃红柳绿”“瓜果飘香”，否则难以形容这次大会的胜利、和谐、成功，汉朝百姓欢欣鼓舞，等等。

但事实上，这次“盐铁之议”，是一场观点尖锐对立的大辩论，辩论的焦点是：盐铁要不要取消专卖？

汉朝建立后，盐没有列入国家专营，自由生产买卖，但汉武帝要打匈奴，国家没钱，于是在“理财家”桑弘羊的建议下，加强中央集权，从富商豪强手中夺回盐铁，进行专营，扭转了国家财政困难的局面。但民间反弹很大，于是在汉武帝去世后，权臣霍光以昭帝名义，令丞相田千秋、御史大夫桑弘羊，召集全国代表 60 余人，就武帝时期的各项政策，特别是盐铁专卖政策，进行全面的总结和辩论。

专卖古称“禁榷”，榷的意思是独木桥，“禁榷”就是老子独占了这独木桥，禁止别人通过，要买只能买我的，不允许他人涉及经营。盐专卖制度在中国的历史十分长久，从春秋时齐国管仲向齐桓公提出“官山海”就开始了。用经济学表述方法，是这样的：盐专卖制度，是封建统治阶级人为制订并设立，由其独占食盐生产和销售渠道，从中赚取巨额利润，增加财政收入的一整套制度安排。管仲这么形象地说过：“利出一孔。”

在今天，盐太平常了，如果不是“跨境用盐”的新闻，大家平常更关注要“低盐”以预防心血管疾病。但在古代，无论中外，盐太重要了，足以改变历史，很多战争就是因为争夺盐资源而起，在中国，直到宋代，仍有为盐而起的战争。据专家考证，在宋朝乾德三年（965 年）至皇祐元年（1049 年）的 84 年内，四川较大的起义与动乱就在 20 次以上，其中至少一半以上与盐有关。在西方，古罗马帝国无论在盐产地或运盐要道上都派有精锐部队守卫，以保证盐的安全。在美国南北战争中，导致南方军队失败的一个重要原因，就是北方军队控制了更多的盐产地。

远古时代，发生过两场重要的战役：黄帝先战炎帝，后擒蚩尤。后人考证：两大战役均发生在盐池附近，堪称“夺盐之战”，正是氏族时代东方部落对盐池的激烈争夺。袁枚《子不语》中有一篇叫《蒲州盐枭》，关键词也是“蚩尤”与“盐”：

岳水轩过山西蒲州盐池，见关神祠内塑张桓侯像，与关面南坐，旁有周将军像，怒目狰狞，手拖铁链，锁朽木一枝，不解何故。土人指而言曰：“此盐枭也。”问其故，曰：“宋元祐间，取盐池之水，熬煎数日，而盐不成。商民惶惑，祷于庙，梦关神召众人谓曰：‘汝盐池为蚩尤所据，故烧不成盐。我享血食，自宜料理。但蚩尤之魄，吾能制之。其妻名枭者，悍恶尤甚，我不能制。须吾弟张翼德来，始能擒服。吾已遣人自益州召之矣。’众人惊寤，旦即在庙中添塑桓侯像。其夕风雷大作，朽木一根已在铁链之上。次日，取水煮盐，成者十倍。”始悟今所称盐枭，实始于此。

张桓侯即张飞，关羽治不了蚩尤老婆“盐枭”，就由他出马。

当然，皇帝是最大的“盐枭”。纵观封建史，放开食盐专营的，少之又少。在西汉那场历时半年的“盐铁之议”上，大家吵得不可开交，最终结果是：废除酒类专营，部分放松盐业专营。这种松弛状态一直维持到唐朝安史之乱，此后食盐专卖再度强化，演绎出无数的悲喜剧。

二

清朝的扬州土豪们流行这样的炫富游戏：在金箔上刻上自己的名字，集体跑到镇江金山的宝塔上，把金箔往外扔，看谁家的金箔第一个飘到扬州。

众所周知，扬州这座城市，深深地刻着盐商的烙印。明清时期，朝廷把盐业垄断管理机构——两淮盐运使和两淮巡盐御史设在扬州，扬州成为全国最大的食盐集散地，也产生了大大小小的盐商。那时中国富豪们多数聚集在扬州，靠的不是房地产，不是互联网，而是食盐专营。

盐商太有钱了，乾隆皇帝几次下江南，搞接待的不是地方官员，而是大盐商。盐商们为接待皇帝修建的行宫，直接改写了扬州的城市格局，围绕行宫，盐商们又修建了自己的豪宅、学院、园林、商业区等，留存至今。

盐商的疯狂消费，让扬州繁华一时，催生了当时最先进的服务业。当然，盐商钱太多了，不知怎么花，也出现了很多无聊玩意儿，比如，18世纪扬州旅游指南《扬州画舫录》中曾经写到：选美选腻了，开始选丑，大姑娘大热天在脸上涂酱油，在太阳底下暴晒，比谁更丑些。

相比盐商的土豪活法，负责食盐制造的盐户，就生存得比较痛苦。因为食盐专营，盐户身份与普通人不同，单独另立户籍，在官府中有专门的部门管理，不得转换其他行业或逃徙，制盐生产工具和原材料均由官府提供，所产之盐也必须全部上交官府，官府发给工本钱和粮食——人身自由都没有了。

造盐不易，柳永写过一首《煮海歌》：

煮海之民何所营？妇无蚕织夫无耕。衣食之源何寥落，牢盆煮就汝输征。年年春夏潮盈浦，潮退刮泥成岛屿；风干日曝盐味加，始灌潮波塯成卤。卤浓盐淡未得闲，采樵深入无穷山；豹踪虎迹不敢避，朝阳出去夕阳还。船载肩擎未遑歇，投入巨灶炎炎热；晨烧暮烁堆积高，才得波涛变为雪。……

碰上年成不好，盐工生活更是悲惨。元朝时江淮曾流行过一首《盐丁叹》：“斥卤茫茫草尽枯，灶底无柴空积卤，借贷无门生计疏，十家村落逃之五。”

有专营就有走私，有迫害就有反抗，跟盐相关的人群中，盐枭也是重要角色。大家都知道，写下杀气腾腾的励志诗“待到秋来九月八，我花开后百花杀”的黄巢，就是著名的大盐枭，有钱有武装又有组织能力，在唐末乱世纵横万里。

实行食盐专卖的朝廷，最恨的就是盐贩子了，采取各种手段给予打击。在元朝，就专门设有一个警种——盐警。元朝末年，当时泰州白驹场有一个盐警名叫邱义，横行霸道，结果惹恼了一条好汉——张士诚。张士诚盐户出身，日子过得苦哈哈的，为了追求小康生活，他兼职走私食盐，结果屡屡栽在邱义手里，心里那个恨啊。

于是在某个夜晚，张士诚与 17 个勇猛的盐民歃血为盟，然后抄起挑盐用的扁担，在寒风中悄悄摸进盐警邱义的家中，把他乱棍打死，然后宣布起义，盐民们纷纷加入，不到一个月时间，义军就超过万人。

三

笔者曾游扬州个园，导游不胜艳羡地讲园主人的土豪往事：他们家养的鸡都吃人参等名贵中药材，这种鸡下的蛋一两银子一枚。

个园主人名叫黄至筠，曾任两淮商总50余年，这绝对是个肥差。他在1818年建造了个园，据说总共花费了600万两白银，相当于当时江苏省一年的财政收入。此人是个文艺爱好者，家里常年养着一个200多人的戏班子。

奢靡的生活，当然靠食盐专卖来攫取巨额垄断利润。古人早就清楚指出：盐商“服食奢靡，积惯成习，身家所费，已无限量……皆增加于盐价之上耳”。

在专卖制度下，盐成为一种权力商品。用经济学观点看，盐商巨富，靠的是不等价交换：他们在盐场收购食盐，千方百计压低价格，而在行销时则囤积居奇，随意提高出售价格，以牟取暴利。道光中叶，百姓以稻谷一石，还换不到一包食盐，当时兼管盐政的两江总督陶澍就说过：“计算场价，每盐一斤，不及十文，而转销各处，竟至数十倍之价。”

纪录片《咸说历史》中举了一个例子：唐朝安史之乱后，朝廷把每斤盐价提高到370文钱，而当时一斤盐的成本不过10文。如此暴利，真是骇人听闻。但是，盐再贵，也得买啊，人不能食无盐。盐商两头通吃，富可敌国，盐户与消费者越来越穷。

盐和粮食一样，是人们的生活必需品；盐和粮食又不一样，它不是任何一片土地都能出产的特殊物品。因此，它成了古代权力拥有者可以垄断，进而讹诈百姓，攫取财富的专卖品。中国并不是缺少盐资源的国家，古代盐商的暴利主要依赖于权力的垄断。

有人做过统计：乾隆三十七年（1772 年），中国的经济总量是全世界的 32%，而扬州盐商提供的盐税共为 600 万两，占了全世界 8% 的经济总量。在今天，盐税在国家财政收入中的比例已经相当微小，早已不复举足轻重的地位，但盐业体制改革仍然任重道远。

中国古代的“三公”消费

每年，中央政府部门公开“三公”经费账单，都会引起各方高度关注。事实上，自古至今，抑制公款消费的努力一直没有停止过，本文做一盘点，或许对今天有些启示。

一

“食色，性也。”历史上有无数饕餮之徒，想方设法满足口腹之欲，所以在一些人看来，反对公款消费的第一要务，是与公款吃喝做斗争。

在今天，“四菜一汤”已成为节俭的代名词。据说，这是朱元璋的发明。跟历朝皇帝相比，朱元璋日子过得还是非常俭朴的。一方面，朱元璋称帝之后，面临着一个经历多年战火蹂躏之后，一穷二白的大明王朝，需要节俭度日；另一方面，朱元璋穷苦出身，当年甚至做过乞丐，什么苦没吃过？君临天下之后，对物质要求还是比较低。坐了天下，发觉有公款吃喝的苗头，于是趁马皇后过生日，召集群臣，吩咐上菜：第一道菜是炒萝卜，第二道菜是炒韭菜，第三道两大碗青菜，最后一道是葱花豆腐汤。众臣不解，朱元璋解释：“萝卜上了街，药店无买卖”，“韭菜青又青，长治久安定人心”，“两碗青菜一样香，两袖清风好丞相”，“小葱豆腐青又白，公正廉洁如日月”。于是，“四菜一汤”就这么诞生了。

事实上，皇室是花天酒地的大户，历史上最著名的公款吃喝之一，当属“一骑红尘妃子笑，无人知是荔枝来”。朱元璋与马皇后是异数，从《南京太常寺条》祭祀孝陵的祭品单中看，总少不了韭菜、荠菜、芹菜、茄子、苔菜、竹笋、芋苗这些农家土菜，应该是朱元璋和马皇后生前常吃的，这对同患难、共富贵的夫妻，节俭不假。

不过，上有政策，下有对策，好吃者有无数对付“四菜一汤”的绝技。袁世凯就是一个作秀的高手。史载，袁世凯一日吃早餐，有人拜见，见他只吃两个小馒头、两条小鲫鱼，还有一点胡椒面。于是这人称赞不已，逢人就说：袁总统太朴素了、太伟大了，身居一国元首，早餐还这么简单随便，应该在全国推广。这人正沉浸在发现领导的闪光点并决心要发扬光大时，有知情人悄悄提醒他：别傻了，袁大总统的早餐可不能推广，鲫鱼是从淮河运过来的，活鱼打上来，用猪油浸泡，猪油凝固，鱼也密封了，这样可以保证运到京城的时候还是新鲜的。至于胡椒面，那不过是跟胡椒面一个颜色而已，实际上是用鹿茸、人参以及十几味中药制成的补药。

今天的公款吃喝费用，很大一部分是用于迎来送往，所谓公务接待费，是财政预算的重要一块。但是在古代，衙门公账上没有公务接待的预算，所以陪送领导，让地方官员们不堪重负。明代万历二十三年（1595年），刚当上吴县知县才几个月的袁宏道写信给朋友说：现在已经知道人生作吏甚苦，作知县尤苦，作吴县知县更是苦上万万倍，比牛马还不如！这是为什么呢？因为“上官如云，过客如雨”，来来往往都要知县早晚接待。

古时等级森严，下属为接待好上级，往往什么招式都使得出来。明朝南京兵部主事管志道回忆说，他在乡里做生员时，曾经亲眼看见一名知县百般向前来视察的巡按献媚，拍马屁一直拍到厕所，甚至到了用貂皮来装饰尿壶、将缎褥铺在厕所里的程度。

当然，也有敢于挑战潜规则者，著名的清官海瑞就是其中一位。他出任浙江省淳安县知县时，在公务接待方面严格照章办事。按照当时流行的常规，显要官员路过淳安，大概要用接待费二三十两银子，以粮价折算，在人民币六七千元。如果巡抚路过淳安，接待费要用去银子三四百两，将近十万人民币。而按照海瑞遵循的章程，一般官员的伙食费、下程路上的伙食费、下程用船用夫，合计不过五六钱银子，约 150 元人民币。如果上司驾到，另加一只鹅、一只火腿，市价二钱银子，再补充五六分银子的蔬菜，合计不过 200 元人民币。中央的部级离退休干部路过，也按这 200 元的标准办理。海瑞认为，这个标准足以保证客人吃得可口了。

海瑞这个规定一出，得罪了不少人，不过他铁面无私，后来上级就索性不来淳安了，这事对海瑞的仕途颇有影响。嘉靖四十一年（1562 年），海瑞任满升迁的 50 岁关口，被平调江西兴国，到一个更穷的地方继续当知县。

二

“公车”也是公款消费的一大块。这两个字出自《史记·滑稽列传》："朔初入长安，至公车上书，凡用三千奏牍。"汉代用公家车马接送应举的人，后便以"公车"泛指入京应试的举人。

古代没有汽车，公车就是马、马车，还有轿子，以及船。虽然有话说"安步当车"，但"出无车"却从来被士大夫之流视为奇耻大辱，《战国策·齐策》中冯谖就埋怨过："长铗归来乎！出无车。"

不过，古代官员们更喜欢坐轿子，轿子在中国传统中有太大太多的暗示意味。例如，全世界只有中国才把小车叫作"轿车"。轿子最早叫"肩舆"，古时轿分官轿和民轿两种。官轿是皇家、官员的主要交通工具，由于坐轿者身份不同，所乘的轿子也不同。光皇帝坐的轿子就有许多种类。如礼舆，是供皇帝祭祀时乘坐的；步舆，是供皇帝在紫禁城内巡行时乘坐的；轻步舆，是供皇帝去城外巡狩、视察民情乘坐的；便舆，是供皇帝在巡视时备用的一种轿，随时以轿代步用的。平时，皇帝在宫内出入，一般都乘便舆，冬天坐暖舆，夏天坐凉舆。

除皇帝的轿子外，不同品级的官员则坐不同的轿子。官轿出府，常有随从在前鸣锣开道，四周还有侍卫人员，前呼后拥，展示官威。百姓见之，必须肃静、回避。所用轿夫也分等级，官越大，抬轿的人越多。

不过，并非一开始官员就能坐轿。唐和北宋的官员一般不许坐轿。唐初，宰相出门一律乘马。但唐武宗又规定：三品以上的宰相、三公、尚书令以及致仕和患病者，才可乘轿，其余不论尊卑，一律不准，而且坐轿者还必须自己出钱雇请。北宋时期，士大夫认为乘轿是"以人代畜"，有伤风化，所以一般也不乘轿。宋哲宗绍圣二年（1095 年）"禁京师人士舆轿"，但已难以禁止。司马光是四朝元老，德高望重，哲宗念他年事已高，批准他乘轿上朝，但司马光一再辞谢，不敢接受。

南宋高宗赵构南渡以后，因为江南多雨，道路泥泞，才允许朝官乘轿，但还规定祭祀时骑马，上朝时乘轿。从此，轿子才开始在官场中使用起来。但到明初，对乘轿仍有种种限制，规定“国朝文武大臣皆乘马，自景泰以后，三品文臣例许用轿，勋戚一品，惟年老宠优者方敢陈请，他不许也”。但在交通不便的南方山区，它还是一种使用较多的代步工具。明中后期以后，轿子才成为人们普遍使用的重要代步工具。

作家孙方友曾写过一篇文章《闲话轿子》：

古代在官衙里当轿夫，多是子承父业。因为抬轿也是一门技术。……在衙府里当轿夫有许多禁忌，一是行轿时不能大声说话，上肩走轿、停轿全听轿头指挥，轿头多用暗示，如起肩走轿喊一声“起轿”，上坡下坡时要拍轿杠，落轿后前面的轿夫要闪开，以便官员出轿。轿夫还要忌口，不能吃大蒜、生葱和韭菜等有异味的东西，以防当官的闻到。另外，还不能放响屁，大声吐痰什么的，怕的是当官的听到“膈应”。

三

“三公”还有“一公”是公款出国（境），古代中国官员很少有出国的，他们更多是到各地公务出差，顺便公款旅游。

古代交通业和接待服务业不发达，行旅服务经济短缺。因此，自秦汉时期起即建立了政府接待制度，由官办驿站和地方官府负责过往官员的接待服务。驿站所需要的物资、经费由中央或地方政府负担。有唐一代开始，除了中央政府设置的招待所——“驿”，地方政府还设置称之为“馆”的地方政府宾馆。数量众多的驿站或馆驿，频繁的公务往来，是帝国财政支出的重要组成部分。政府接待制度是自秦至清各朝代政府后勤保障制度的重要内容。政府接待制度，既是为官员因公出差这种日常的行政管理活动提供必要的物质条件，也是对于官员的一种优待，进而成为特权。

明朝万历年间，内阁辅臣高拱与张居正争权失败，被下旨立刻启程回老家闲住，一刻也不准在北京停留。所以当圣旨传达后，立刻就有一帮锦衣卫把高拱押送出北京。以高拱的地位，完全可以享受驰驿的权力，但事出突然，人走茶凉，仓促中高拱老两口只得雇一辆牛车，恓恓惶惶地离开了北京。

古代规定很严格，官员利用驿站需要经过批准，持有特殊的通行凭证，过往官员凭通行凭证可以得到相应身份秩级的待遇。同时实行消费等级制度，驿站按规定的接待标准接待过往官员。官员身份秩级不同，饮食、住宿、车马的接待标准不同。朱元璋为限制官员的驰驿特权，一开始就用严法对某些特权者进行了限制。他明文规定：“非军国重事不许给驿。”1393年，又颁布了《应合给驿条例》，限定了符合用驿马、驿船条件的人员，其他人一律不得“擅自乘驿传船马”，违者重罚。

不过，再好的规定也有人钻空子，或者破坏。一些高干子弟，没有权力享受服务，但照样一路作威作福，什么待遇都少不了。

还得再讲一下海瑞的故事，他就让高干子弟碰了大钉子。他任淳安知县期间，有一次，总督胡宗宪的公子路过淳安，被淳安驿丞（近似招待所所长）的接待方式激怒，将所长倒吊了起来。不过海瑞不是吃素的，他也大怒，下令将胡公子关押起来，银子没收，上报胡总督，说您在通知中明确指示不许大操大办地搞接待，现在却有人冒充您的公子招摇撞骗。海瑞请示如何处理，闹得胡总督有苦说不出。

但毕竟像海瑞这样敢于坚持原则的人太少，驿站接待制度产生许多弊端。超范围、超标准接待，擅自乘驿、给驿泛滥，利用公驿恣行享乐、靡费公帑，献媚取宠、贿赂诛求，十分普遍，成为吏治腐败的一个重要方面。巨额的接待费用，造成了沉重的财政负担。

2010 年国务院要求撤销部分“驻京办”引起了广泛关注，古代也有类似机构。例如，旅游名城杭州在南宋迁都至此前，已是十分繁华。因此北宋中央派赴该路的监司，大多在城内设立办事处，这个去了那个又来，以至杭州政府得专门安排一员副职陪他们吃喝玩乐。苏东坡任杭州通判时，就扮演过这个角色，因为不胜酒力，疲于应付，发牢骚说杭州通判这个差事是“酒食地狱”。

从“法不责众”说起

某地贿选案案发，涉案人数之多，实属罕见。也正因如此，东窗事发后，许多涉案人还心存侥幸：涉面如此之广，最后估计只能是“高高举起，轻轻放下；既往不咎，今后从严”，怎么可能处理一大片呢？

这是典型的“法不责众”心态。法不责众，当然不是规则，而是潜规则，一些国人奉之为混世之道，誉之为老祖宗留下来的生存哲学。但历史上的“法不责众”，真的这么简单吗？

一

公元1872年，清朝同治壬申年，江苏吴中县的县太爷遭遇了一桩奇案：一个名叫多图志的工匠被一群同行活活咬死，身上伤口多达123处。

多少年来，苏州当地有一个制造金箔的传统产业，靠这个养家糊口的工匠很多，为了防止恶性竞争，工匠们制定了自己的“行规”：规定每个工匠每三年才能带一个徒弟。这个行规算是他们那一行的“反不当竞争法”，限制了一枝独大，保障大家都有饭吃。同治年间，苏州金箔行业要向朝廷上贡“飞金”。所谓“飞金”，就是在器物表面粘贴金粉、用作装饰的金箔。于是多图志——一个很有些资本主义头脑的工匠——看到了机会，他走通了官府门道，申请“承包”上贡飞金，以钱开道，顺利通过。于是多图志想大干一场，以“飞金”进贡、人力不足为由大量招收徒弟，每个徒弟收取600文的费用。这家伙趁机猛赚了一笔，但他没想到自己的死期也快到了。

清人陈其元在《庸闲斋笔记》中记载了多图志离奇的死亡：一群工匠冲进这个坏了规则的同行家里，把他围住，攻击者的武器不是刀棒，也不是拳头，居然是——牙齿，你一口、我一口，就这么把多图志活活咬死了。县官听说出了命案，带人赶过来验尸，于是看到了死者被咬出123道伤口的恐怖场景。

工匠们全部被押到县衙受审，但这案子确实难审——谁先咬第一口的？谁咬的致命一口？陈其元在《庸闲斋笔记》中写道：“即起死者问之，恐亦不能知也。”即使是被咬了123道伤口的多图志起死回生，也不知道何人咬在何处。

于是，这起案子陷入了一个“法不责众”的困局。但杀人必须偿命，总得找一个人来顶罪。于是一个叫戴起义的倒霉蛋被揪了出来，原因是他在众工匠冲进多图志家张开白森森利齿之前说过一句话，“咬死人不偿命”。其实这句话并非戴起义所创，而是应该属于那本著名的《说岳全传》。

《说岳全传》成书于乾隆九年（1744年），第七十五回《万人口张俊应誓　杀奸属王彪报仇》，讲的是陷害岳飞的张俊——就是那个至今跪在岳坟前的四座赤裸上身的铜像之一——在宋孝宗即位后遭到惩罚，当他被押赴刑场即将斩首时，围观的群众出于对岳飞的热爱与对奸臣的痛恨，一拥而上，把张俊活活咬死了。当然，这只是小说家言，事实上张俊晚年封清河郡王，显赫一时，最终得以寿终正寝，并非像小说中写的那样悲惨地死于众人之口，但这抚慰了群众心灵的情节，演绎出了“咬死人不偿命”的谚语，传到苏州工匠咬死人的年代，已有100余年，深入人心。

戴起义因为说出这句谚语，最终被判抵罪，其他工匠则全部释放。

二

众人咬死一人，是共同犯罪，但对付持“法不责众”观念的共同犯罪，官府通常只采取一个办法：“枪打出头鸟”。在古代，对统治者而言，民间“法不责众”的心态，让他们很是头疼：不处理吧，统治权威荡然无存；处理吧，乌泱泱一片人，处理成本实在太高。所以他们认为最好的对付办法，就是处罚带头的，以有效瓦解反对力量，让从众者作鸟兽散。

从众者作鸟兽散容易，盲目聚集也容易，于是便形成了：凡事不出头，别人出头，一哄而起，出头鸟被打掉了，一哄而散。当然，做出头鸟的不甘心如此，他们的办法，就是裹挟尽可能多的人参加，增加博弈的胜算，让“法不责众”成为现实，把“众”字做大，连出头鸟你也没法打了。

秦二世元年（前 209 年），900 余名戍卒被征发前往渔阳戍边，路径蕲县大泽乡，连日大雨瓢泼，这一群人无法准时赶到目的地。陈胜早有反心，从他的名言“燕雀安知鸿鹄之志”便知一二，他和吴广一拍即合，造反！当然两个人造反不行，得拉大伙一起干，但怎么让大伙心甘情愿干这风险极大的事呢？除了搞些鱼肚藏字、学狐狸叫等封建迷信，他们更这般鼓动其他戍卒：咱们在这里遇到大雨，无法及时赶到渔阳，误期按规定要杀头！与其被杀头，不如我们痛痛快快干一场！

秦法严酷，但还不至于迟到就要杀头，比如延误工期三到五日只是“谇”，也就是骂一顿。六到十日是“赀一盾”，罚款。但农民不知道啊，于是陈胜、吴广成功地把大家卷了进来，轰轰烈烈地改写了历史。

1500 年后，有一个叫胡惟庸的权臣，出于被清算的恐惧，也拼命想玩一把“法不责众”。胡惟庸曾任明朝开国皇帝朱元璋的宰相，位高权重，但官做得越大，他越害怕皇帝——这个当过和尚与乞丐的朱元璋心狠手辣，以杀功臣著称，我胡某人会不会也沦为他的刀下鬼呢？

胡惟庸越想越害怕，最后想出办法来：拉人下水，人越多越好，到时皇帝你总得顾忌一下吧，你不可能把我团队里的人全杀光吧。于是胡宰相拼命搞自己的帮派工作，果然笼络了一大批朝廷重臣，尤其有他最看重的前宰相李善长。

李善长为朱元璋立下过汗马功劳，德高望重，被视为大明开国第一功臣。一般人都认为，皇帝杀再多人也不会杀李善长的，而且胡惟庸还看中了李善长的镇宅神器——免死铁券。明朝建立后，朱元璋给大臣的最高奖赏，就是这玩意儿了，即使犯了死罪，拿出免死铁券来，也可免除一死。李善长牛啊，皇帝给了他两张。胡惟庸是个精于算计的人，他想，如果把一堆人尤其是李善长和我紧紧绑在一起，他不死，我也可以跟着不死。

但他们都低估了朱元璋，朱元璋是什么人啊？根本不管你什么“法不责众”，他亲手颁下的免死铁券，本来就是空头支票，逗下面玩的，他才不管呢。他找到了胡惟庸的把柄——像胡惟庸那般张狂高调而且自以为掌握了“法不责众”秘诀而愈发张狂高调的人，把柄实在太多了——马上把他杀了。而且，朱元璋绝对不是只打出头鸟的人，出头鸟要打，其他鸟也统统要打，管你有多少。

胡惟庸死于1380年，洪武十三年正月，但杀戮一直持续到洪武二十五年，足足12年之久，牵连致死者3万余人，史称胡惟庸案。那个拥有两张免死铁券的李善长，也被杀掉了。当初李善长加入胡惟庸阵营时，也是不得已，说过一句话“吾老矣，吾死，汝等自为之”，意思是说：我已经老了，等我死后，你们自己看着办吧。但朱元璋根本没等他先死，就杀了他一家70余人。

法不责众？朱元璋不信邪，他走到另外一个极端。

三

朱元璋的儿子朱棣，比他父亲更狠，他最著名的一个残暴举动，就是诛了一代大儒方孝孺十族。当时朱棣攻破南京城、夺得侄儿建文帝的宝座后，让方孝孺来起草诏书，方孝孺不是一般的刚烈，接过笔，写上“燕贼篡位”几个字后，随即掷笔于地，且哭且骂：“死就死！诏书绝不能写。”

于是两人有如下对话。朱棣勃然变色，提出警告：“你难道不怕灭九族？”方孝孺答：“灭十族又如何？”朱棣恶狠狠地说：“我就灭你的十族。”

九族我们都知道，朱棣命令把方孝孺的学生也抓起来，算作十族，押解至京，在他登皇帝宝座后的第八天，开始大开杀戒，诛方孝孺十族，死者达 873 人，行刑七日方止。

方孝孺顶嘴“灭十族又如何”，或许是想彰显自己的名节，或许只是想用庞大的十族来让篡位者让步，但跟一个暴君，又岂是可以赌气的？暴君只要权威，根本不在乎血流成河。

在历史上，像朱棣这样的暴君很多，他们对付民间的“法不责众”心态，有自己的残暴手段：不但要责众，还要尽可能多地责众，那就是连坐、株连。

同样都是“发动群众”，一种是以人数众多来增加参与者的安全感，一种是以人数众多来增加关联者的恐惧感。

无论是这一端的“枪打出头鸟”，还是那一端的无限株连，都没有法治精神可言。当然，在古代，一直都是人治，皇帝的话就是法律。

但古代也有一些敢于向“法不责众”潜规则开刀的经典案例，即使在腐败透顶的晚清，即使是愚昧至极的慈禧。处理著名的“杨乃武与小白菜”冤案时，慈禧谕令彻查经办此案的原审各官员，经过一系列严密查证，整个案情大致厘清，冤情渐渐浮出水面，最终刑部奏结此案，推翻原判杨乃武、小白菜因奸合谋毒死葛品连的不实之词，对原审各官提出处罚意见：刘锡彤革职发配黑龙江；杭州知府陈鲁、宁波知府边葆成、嘉兴知县罗子森承审此案，草率定案，着令革职；浙江巡抚杨昌浚、学政胡瑞澜革职。没有株连，但也没有草草只处理一两个官员，而是该问责的就问责，根据罪责大小，分类处分。

区分共同犯罪中的首犯与从犯并区别对待，而不是让首犯一人受罚，或者不分首犯、从犯完全一样惩罚，是法律完善的一个标志。在贿选案处理中，既没有因为涉案人数众多而找一个倒霉鬼“杀鸡儆猴”，也不是所有人都跟首犯同等下场。这是反腐的决心，也是扎实推进法治的决心。

如果说，“法不责众”是曾经流传千年的司法潜规则，那么，现在是向这个潜规则说不的时候了。“法治思维”这四个字如今很热，一个健康的社会，是不应当存在大量“法不责众”现象的，否则，人人没有安全感。擅长以法治思维来行事，在法律框架内理直气壮行事，人人才有安全感。

古代官员如何考核政绩

很长一段时间以来，很多地方在“以GDP论英雄”的形势下，领导干部的升迁奖罚，被简单化地紧绑在了与经济相关的量化指标上，“形象工程”“面子工程”“数字出官”和“官出数字”等广受诟病的现象，也莫不根源于此。

政绩考核，自古以来就是官员考核办法。然而古代官员政绩考核更多是一种自上而下的封闭考核制度，有诸多弊端，但很少采用“唯GDP”论，更多的时候是综合官德、财赋、功过等于一体的综合考核制度，对今天不无启示。

一

“钱不是万能的，但没有钱是万万不能的。”中国古代地方官常被称为父母官，治下的百姓都成了“子民”。按照传统的礼教和法律，父母对于子女有教训惩戒的权力，也有获得子女供奉孝敬的权力。作为父母官，教训惩戒的权力就是司法审判权力，获得供奉孝敬的权力，即征收赋税的权力。能不能给皇帝源源不断地收税赋，是对地方官员的一大考验。

秦汉时期，对官吏实行考课制度。考课就是对官员政绩的考察，即今天的考绩。考课是将职位责任同官员的能力和行为联系起来，以考绩的标准来约束和激励官员，以考课结果的优劣来决定对官员的赏罚黜陟，以便劝善诫恶，使考绩得以发挥作用。秦代的考课是通过上计制度进行的。战国时，上计制即郡臣于年初将一年的赋税收入预算写在木券上，呈送国君，国君把木券一分为二，国君执右券，臣下执左券。到了年底，合乎标准的留任，不合乎标准的则罢免。也就是说，预算完成了，留任；完不成，走人。

所以，能够超额完成任务的官员，从来都是颇受青睐的。明朝张居正当政之初，面对吏治败坏、财政危机、赋役不均、军心涣散之困局，痛下决心，雷厉风行推行一系列改革，使大明王朝的生命又延续了数十年。张居正当政期间，朝中大臣极力推荐以清正廉洁而闻名天下的海瑞，张居正却对海青天很不感冒，一再不允，问其原因，说了如下一句话："应多用循吏，少用清流。"

所谓"循吏"，最早见于《史记·循吏列传》，指那些重农宣教、清正廉洁、所居民富、所去见思的官员，与普通的"清官""好官"大有不同。但在张居正一朝，"循吏"则意指不择手段去达到上级目的的官员们，例如户部尚书王国光，他因任人唯亲、鬻官黩货、损公肥私等罪状屡遭弹劾，却又是谙熟财政的理财高手，主政户部三年，朝廷赋税年年攀升，张居正所喜的恰恰是这种人，而不是那个认死理的海瑞。

当然，不择手段的"循吏"做得过分了，自然会成为酷吏。古代对"抗粮者"即不按时交纳税赋者惩罚是非常严重的。明清两代，如果纳税人不按期缴纳，就要用武的一手威胁。这叫作“比限”，如设定五日或十日的最后期限，通知对方必须到衙门缴纳。如果晚到，或虽到衙门报到但不能缴纳应缴纳的数额，就得挨一顿板子，按照法律最高可笞五十或小板二十。如果到期限日不来衙门报到，就要发票勾摄。经三“比”仍不能完纳的，就为“抗粮”之罪，拘拿归案后处笞五十，枷号示众一个月。期限日都预先公告，一般是在开审日的下午，上午长官审案，下午集中“责比”，将未能完纳的那些人集中勾到，轮流责打，一批批押出去枷号示众。

白居易当年是大唐的一名税吏，彼时遭遇安史之乱，唐王朝由盛转衰，元气大伤，收税的活不好干。白居易还算是个人文主义者，一面狠下心来收税，一面又写下不少充满悲悯之情的诗歌，如《纳粟》一诗，白居易这样写道：

有吏夜叩门，高声催纳粟。
家人不待晓，场上张灯烛。
扬簸净如珠，一车三十斛。
犹忧纳不中，鞭责及僮仆。
昔余谬从事，内愧才不足。
连授四命官，坐尸十年禄。
常闻古人语，损益周必复。
今日谅甘心，还他太仓谷。

二

总体说来，古代对官员的考核，相对还是比较全面的。

西晋时以五条标准考核郡、县官员，这五条是：正身（个人品质），勤百姓（为百姓办事），抚孤寡（抚恤孤寡之人），敦本息末（重农抑商），去人事（精简人事）。北魏考核官员分为三等：上上、中中、下下。上上者提升，下下者免官，中中者不升不免。北周考核官员制定了六条标准，这六条是：先治心（首先清心治身），敦教化（教化百姓），尽地利（发展农业生产），擢贤良（推荐人才），恤狱讼（执法公平），均赋役（合理征收赋税劳役）。

唐代的考核，非常完善。一年一考，其中文官的考第是三等九级，参考标准为“四善”和“二十七最”。四善是：德义有闻，清慎明著，公平可称，恪勤匪懈。偏重思想品德和工作作风。“二十七最”是区分不同职务所定，偏重行政能力和绩效。比如：“法官之最”的标准是“推鞫得情，处断平允”；“学官之最”的标准是“训导有方，生徒充业”；“校（书郎）正（字郎）之最”的标准是“雠校精审，明于刊定”，颇似现代新闻出版署对编校人员的考核，规定差错率不得超过万分之一；等等不一。

台湾史学家黄清连在《唐代的文官考课制度》中，编过一份唐代官员九等考第的品评细则：按职设目达到“最”者，加四善俱全，就评“上上”，一最以上加三善或无最四善，可评“上中”，一最以上加二善或无最三善，可评“上下”；一最以上加一善或无最二善，可评“中上”；一最以上或无最而有一善，可评“中中”；倘无最无善，但“职事粗理”，可评“中下”。再往后是“爱憎任情，处断乖理”

评“下上”；“背公向私，职事废阙”评“下中”；“居官谄诈，贪浊有状”评“下下”。能排在中等三级的，起码可以保住职位或官阶，列入下等三级的，依次是革职降级，听候监察部门查处，直至“贪浊有状”移交司法部门，跟今天的“优秀、良好、一般、及格、不及格”差不多了，但唐朝对考核不合格者的处理甚为严厉。

古代官员政绩考核多为内部进行，但也并非意味着完全不重视民间的声音，例如“万民伞”的把戏，那是百玩不腻的。在古代，州县长官离任时，总希望当地百姓搞一点纪念活动，以说明自己“官声卓著”“遗爱民间”。老百姓不得不配合，省钱又省事的办法是，送给离任长官一把有绅士们签名的“万民伞”，寓意是阖境绅民都曾得到这位长官的庇护。

还有一项离任的仪式就是“脱靴遗爱”。唐朝时有个叫崔戎的好官，在任华州刺史时，做了很多好事。后来任满离开时，百姓们都不舍得让他走，拦在路上，拉断了他的马缰绳，脱掉了他的官靴。后来形成习惯，明清时州县长官无论清浊贤愚，离任时都要搞这么一出把戏，在出境之前，由绅民拦路，请大老爷伸出脚来替他脱掉那官靴，算是留作纪念。

三

政绩考核“唯 GDP”论的一大弊端，就是一刀切，用一把尺子去评价，结果出现“长跑和游泳一起比赛”“鹌鹑与大鹅一起比大小”这样的荒谬事件，一些资源条件差、底子薄的地区，工作再努力，社会再和谐，考核也排不上好名次。近年来，各地政府考核中出现了一个新变化，开始注重分类考核，不再忽略各地的差异性，注重科学、切合实际。

事实上，古代官员政绩考核也是比较注重差异化的。在明朝，充分考虑各地州县政务繁简难易程度并不一样，虽然所有的州县长官的品级都是一样的，但是按照同样的标准委派官员的话，各位官员的能力不同，就会造成处理政务不适应的问题。为此，明朝在将州县官品级划一后不久，洪武十四年（1381 年）就按照各州县负担的赋税数量来确定“繁”或“简”。凡征粮七万石以上的州、三万石以上的县就是“繁”，在这数额以下的就是“简”，在挑选任命州县长官时，要考虑到繁、简的因素。到了隆庆元年（1567 年），吏部奉旨将天下府州县按照“大小、冲僻、繁简、难易”四项标准划分上、中、下三个等级。

清朝入关仍然按照明朝制度来分级，划分等级的标准简化为四个方面：冲、繁、疲、难。到雍正六年（1728 年）又进一步明确：“地当孔道者为冲，政务纷纭者为繁，赋多逋欠者为疲，民刁俗悍、命盗案多者为难。”“地当孔道者”，处于交通要道；“政务纷纭者”，事情繁多；“赋多逋欠者”，税不易收；“民刁俗悍、命盗案多者”，治安复杂。

按照这四项标准进行划分，清朝将州县缺分成简缺、中缺、要缺、最要缺四个等级。一个地方四项都全的，就是最要缺，要有过州县长官经历，而且考核成绩不错的人才可以担任；有三项的，就是要缺，也要有过州县长官经历的人担任；有两项的，是为中缺，可由有佐贰官经历或在朝考中成绩较好的人担任；只有一项或一项都没有的州县，就是简缺，可以从初选官中选人来担任。凡最要缺、要缺往往由熟悉当地情况的地方督抚来任命，而中缺、简缺由朝廷吏部直接任命。每个省的州县等级划分必须要经过朝廷的批准，一般来说，各省的州县等级数量是固定的，升一个简缺为要缺，就必须同时也降一个要缺为简缺。

据《清史稿·地理志》，清末全国大约有 5% 的州县定为四项俱全的最要缺，将近 20% 的州县定为具备三项的要缺，30% 左右的州县为具备两项的中缺，具备一项的或一项没有的简缺州县有 45% 左右。比如晚清的上海县属于“冲繁疲难”的最要缺，而附近的华亭县为“繁疲难”的要缺，奉贤县为“疲难”的中缺。整个江南地区，苏州府、松江府所属的州县没有一个简缺。

当年，能够把一个“冲繁疲难”之地治理得好的，那才叫作真正有政绩——对今天来说，其实也是这个道理。

商鞅死后多年，为何仍然完胜“战国四君子”

2017 年，香港著名武侠小说家黄易因中风而病逝，享年 65 岁。黄易著作等身，最为脍炙人口的代表作之一《寻秦记》，被认为是历史穿越小说的鼻祖。《寻秦记》写的是秦统一六国之前的战国末期故事，风云激荡、历史剧变之际，四个能力超凡的大人物，曾合力苦苦支撑危局、共抗强秦，他们便是著名的“战国四君子”。

一

信陵君、春申君、孟尝君、平原君，史称“战国四君子”。用今天的话来说，他们堪称战国“四大天王”，浊世之翩翩公子，在政坛与民间，影响力都爆棚。他们都是贵族，信陵君、孟尝君、平原君三位还是如假包换的王室成员。如果用“凡客体”，他们会这么自我介绍：

信陵君：爱交友，爱兵法，爱美酒，也爱美女。我不是一个想当国王的野心家，我狠揍秦国。我是魏无忌。

平原君：爱交友，爱守城，爱谈判，也爱毛遂。我不是一个一毛不拔的土财主，我从善如流。我是赵胜。

孟尝君：爱交友，爱官位，爱金钱，也爱打架。我不是一个从小就被爸爸疼的小王爷，我任性妄为。我是田文。

春申君：爱交友，爱阴谋，爱辩论，也爱太子。我不是一个爱美女超过爱江山的大情圣，我恨刺客。我是黄歇。

是的，他们四位，排在第一的，都是"爱交友"。电影《天下无贼》中，葛优扮演的黎叔有句名言："21 世纪什么最贵？人才！"其实早在两千多年前，"战国四君子"就充分意识到人才的重要性了，他们都以礼贤下士著称，各自府第，乃战国时最著名的人才高地。可以说，人才，是他们最大的资源。

四君子每人都长期养着数以千计的门客，负责他们的衣食住行与娱乐，可见这四人真是有钱啊，几千号人，好吃好喝供着，物质条件差一点就闹别扭，若是精神上感觉被怠慢了，那更是寻死觅活地折腾。他们平时也没啥大事，扯扯淡、吹吹牛、斗斗气，高谈阔论间，四君子的真金白银，就如流水般花出去。

数千门客，良莠不齐，不可能人人都是人才，四君子并不在意。一方面财大气粗；另一方面，他们有意识无意识地在进行攀比和竞争，看谁招揽的门客人数多，谁多，谁的影响力、号召力甚至人格魅力就更胜一筹。当然，他们追求多多益善，也是基于概率论，确保更大的成功可能和安全感——关键时刻，总有一个能帮我的人吧。

"毛遂自荐""鸡鸣狗盗""窃符救赵""狡兔三窟"……流传至今的一些成语，说的都是各色人才帮助四君子成就大事或逃过劫难的故事。平时再不显眼的人，即使只是一个屠夫甚至小偷，关键时刻也能大放异彩、创造奇迹。比如帮助信陵君策划"窃符救赵"的侯嬴，一个卑微的看门人，类似今天守传达室的大爷，没地位，偏偏架子还大，当初一点不给信陵君面子，甚至还故意给他脸色看。信陵君不在意，堂堂政坛明星，能够在众目睽睽之下，为一个看门人亲自执辔驾车，终于赢得侯嬴信任。危难时刻，侯嬴献计，让信陵君成功带领魏国军队拯救了赵国。而侯嬴也信守诺言，如期自刎，报答信陵君知遇之恩——知己已上战场，我不能随行，还活着干什么呢？

春秋战国，真是中华文明一个风骨奇伟、个性独特的时期，士人仗义，重操守，知恩图报，为知己者敢于赴死——这也许是四君子重金养士的时代基础吧。

二

当然，养数千门客，代价很大，远不仅仅是金钱方面的付出。像信陵君起初拜访侯嬴，被无视，他损失的不过是面子，这是小事情了。平原君赵胜，则是付出很大的代价了。

赵胜家有座高楼，面对着下边的民宅，民宅中有个跛子，总是一瘸一拐地出外打水。赵胜有个小妾，非常漂亮，有一天她往下看到跛子打水的样子，哈哈大笑起来。第二天，这位跛子找上赵胜的家门来，请求道："我听说您喜爱士人，士人不怕路途遥远，千里迢迢归附您的门下，就是因为您看重士人而卑视姬妾啊。我遭到不幸，得病致残，可是您的姬妾却在高楼上耻笑我，我希望得到耻笑我的那个人的头。"赵胜笑着应答说："好吧。"

当然，赵胜只是把对方的要求，当成一个笑话。等那人离开后，赵胜又笑着对大家说："看这小子，竟因一笑的缘故要杀我的爱妾，不也太过分了吗？"他没有杀自己的小妾。过了一年多，门客陆陆续续地离开了一多半。赵胜大惑不解，问大家："我赵胜对待各位先生，方方面面不曾有失礼的地方，可是离开我的人为什么这么多呢？"一个门客走上前去回答说："因为您不杀耻笑跛子的那个妾，大家认为您喜好美色而轻视士人，所以就纷纷离去了。"

怎么办？赵胜很快做出了选择：砍下那个发出错误笑声的爱妾的脑袋，亲自登门献给跛子，并借机向他道歉。从此以后，原来门下的客人就又陆陆续续地回来。明末文人高启还为此写了首诗："朝歌长夜馆娃春，总为妖姬戮谏臣。何事邯郸贵公子，能因躄者杀佳人。"

今天看来，这是一件匪夷所思又耐人寻味的事，除了感叹那年头女人真没地位，长得再美也不过是男人的私家珍藏，还会思考这么一个问题：门客与权贵，到底是一种什么关系？

四君子，都是掌握了国家大量资源的贵族，位高权重，甚至担任一人之下万人之上的"相"。他们供养门客，平时也不让门客干活，白吃白喝，但门客依然孤傲，一言不合，闹情绪，提条件。例如冯谖，在孟尝君门下先为"食无鱼"，继为"出无车"，后为老母无人赡养，三次弹剑而歌，就像今天的"大V"，连发三条微博打脸一般，完全不给金主面子。

他们有孤傲的底气，那是烽火连天的战国，每个国家都在为生存而战，人才的重要性，可想而知。"我有用"，这是门客与权贵博弈的资本，你出不起高价钱，你不尊重我，好，我走，"此处不留爷，自有留爷处”。春秋战国，绝对是人才大流动的时期。放走一个人才，而这人才又被对手所用，那是无法弥补的损失，说不定他今天负气出走，明天就成了自己的掘墓人，这方面的教训，在战国可以数出一堆来。

所以，对权贵而言，要伺候好门客们，不能让他们流失；对门客而言，因为金主的降贵纡尊，他们有了一种平等的感觉，他们追求的是一种与金主精神层面上的“知己”关系。当然，这只是一种虚幻感觉。在门客与权贵之间，哪有真正的平等可言？毕竟，权贵平时付出的只是金钱和面子，而关键时刻，门客付出的是性命。

他们其实彼此在玩一种心照不宣的游戏，以四君子为代表的权贵们，无论是真性情还是“影帝”级表演，只是告诉门客：今天我给你吃，给你喝，给你住，给你豪车，还给你面子，明天你只要给我一样东西——你的命。

这种“交友”方式，想想也是蛮吓人的。

三

一个有钱有势又有大量死心塌地追随者的贵族，在战国时期，能量是惊人的。这些门客，有的能文有的会武，有的能逗乐有的能玩命，有的能干大事有的能做脏活，所以供养数千门客的四君子，拥有的不仅仅是一支私人武装，更是一个门类齐全、功能完备的私人政府运作机构，简而言之，他们在体制内已经掌握了大量资源，又在体制外搞了一套人马，哪个好使使哪个，对内能与政敌明争暗斗，对外也可与他国进行政治、军事上的对抗，举足轻重，叱咤风云。

这惊人能量，有时是正的，比如信陵君率门客窃符救赵，又如平原君率门客坚守邯郸城。但这惊人能量，有时也是负的。

四君子招募的门客，以“有用”为第一标准甚至唯一标准，绝非人人都是贤能之士，反而有不少作奸犯科之徒。《史记·孟尝君列传》中写道：“孟尝君在薛，招致诸侯宾客及亡人有罪者，皆归孟尝君。”他以好客著称，一些犯罪逃亡之人，也成了他的座上宾。这些人自然只听孟尝君的，什么都敢干。“孟尝君过赵，赵平原君客之。赵人闻孟尝君贤，出观之，皆笑曰：‘始以薛公为魁然也，今视之，乃眇小丈夫耳。’孟尝君闻之，怒。客与俱者下，斫击杀数百人，遂灭一县以去。”他带一群门客过境赵国，就因为赵国人嘲笑他身材矮小，是个“眇小丈夫”，顿时怒火冲天，完全不顾赵国平原君的面子，带一群门客乱砍乱杀，把县城都给捣毁了。

想想那个因为嘲笑残障人士结果掉了脑袋的美女，在战国年代嘲笑人，真是一件风险极大的事。

孟尝君虽然出身名门望族，但从小得不到爸爸的疼爱，童年很不快乐，免不了自卑敏感，长大后占据高位，倾家荡产来供养门客，其实追求的是一种被人尊重的感觉，最好的是面子，最恨的是被人嘲笑，但他的怒火破坏力也太强大了，是因为他手下有那么多唯他马首是瞻的门客。

他的好客名气实在太大，后世常出现“小孟尝”“当代孟尝”，以他为偶像。但是也有一些人，例如宋人司马光，就对孟尝君不感冒。他在《资治通鉴》中这么评价孟尝君：“孟尝君之养士也，不恤智愚，不择臧否，盗其君之禄，以立私党、张虚誉，上以侮其君，下以蠹其民，是奸人之雄也。”即使是崇尚任侠仗义精神的司马迁，也对孟尝君颇有微词，他在《史记·孟尝君列传》结尾中写了自己的亲身感受：他曾经经过薛地，那里民间多有凶暴的子弟，与邹地、鲁地迥异，于是向那里人询问这是什么缘故。人们说：“孟尝君曾经招来天下许多负气仗义的人，仅乱法犯禁进入薛地的大概就有六万多家。”孟尝君封在薛地，电视剧《大秦帝国之崛起》中的“薛公”，就是他。这个人，因为过于好客，门客鱼龙混杂，居然把一个地方的文化都给改变了。

司马光不喜欢孟尝君，是基于这么一种价值判断：“君子之养士，以为民也。”孟尝君养士，当然不是为了国家，而仅仅是为了自己，培植一个完全听命于自己的小圈子。他是齐国的贵族，却因为担任齐相时，受不了齐国国君齐湣王的气，跑路到魏国，担任魏相时，策动了一次秦、燕、魏、赵联军针对齐国的进攻，势如破竹，攻占齐国 70 余城，甚至长时间占领齐国都城临淄，倒霉的齐湣王出国逃亡，死于楚将淖齿之手。

也就是说，孟尝君为了给自己出口恶气，差一点点就把自己的国家给灭了。

四

其实在刚刚出任齐相时，孟尝君跟齐湣王还是好友，但是他个人非常高调，手下门客又擅长宣传，于是社会上“闻齐之有田文，不闻有其王”，齐王自然产生疑虑，于是把孟尝君的齐相给罢免了，也把他给彻底得罪了。

影响力超过君王，从而遭遇君王猜忌——这是“战国四君子”遭遇的共同困境。

四人中口碑最好、功绩最大的信陵君，下场很惨：魏王意识到信陵君名气太大、实力又强，处处提防他，把他兵权给夺了。信陵君心情抑郁，为了自保，“与宾客为长夜饮，饮醇酒，多近妇女”，他用醇酒妇人来麻醉自己也蒙蔽君王，但仍然不得信任。魏王临终前，为了让太子平稳交接王位，赐毒酒毒死了信陵君后，自己才放心归天。

从某种意义上来说，“战国四君子”是在强秦咄咄逼人的历史大势下崛起的贵族强人，一方面发挥治国与救亡才能，另外一方面又隐然威胁王权。对于君王来说，一方面要借助这些强人的能力与声望，另外一方面又随时提防他们可能萌生的勃勃野心：“他招那么多门客，想干什么？”

这就进入了一个无解的怪圈：四君子个人魅力越大，遇到的掣肘就越多。所以，无论四君子能力有多强，无论他们能够做成多少大事，终究改变不了历史大势。

这个历史大势就是：六国贵族政治面对秦国官僚政治的彻底失败。

看看六国，贵族把持了一切，偶有四君子的贤能之辈，但更多的昏庸无能之辈，仅仅因为出身，就占据世袭高位，盘根错节，根深蒂固，让平民出身的人，一点机会都没有，用今天的话来说，就是阶层固化、社会上升渠道被堵死。四君子的门客，属于个人，无法系统性地进入国家管理队伍，但也没有被彻底堵死，六国人才充分流动嘛，那些才华超卓却因为出身底层而在本国找不到机会的布衣人才，纷纷跑到了一个正在用官僚政治取代贵族政治的秦国，实现他们的“秦国梦”。

他们不用投靠谁来当门客，不用人身依附任何人，也能在秦国找到施展才华的机会。秦国，也因为来自他国或本国的人才而产生的一个职业官僚集团，后来居上，最终成为六国的终结者。

秦国要感谢一个人，商鞅。他的变法改革，内容很多，其中关键就是两条：一是加强中央集权，树立君王权威，剥夺贵族特权，“礼不下庶人，刑不上大夫”成为往事，类似孟尝君因一句嘲笑就大砍大杀，其后扬长而去的事，在秦国不可能发生；二是打通平民布衣上升通道，建立了奖励军功制，普通百姓可以通过参加作战和努力生产而获得爵位，而贵族却会因为不能打仗而失去爵位，世袭被终结。

改革总是会遭遇种种阻碍，剥夺贵族特权，更会不断激起反弹。商鞅意志坚定，决定抓个反面典型，正巧太子触犯了新法，商鞅说，新法不能顺利推行，是因为上层人触犯它。于是将依新法处罚太子。太子，是国君的继承人，不能施以刑罚，于是严惩太子的两个老师：公孙贾的脸上被刻上了字，公子虔则因屡教不改而被割掉了鼻子。这两人并非冤枉，正是他俩教唆太子公开出来反对新法。这是很漂亮的一次杀鸡儆猴，从此，新法顺利推进，“行之十年，秦民大说。道不拾遗，山无盗贼，家给人足。民勇于公战，怯于私斗，乡邑大治”。

这样的秦国，谁能抵挡？

五

四君子人生结局，各不相同：信陵君被毒酒毒死。平原君与孟尝君得以寿终正寝，但家族后来都被灭族。死得最难看的是春申君，他居然死于自己曾经的门客李园之手。他当初依了李园之计，娶了李园的妹妹李嫣嫣（在《寻秦记》中，这是一位绝色美女），让她怀孕后，献给没有子嗣的楚王，打算效仿吕不韦，喜滋滋当太子的爹。但他没有当成，李园为了夺取他的官位，养了一批刺客，有人提醒春申君：李园准备干掉你，先下手为强。他倒是大大咧咧：李园是我带出来的小弟，我对他这么好，怎么可能杀我?

结果是：春申君很快就被杀了。李园豢养的刺客从两侧夹住刺杀了他，斩下他的头，扔到棘门外边，他死了，同时被满门抄斩。

门客，有时也是不靠谱的。

商鞅的下场也很惨，太子即位后，脸上刺字与没有鼻子的老师趁机报仇，那些恨他入骨的贵族们一拥而上。商鞅最终被车裂，灭族。

但是，他极力推广的新法，并未被废除。

英国著名法律史学家梅因有一句广为人知的名言：“迄今为止，所有社会进步的运动，是一个‘从身份到契约’的运动。”可以说，商鞅留下的，是打破身份限制、建立契约共识的努力。

商鞅死后许多年，四君子才陆续走上政治舞台，他们在压力之下，显现卓越的个人能力，把贵族政治影响发挥到极致，但是，相比商鞅给秦国留下的政治遗产，四君子终究落后于那个时代了，养再多再忠诚的门客，也无济于事。

有身份证的人

中国人已经离不开身份证了，但是身份证丢失后，即使补办（挂失），原身份证仍可正常使用。大量遗失、被盗身份证正通过网络进行非法交易，并被广泛用于开办银行卡、信用卡，掩护诈骗、洗钱活动——世上可能存在另一个你。

关于身份证，有一阵子朋友间特流行这么调侃：我可是有身份的人。然后补充：哦，是有身份证的人。

其实在古代，有身份证，还真有身份。

一

在大部分时间，古人是没有身份证的。从今人的角度，来思考古人如何辨别陌生人，还真是一件有趣的事。

古代没有摄影术，留影主要靠画师画像，所以后宫女子一定要讨好宫廷画师，那时皇帝不可能通过看艺术照选妃，都是通过画像来看谁漂亮。王昭君当年不肯贿赂画师毛延寿，于是不被待见。“诸宫人皆赂画工，多者十万，少者亦不减五万。独王嫱不肯，遂不得见。

匈奴入朝求美人为阏氏，于是上案图以昭君行。及去，召见，貌为后宫第一，善应对，举止闲雅。帝悔之。”皇帝被毛画师给误导了，还以为随手打发了后宫一个庸脂俗粉。

对绝大多数古人而言，他们没有能力留下自己或者他人的肖像画。事实上，那时只有少数几种人才能被画下来，比如通缉犯。古装影视剧里常常可见这么一幕：城墙上张贴通缉犯的图像，挤在人群中观看的某人，就是被通缉的那位。可见古代画师凭借别人描述画像的水平，不敢恭维。譬如在电影《新龙门客栈》上，千户拿一张通缉令来客栈寻人，太监们在一旁看热闹，不料被一人点了滴酒在人像额上，于是额上有痣的那个太监，就成了怀疑对象。

但古人也有类似今天身份证一类的比较完备的身份证明——照身帖，这也是可考的最早出现的身份证明。

照身帖的专利要归商鞅。公元前 359 年，秦孝公任用商鞅，全面推行变法，第一次变法的重要内容，就是编录户籍，什伍连坐，鼓励告奸，无户籍凭证者不得上路，不得留宿客舍。这个户籍凭证，就是照身帖。

有名字、职业，还有照片和公章——照身帖跟今天的身份证很像了。令人佩服的是，经过商鞅的铁腕治理，照身帖深入人心。《大秦帝国》这段，写的就是商鞅因没带照身帖被拒之门外的故事。在明人余邵鱼《周朝秘史》中，还形象地写了商鞅作法自缚的故事：

商鞅车马出城已百余里，忽听呐喊振天，人报朝廷发兵相追。商鞅大惊，忙跪下车，卸却衣冠，扮作隶卒逃亡。及追兵至，不见商鞅，虔谅其不能出关，且收其家属，及重金彩帛，各数十车，奇稀之宝，不可胜计，令武士押家属入咸阳，自率数百壮士追鞅。鞅走至函关，天色将昏，扮为商旅投宿，店主求照身之帖验之。鞅曰："吾无照身帖。"店主曰："吾邦商君之法，不许收留无帖之徒，如有受者，与无帖之人同斩，决不敢留！"商鞅叹曰："吾设此法，而今已及自身，所谓立法自毙耳！"又投它家，皆要验帖，俱各不收，直叩关门，关吏曰："商君设法，黄昏闭关，鸡鸣放关，今已至二更，决不放关。"鞅复走回，正遇公子虔，即活捉囚之，宿于馆驿。

如果回溯两千年来揣测商鞅的心路，他在无奈之余，或许更多的还是骄傲吧！毕竟"法"的观念，已深入人心。

二

中国历史上长期处于农耕文明，在漫长的岁月中，除了战乱与灾年，农夫们基本上不会离开土地与家乡，他们生活在一个狭小地域内的熟人社会中，不需要身份证明。如果在战乱与灾年，天下尽是流民，人命贱如草，也不需要身份证明了。

在古代，需要身份证明的，往往是一些需要流动的特殊群体，比如僧侣。《西游记》里，唐僧师徒取经途中每到一个新的国家，第一件事就是拿着度牒去通关。度牒就是他们的护照。不管是去女儿国还是乌鸡国，度牒都很重要。《水浒传》第三十一回《武行者醉打孔亮 锦毛虎义释宋江》中有这么一段："武行者道：'既然二位相觑武松时，却是与我烘焙度牒、书信，并行李衣服，不可失落了那两口戒刀，这串数珠。’孔明道：‘这个不须足下挂心，小弟已自着人收拾去了，整顿端正拜还。’武行者拜谢了。”连武松这样天不怕地不怕的好汉，都怕丢了度牒。

度牒是政府机构发给公度僧尼以证明其合法身份的凭证，在唐代也称为祠部牒，日本还藏有唐时的度牒文物，上面详载僧尼的本籍、俗名、年龄、所属寺院、师名以及官署关系者的连署，非常珍贵。僧尼持此度牒，不但有了明确的身份，可以得到政府的保障，同时还可以免除地税徭役。没有度牒而私自出家的僧道，称为私度。经官府发现，将会给予处罚，勒令还俗。因此，后世僧人游方挂单，必须随身携带度牒，作为身份证明。

正因为如此，度牒是稀缺品，不是一般人能够拥有的。在唐宋时，官府还可出售度牒，以充军政费用。史载，安史之乱时，御史崔众被委派至河东道向僧尼、道士收取度牒银。宋人赵彦卫《云麓漫钞》卷四记载：“绍兴中，军旅之兴，急于用度，度牒之出无节。上户和籴所得，减价至二三十千。时有‘无路不逢僧’之语。”可以推测：如果碰到到处都是和尚尼姑的情况，那么官府肯定是没钱了。

一直到明洪武六年（1373 年），明太祖朱元璋下诏免费发放度牒，结束“度牒银”制度。令人感慨的是，民间传说，明建文帝被叔叔打下南京时，没有自焚于宫中，而是化装成和尚逃走，当时他翻出了爷爷朱元璋留给他的一个密件，里面就有度牒一份。

除了度牒，古代还有一个特殊群体——囚犯，也有特殊的身份证明。当然，他们拿来证明自己身份的，不是今天的判决书，而是面上的刺字。面上刺字，是古代惩罚犯人普遍采用的方式，既是肉体上的惩罚，更是心理上的羞辱。

对武松来说，度牒与刺字，他都有。

三

抗战时期，日本侵略者搞过良民证，妄图以这种形式肃清沦陷区内的抗日力量，居民年满 18 岁都要随身携带，出入城卡必须接受检验，居民到朋友家居住，也必须向警察所申报，否则就以“窝匪”论处。当然，解放区、根据地为防范敌伪渗透，也严查身份证明，主要是“路条”，就是今天的介绍信。扛着红缨枪站岗放哨的儿童团，主要任务就是在村口查陌生人的路条。笔者曾见过抗战时期沂蒙抗日根据地沂南县公安局木刻版画式通行证，非常形象：地头一角的树下倚放着一把锄头，一名肩挎长枪、头戴斗笠的便衣执勤人员正伸手去接对面来人递过的通行证。事实上，在明朝就出现过“路引”。明朝年间有这样一项规定：凡人员远离所居地百里之外，都需由当地政府部门发给一种类似介绍信、通行证之类的公文，即“路引”，若无“路引”或与之不符者，是要依律治罪的。

古代这种证明身份的东西很多，名称也不一样：虎符、免符、鱼符、龟符、龙符、麟符、牙牌、腰牌等，不过这些都不属于小老百姓，而是官员的等级身份证，此即《新唐书·车服志》上所谓“以明贵贱，应召命”。

战国时，军官调动军队，要用虎符。鱼符，则是唐高祖李渊的发明，用木头或金属精制而成。其形状像鱼，分左右两片，上凿小孔，以便系佩。鱼符上面刻有官员姓名、任职衙门及官居品级等。

当时，凡亲王和三品以上官员所用鱼符均以黄金铸制，显示其品位身份之高；三品以下五品以上官员的鱼符为银质；六品及以下官员的鱼符则为铜质。五品以上的官员，还备有存放鱼符的专用袋子，称为鱼袋。鱼符的主要用途是证明官员的身份，便于应召出入宫门验证时所用。到武则天时，鱼符一度改为形状像龟的龟符，用途与鱼符相同。

在今天，“龟”这个词不受欢迎，但在唐朝，是个吉祥如意的字，当时很多人名字中也用此字，比如李龟年。龟符在历史上存在时间不长，武则天一死，就废除了，但是留下了一个流行至今的词——金龟婿。

明代官员用“牙牌”来证明自己的身份，这是用象牙、兽骨、木材、金属等制成的版片，上面刻有持牌人的姓名、职务、履历以及所在的衙门，它与现代意义上的卡片式身份证已经非常接近了。清朝官员则用帽子上的帽珠来证明，其帽珠用宝石、珊瑚、水晶、玉石、金属等制成。如果是秀才，可佩铜顶；若为一品大员，则佩大红宝石顶子。一般百姓帽上无顶，只能用绸缎打成一个帽结。

说一说宋朝的城管

在当今中国，“城管”两个字有着特别复杂的意义：一方面，他们在治理和维护城市管理秩序中发挥了重要作用；另一面，他们在中国城市化进程中是一种尴尬的存在，他们从事的这项职业被污名化。曾经有神人制作了一张“神图”《清明上河图之城管来了》来嘲讽今天的城管：原本人流如织、商贩云集的大宋东京城街头，突然间人跑光了，商铺纷纷关门，只留下一地狼藉，以及涂在墙壁上刺眼的“拆”字。

宋朝的城管真的也是这般凶悍吗？

一

某市城管双脚跳踩商贩脑袋一幕，把城管这个职业再度推向舆论的风口浪尖，尤其是披露这名城管是临时工后。

其实，披露临时工并非当地政府推卸责任，在这些年政府“简编定岗”的背景下，编制有限，政府部门大量工作往往依靠雇员来完成，临时工问题不仅仅关乎官德，更涉及用人制度问题。古代公务员数量控制得更厉害，因此古代的“城管”，基本上都是临时工，宋朝甚至还让士兵客串城管工作。

当然，城管早在宋朝前就出现了。这个职业的出现，前提当然是先有城市。《庄子·知北游》中有记载：“正获之问于监市履狶也，每下愈况。”这里面说的“监市”，即市场的监管者，类似今天的城管。可见，在庄子那个时代，已有繁华的城市，自然也有了口碑不太好的城管。

古代监市的成员都是临时工，根据当地官员的意愿或根据政治形势随时从民间挑选人员组建，组建期间监市的薪水由衙门发放。从理论上讲，监市可以来自各行各业，但古代分工明确，农民被束缚在土地上，商贩忙于生计，官员高高在上，所以做监市的，基本上都是街头闲汉、恶少，因此从来源上讲，古代城管队伍一开始就面临着人员素质的问题。

到了唐朝，城市化进程大大加速，唐朝拥有当时世界上最繁华的国际大都市，万国来朝，贸易发达，城管的工作更显重要了。他们属于衙门管，比衙门官吏的社会地位要低一些，任务就是“理市治序”。

北宋初期，战乱未起，城市商业更加发达，《清明上河图》即最好见证。城管的工作更繁忙了，政府专门成立了城管大队，叫“街道司”，工作是维持城市街道的卫生、整修与日常秩序，当然也要管理违章搭建、占道经营的商贩。据考证，“街道司”的成员一度由士兵担任，史载东京城中，就有500士兵组成的城管大队。他们比起唐代的监市，明显更有战斗力，遇到类似牛二这样的流氓无赖，也可制伏。

古代城管名称不一，来源多样，到了官僚制度相当稳定的明清两朝，城管多由“胥吏”担任。“胥”“吏”原本有不同分工，“吏”的地位比“胥”稍高。现在看来，“胥”是当地官员自行聘用的固定差役，彻头彻尾的临时工，大多由破落户、无赖甚至地头蛇之类充任。因为“胥”“吏”两者都是指代官府的各类办事人员和差役，后世遂将胥、吏并称。

后人研究，古代中国官场其实深受胥吏之害，当时的行政管理其实是由胥吏这种身处官僚体系基层的人员所操纵。他们一方面惯于使用欺骗、蒙蔽、行诈、勾结等技巧，选择性地执行分派给他们的任务，在包括城管在内各种“联系群众”的工作中欺压百姓、敲诈勒索。另一方面，他们又精熟行政细节和运作程序，遂能够蒙蔽、妨碍、误导，甚至胁迫比他们更具声望的上司，可谓欺上瞒下。

胥吏在历史上有恶名，跟他们临时工的地位不可分，实际也是明清官僚体制弊端的一个折射。如果像宋朝那样由士兵来客串，或许形象还会好一些。

二

宋代名臣宗泽以临终前三呼“渡河”而留名青史，实际上他是个文武双全的人，史料上记载过他管理物价的故事。北宋《春渚纪闻》曾记述，宗泽在东京任官时，“物价腾贵，至有十倍于前者”。他便派厨师暗访饼市，发现一个饼估价仅六钱，市价却要二十钱。宗泽大怒，严令卖家不得超过八钱，敢抬价者杀无赦，结果集市物价应声大跌。

在宋朝，像宗泽这样的城市管理者，在非战争年代，主要职能不是招商引资，而是维护市场秩序、城市安全等，也就是说，城市管理是当时政府的主要工作内容。据考证，宋代城管的职能相当多，类似于集纳今天的警察、环卫工、税务员、消防员、物价检查员、工商执法人员……反正一上街，大小事等均得管。他们当然也得管占道经营什么的，但这绝非工作的重点，他们更多是综合执法。

宋代城管执法，是有法可依的。

《宋刑统》规定："诸侵街巷、阡陌者，杖七十。"也就是说，对占道经营的，打七十棍，这是相当厉害的处罚了。对乱倒垃圾、影响环境卫生也有规定："其有穿穴垣墙，以出秽污之物于街巷，杖六十。直出水者，无罪。主司不禁，与同罪。"把尿屎垃圾弄到街上，影响了公共卫生，不只当事人倒霉，连"城管队长"都跟着挨杖打。

古代的城管立法也很有些历史。宋之前的唐朝，《唐律》规定，凡侵占大街小道、栽种植物者，都要处以杖笞之刑，还得恢复侵占前的原貌。而对扰乱城市秩序者，处罚更严厉："诸在市及人众中，故相惊动，令扰乱者，杖八十；以故伤人者，减故杀伤一等；因失财物者，坐赃论。"可以看出，宋代城管法延续了部分唐代城管法。

当然，古代城管法最狠的是明代，《明会典》除了规定对占道经营、乱丢垃圾进行严厉处罚外，就连随地大小便，被抓住了，也可能"枷号一个月发落"，即戴上刑具，在街头示众一个月。

三

唐、宋城市化进程很快，但跟唐朝不同的是，宋朝是一个市民社会蓬勃发展的黄金年代。唐朝实行严格的坊市制，老百姓要想破墙开店，那是坚决不允许的。但北宋的东京城中，坊墙已被推倒，坊市制瓦解了，人们沿河设市，临街开铺，到处都是繁华而杂乱的商业街，官民杂处，商民混居。“夜禁”也被突破，“夜市直至三更尽，才五更又复开张。如要闹去处，通晓不绝”。一种更富有商业气息与市民气味的城市生活方式，在宋朝都城兴起。

当然，这种转变有个过程，北宋初年，商人们破墙开店也是被禁止的，那时城管的重要工作是拆除违建，但蓬勃发展的商业态势无法逆转，而且能给政府带来可观税收，于是政府以人为本，对自发生长的市民社会、商品经济妥协了。

宋朝是一个重商社会，商人地位较之历史上各朝各代，上升较多。一些做小本买卖的，日子过得还算不错，比如《水浒传》中武大郎，靠沿街卖饼，也能养活自己与一个漂亮老婆。

应该说，宋朝的城市管理者，寻找到了一种微妙的平衡，既能保护市民社会的繁荣，又能维护城市的秩序。占道经营是古往今来的城市管理痼疾，宋朝的政府部门在街道两旁测量距离，竖立“表木”，作为禁止“侵街”的红线。红线之内，允许设摊、开店，但不得侵出红线之外。这个规定在《清明上河图》中还可看到：虹桥两头，就立有四根“表木”，桥上两边，小商贩开设的摊位，都在“表木”的连线之内，中间留出通行的过道。这样，既照顾了商贩的生计，也不致妨碍公共交通，这样在城市“面子”与老百姓的“肚子”

中，找到了平衡。

史载，康定元年（1040 年），宋仁宗“车驾行幸”，尽管当时街道狭窄，仁宗却没有下令封路，更没有让人拓宽街道，而是简化了仪式，“侍从及百官属，下至厮役，皆杂行其道中”，“而士庶观者，率随扈从之人，夹道驰走，喧呼不禁”。在等级森严的皇权时代，这确实是一个比较开明的皇帝了。

“空谈误国”与崇祯之死

崇祯帝朱由检本人好猜忌，大臣们又谁也不服谁，君臣、臣臣之间严重缺乏信任，终日吵闹不休，最终一块儿玩完。

“空谈误国，实干兴邦”，这是历史经验之言，更是现实警示之言。“空谈误国”四个字，常常令人想起那个发出千古叹息的崇祯皇帝遗言——“皆诸臣误朕”。这句遗言，应该是近400年前崇祯告别这个世界之前郁结于心、发自肺腑、最想留在世间让后人解读的一句心里话。

一

公元1644年农历三月十八日，大明皇宫里，35岁的皇帝崇祯帝拉着太子朱慈烺的手恸哭，他教导儿子在逃亡路上千万谨慎小心：“见到做官的人，长者呼为老爷，年轻的呼为相公。如遇平民，长者呼为老爹，少者呼为老兄；呼文人为先生，呼兵士为长官……”

随后，崇祯帝自缢于煤山，而朱慈烺被李自成的大顺军俘获，李自成将其封为宋王，后来在李败退时不知所终，估计死于乱军之中。

崇祯帝身后事颇惨，史载：李自成的兵卒们用两块门板把他和殉死的太监王承恩抬至东华门阴凉处，买了两具柳木棺，仅值 20 串铜钱。他的头下枕以土块，尸体上蒙以苇草。不久，自杀的周皇后尸身也被放置于此，可能有宫女细心，尸下垫以锦褥，上覆锦被。崇祯帝尸体暴露一天后，倒是李自成军中兵士有人看不过眼，撤周皇后尸身上的锦被，蒙于崇祯帝尸身之上。

历史不能假设，但在今天回首明末乱世，仍不断假设各种可能：如果在兵临城下之前崇祯帝去了南方，或者太子去了南方，历史或许就要重写了，明朝不一定灭亡得那么快。李自成见了崇祯遗体，才松了一口气；南明也坚持了不少时间，而此后闹出多次“明太子案”，说明当时百姓心里，还是盼望有个主心骨。

其实崇祯帝完全可以南逃，当时大顺军势不可挡、兵锋直指北京之际，也有大臣劝皇帝以亲征的名义“南下”。遗憾的是，从万历年间开始的朋党斗争，在王朝将要灭亡之时也一点儿没有消停的意思。阁臣们个个心怀鬼胎，他们唯恐皇帝南逃后自己会与太子一同留下死守北京，所以没一个人正式出来明确表态。时任左都御史的李邦华则直言：“皇上应该留守社稷！”此人建议让太子朱慈烺去南京“监国”，分封定王和永王两个王子于外。这完全是南宋国亡前的翻版。崇祯帝气得要死，怕大臣们拥太子去南京“另立中央”，就说：“朕经营天下十几年，尚不能济事，哥儿孩子家又能做得什么事！”廷臣们争吵商议，终日不绝，结果皇帝、太子一个都没走成。

二

崇祯帝即位之初，还是颇想干一番事业的，但他好猜忌，大臣们又谁也不服谁，君臣、臣臣之间严重缺乏信任，终日吵闹不休，最终一块儿玩完。崇祯帝临死前，曾绝望地说：朕非亡国之君，可是十七年来，满朝文武泄泄沓沓，徒尚门户之争，无一忠心谋国之臣，倘若朝中有半个于谦，何至会有今日！

明朝文臣对"嘴炮"的爱好，在封建王朝中都是不多见的。王夫之曾激烈地批评明代士人："激昂好为已甚"，好大发议论，动辄言"天下"，好干"民誉"，"褊躁操切"，"矫为奇行而不经"，所恃不过"一往之意气""一时之气矜"，"有闻则起，有言必诤"。

在明末，内忧外患，急需决断之心，但君臣整日赌气，结果什么事都做不成。例如当时商量与清军议和，杨嗣昌等提出李自成、张献忠匪患未肃，辽东边疆之事，清人有议和意，可以与之先谈。结果此言一出，黄道周等老臣怒不可遏，朝上出现了一场声势浩大的舌战。

著名学者樊树志在《晚明史》中评说这段口舌之争时，不无遗憾：

平心而论，思宗（崇祯）授权陈新甲秘密与清媾和，在当时内外交困的形势下，不失为一时权宜之计，对内对外都是利大于弊的。一些不了解全局又不明真相的大臣死抱住《春秋》大义不放，用传统政治伦理来否定媾和，使颇有政治主见的思宗也不敢理直气壮地力挽狂澜，怯懦地退缩。经过此番波澜，思宗再也不敢与清朝尝试和谈，在攘外与安内的两难选择中他已无牌可打了。

空谈之风，盛行于魏晋，当时一群士人以清谈避世，用今天的话来说，就是侃爷，你说佛道，他讲宇宙，练就一副好嘴皮子。其中一个代表人物名叫王衍，他在西晋永嘉年间当过尚书令、司空、司徒，位列三公。《晋书·王衍传》说，他“口不论世事，惟雅咏玄虚而已”。到了明末，大臣们在大难临头之际，自然已不谈风月，但聚焦时事，依然是空谈，个个自居为道德化身，个个以为掌握了真理，其实不过是盗虚名、说空话，脱离实际，百无一用，最终“陷天子于一城而弃天下，乃以终灭其宗庙之血食”（王夫之语）。

三

明末舌战，缘于党争。大臣们不是从理性出发，而是执着于门户之争，无论是在政治问题上，还是在军事问题上，都争论不休，什么事都难达成共识，什么事都做不了，最终一盘散沙。

明末党争从万历二十二年即1594年开始，一直到弘光元年，也就是1645年，半个世纪争斗不已。崇祯上吊、清军进京是1644年，也就是说，明朝灭亡了，南明小朝廷还在争个没完没了。明末的党争，开始是东林党和齐、楚、浙三党之争，后来演变为东林党与阉党之争。

当年海瑞上疏，曾把皇帝气得半死。明末像海瑞般清廉的官员不多，但比海瑞言辞更尖锐乃至刻薄的官员却不少，结果是“君主以暴政对士人，士人以暴言对君主”，逞口舌之快，却无砥柱之才，与皇帝吵，与同僚争，最终万劫不复。

从我们今天的视野来审视明末党争，是深深的遗憾。东林结党给明朝造成了巨大损失，这是一个深刻的历史教训，但一直到现在为止，还有很多人对东林结党的危害认识不足，而被东林党华丽的辞藻和“清流”的外衣所迷惑，对其多有追捧和溢美之词。东林党确实聚集了当时最优秀最有正义感的知识分子，他们也自居为正义的化身，对自己的所作所为，充满了道德优越感。他们不知道，他们的路径其实是与对手在唾沫纷飞中共同葬送了大明王朝。

姚雪垠在长篇小说《李自成》中描述了崇祯的最后时刻：

他忽然又想到吴三桂来京勤王的事，更觉恼恨。当朝廷得知李自成破了太原的时候，就有人建议下诏吴三桂进关，回救北京。蓟辽总督王永吉也从永平府来了密奏，力主调吴三桂回救京师，以固国家根本。他当时已经同意，加封吴三桂为平西伯，指望吴三桂平定西来之贼。可是朝臣中有不少人激烈阻挠，说祖宗疆土一寸也不能丢掉，责备放弃关外土地为非计。朝中为应否调吴三桂勤王的事争论不休，白白地耽搁了时间。后来因局势日见紧迫，朝臣们才同意召吴三桂勤王，但又说辽东百姓均皇上子民，必须将宁远这一带百姓全部带进关内，这样就必然误了“戎机”。他痛恨朝廷上都是庸庸碌碌之臣，竟没有一个有识有胆、肯为国家担当是非的人……想到这里，他怒不可遏，将端在手中的一只茶杯用力往地上摔得粉碎，骂了一句：

“诸臣误国误朕，个个该死！”

这位年轻皇帝不知道，他死后，他的“该死”的大臣们，到了南明小朝廷，还在争吵不休。江山不在，国之不存，还要死掐，这些人，就这样不管不顾地将空谈进行到底。

生态

和谐与冲突

“礼让”古今谈

两则新闻曾引起全社会的高度关注，一是消防车在北京簋街执行任务时，无车让行，反而还遭抢行；另一则是劳斯莱斯被撞，肇事车主被迫进行巨额赔偿，于是网上流传“豪车出没，赶快避让”。

两则新闻都跟避让相关，避让其实是一种敬畏，但当人们避让或敬畏的只是权、钱，而非公德时，就很令人担忧了。

一

微博上曾有这么一则被迅速转发的消息：“成都人民南路往机场方向，有一辆价值 1300 万元的劳斯莱斯正在行驶，请过往的司机朋友注意避让！”

这是让人笑不出来的苍凉的黑色幽默。社会进化至此，那种在路上的不安全感，依然根深蒂固。

古时权贵出行，百姓避之不及，无数古装影视剧中都有这样的场景：鸣锣开道，鸡飞狗跳。事实上，这是古代交通行政管理的重要一环，用来彰显等级与威严。

当代人熟悉的场景是，封建时代官员出行所用“回避”牌、“肃静”牌、官衔牌、铁链、木棍、乌鞘鞭、金瓜、尾枪、乌扇、黄伞等随行仪仗之外，还要鸣锣开道，提醒前面的百姓人等避让。清代官阶不同，出来的排场也不一样：州县官出行鸣锣，打三响或七响，称为三棒锣、七棒锣，意为“速回避”“军民人等齐回避”。道府出行鸣锣，打九棒锣，意为“官吏军民人等齐回避”。节制武官的大官出来，要打十一棒锣，意为“文武官员军民人等齐回避”。总督以上官员出来，打十三棒锣，意为“文武官员军民人等齐回避”。官员出行时鸣锣开道，被认为是必行的官仪；仪仗大小、鸣锣多少下，也都反映了官员的品级大小。

当然，皇帝出来阵仗是最大的了，大伙儿只能跪着，抬头偷看一眼，都是大罪。清廷规定，一般官员坐 4 人抬大轿，亲王、郡王乘 8 人抬大轿，皇帝、太后乘 24 人抬大轿。清朝最富丽堂皇的轿子是慈禧太后的銮舆，它以上等紫檀木为架，以黄金装饰轿顶，外罩杏黄色贡缎，上绣九条蟠龙，以翡翠为莲花踏脚，出行时，由 24 名身材一般高、年纪一样大的太监抬着，以显示慈禧太后至高至尊的等级地位。

其实，历朝历代，皇帝、太后并非像影视剧中那么频繁隆重出巡，或者微服私访，他们更多是在深宫大院里，在太监宫女的前呼后拥下转一转。1900 年 8 月 15 日凌晨，八国联军兵临北京城下，慈禧太后携光绪帝仓皇出逃，顾不上她的銮舆了，乘一辆骡车，狼狈不堪，史书载“发不及簪”，一路哀哭。

二

值得一提的是，古代的交通规则，并非只考虑了官宦们的威仪，也不乏一些人文色彩。

例如，古代要求行路时，“少避长”，意思是年纪小的人为年纪大的人让路；“轻避重”，负担轻的人为负担重的人让路；“去避来”，来者为客人，去者指离开家庭或乡里未远行者，相对来者，去者仍是主人，主人应为客人让路。唐律中还专门对水上通行规则做了明确规定，如“溯上者避沿流”，也就是上行回避下行的行船原则。

这些概念，一方面反映出古人礼让的行路风貌，另一方面也反映出尊敬老人、谦虚克己、为他人着想的优秀品质，跟当今交通规则在会车时的先后顺序，颇有些异曲同工。

限速是当今交通规则的重要内容，古时也有限速要求。唐代规定“禁马众中”，即禁止车、马在城内及人口稠密的闹市区内高速行驶，否则属违法行为，将追究刑事责任。

古代官阶不同，座驾规格也不同。在慈禧那个年代，銮舆堪比今天的劳斯莱斯了，众人自然避之唯恐不及。不过当年，这种象征权力的座驾，只属于官方，一般商人再有钱，也是没法享受的。历代，除朝廷命官外，庶民绝无使用仪卫的资格，即使经济富有、略有地位的庶民出行，也只能让一两个仆役随行，而且不能喝道或令一人骑马在前充当“引马”。如宋朝规定，庶民乘车，前车不许呵引及援列仪物，也不得使用银水罐引喝随行。清朝规定，文官三品以上、武官二品以上才能用“引马”两人，其他官吏及庶民一律不准用“引马”。

也就是说，在古代，即使你富甲天下，也无法享受鸣锣开道的待遇。否则，就犯了王法。

三

北京“簋街消防车遭抢行”视频传到网上后，舆论大哗。有人马上上传了“车辆让行消防车”的视频，其中一段视频拍摄于交通拥堵的繁华路段，前方车辆听到消防警笛时，自觉向路两侧分散停靠，一辆车拼命往外并线险些追尾；另一段视频拍摄于高速公路上，一辆罐车起火，行驶中的车辆听到警笛后，打着双闪提前向两侧停靠，数千米路段，成百上千的车辆犹如行注目礼般为消防车让路，消防车得以一路高速“冲”到救援现场。对比之下，大伙更是感慨万千。

救护车、消防车，一旦警笛响起，无不关乎生命，需要“生死时速”。但是在一些车主看来，我为什么要给你让路，你又没权力罚我？你又不是劳斯莱斯，碰了你会让我倾家荡产？

所以说来说去，关于避让的话题，还是关乎人的价值选择：是敬畏生命，还是权力与金钱。

一直以来，校车安全都是全社会关注的焦点话题，现在很多地方都有黄色的“大鼻子校车”开进校园，看到这些安全坚固的专业校车行驶在乡间公路上，无疑令人欣喜，但是，开车的人，会自觉避让这些校车吗？

有人曾提议，要给校车配上警笛，赋予特权。但是，救护车、消防车不同样有警笛的特权吗，为什么仍然陷入被抢道的尴尬？敬畏生命的问题不解决，哪怕中国的学校都配备了无比坚固的校车，加大资金投入、建立了安全体系，“校车优先”依然是一片浮云。

不会有人出这样的馊主意吧——让劳斯莱斯成为中国的校车，看你还敢不让？！

从商还是莫学胡雪岩

当下成功秘籍、“心灵鸡汤”大行其道，于是在不少中国商人心目中，“红顶商人”胡雪岩是他们的偶像。他们羡慕财富给胡雪岩带来的一切，但令他们双目灼灼、痴迷不已的，则是胡雪岩获得巨大财富的路径。

但胡雪岩走的这条路，却是危险得很。

一

光绪十一年（1885年），从财富巅峰跌至谷底的胡雪岩在抑郁中迎来了死亡，他的临终遗言是：勿近白虎。

“勿近白虎”是什么意思？后人分析，其一，“白虎”是指洋人，不要和外国人做生意，胡雪岩在死前两年与洋人大打生丝战，惨遭败局，引发了他庞大财富帝国的崩溃，他恨洋人；其二，“白虎”是白花花的银两，外表看极其诱人，但实际凶险，犹如噬人猛虎，也就是说，经商是最有风险的事情。胡雪岩的身家，一度高达白银2000多万两，如费行简的《近代名人小传》认为：“（胡雪岩）私财亦二千万。”放在19世纪末的全球来看，这都是一个惊人的数字。但胡雪岩死后被抄家时，官府发现曾经富可敌国的胡家，“所有家产，前已变抵公私各款，现人亡财尽，无产可封”。

胡雪岩死后埋葬在杭州城外鹭鸶岭的荒山乱石之中，一直不为人知，直到20世纪90年代才被发现。胡雪岩死后，家属已无力厚葬，且他自己也有亲笔遗嘱：“……华表坟上不用，此物不过后人好看，墉如此下场，要好看何用。”

“要好看何用”，这五个字苍凉而又真切。胡雪岩是个极其讲究“好看”的人，他也处处用“好看”来佐证自己的成功。后人津津乐道的是处于财富巅峰时，胡雪岩纳妾12名，并为她们建造了休憩场所——娇楼，使姬妾分室而居，而他则像皇帝一样，每晚随手拈牌招姬妾入寝，生活极其奢靡。汪康年在《庄谐选录》中所写：“杭人胡某，富埒封君，为近今数十年所罕见，而荒淫奢侈，亦迥寻常所有。”

胡雪岩死时，年62岁，生于贫寒，中年得大富贵，最终又死于贫寒，他这一生，是真实的《红楼梦》，是真实的“眼看他起高楼，眼看他宴宾客，眼看他楼塌了”……

二

不可否认，胡雪岩是商业天才。在晚清乱世中，他能敏锐地捕捉商业机会，长袖善舞，敢为人先，擅长整合资源。他的经营理念，比如“戒欺”“是乃仁术”“真不二价”等，也为后世所称道。但胡雪岩的巨大财富，并非仅仅来自他的商业才能，更多的是“官商结盟”。

在胡雪岩的商业生涯中，有两个官员成为他的“贵人”，或曰，两大靠山，前是王有龄，后是左宗棠。王有龄历史留名，更多是因为胡雪岩。著名作家高阳所著《胡雪岩》，绘声绘色地描述了二人的“缘分”。胡雪岩发迹之前，独具慧眼地相中了颇有发展潜质的落魄书生王有龄作为其日后的官场靠山，他资助了王有龄 500 两银子，让他进京托关系取得个官职。此后王有龄官运亨通，平步青云。当然，胡雪岩是其重要智囊。王有龄升官之后，当然不忘胡雪岩，对他的钱庄事业大加援手。随着王有龄的不断高升，胡雪岩的生意也越做越大。后来王有龄在太平军攻陷杭州城后自缢身亡，胡雪岩又迅速攀上更大的靠山——左宗棠。

左宗棠任浙江巡抚后，委任胡雪岩为总管，主持全省钱粮、军饷，因此胡雪岩的阜康钱庄获利颇丰，史载“京内外诸公无不以阜康为外库，寄存无算”。胡雪岩还协助左宗棠开办企业，主持上海采运局，兼管福建船政局，经手购买外商机器、军火及邀聘外国技术人员，并为左宗棠西征筹款，从中获得大量回佣。在左宗棠的支持下，胡雪岩操纵了江浙商业，专营丝、茶出口，操纵市场，垄断金融。至同治十一年（1872 年）阜康钱庄支店达 20 多处，遍及大江南北，资金 2000 万余两，田地万亩。由于辅助左宗棠有功，曾授江西候补道，赐穿黄马褂，成为光鲜的“红顶商人”。

胡雪岩与官员“结盟”，自然不仅仅是经济往来。胡雪岩为人八面玲珑，不仅是官员经济代理人，在一定程度上也是官员私生活的代理。在关于他的诸多故事中都提及，为笼络官员，他一次次不惜献出自己心爱的女人。

三

盛极而衰，胡雪岩的财富帝国在 1883 年开始坍塌。令人瞠目结舌的是，他辛苦几十年堆积的财富，却在极短时间内烟消云散。

1883 年，大清国爆发了一次金融危机，后人形成共识的是：这次金融危机是由胡雪岩囤积生丝投机失败引起的。1881 年，他大量囤积生丝，受外商抵制。双方僵持到 1883 年，不料意大利生丝丰收，上海丝价暴跌，胡雪岩只能低价出手，亏损巨大，进而引发挤兑风潮，阜康总号及其各地分号同时闭歇。外国在华银行拒绝贷款，钱庄受沉重打击。据统计，在这次风潮中，上海南北市大钱庄年初 78 家到年终只剩下 10 家，且危机波及全国其他许多大城市的金融市场。因为钱庄向票号借款数量巨大，钱庄倒闭使票号也深受其害。

令人感慨的是，胡雪岩将生丝存货出手后仅两天，他的阜康钱庄就轰然而倒，随后居然拖垮了整个资金链和产业链，闹到了破产抄家的地步。但是后人研究，生丝亏损，并未对胡雪岩构成致命一击，把他逼到绝境的，是挤兑。

学者姜朋在《从胡雪岩故事看官商关系与商法要义》一文中写道："（挤兑发生后）此时官府若能出面维持金融市场稳定，或者给予阜康票号以信用支持，危机或许可以避免，然而一场突如其来的反腐调查却最终将阜康票号及胡雪岩推上了败落之路。光绪九年（1883 年）十一月，有人举报刑部尚书文煜在阜康号中所存银两来历不明。后经查实其中有十万两是为前江西布政使文辉代存的，文煜也辩称其‘由道员升至督抚，屡管税务，所得廉俸历年积至三十六万两，陆续交阜康号存放’，最后朝廷下令‘即由顺天府向该号商按照定款如数追出，以充公用’，责成文煜捐银十万两了事。除了这十万两充公银，遭挤兑后，阜康号倒欠的官私款项约 1200 万两，其中尤以官款为重。”

在胡雪岩辉煌之时，官员争相把钱存在阜康，如今抢着挤兑，急于主张自己的债权“优先受偿权”，官员个人的债权转瞬就变成了官府的债权，阜康票号必须立即清偿。如此之下，胡雪岩不破产才怪呢。

耐人寻味的是，导演此次挤兑风波的，是一个名叫盛宣怀的人，盛宣怀的背后，又站着他的靠山李鸿章。

盛宣怀是这么发出狠辣一击的：他一方面授意上海道台邵友濂晚 20 天给胡雪岩一笔协饷，另一方面向洋行放风，谣传胡雪岩资金即将告罄，洋行焦虑之下，纷纷向胡雪岩催款。事出突然，胡雪岩只好从自己的阜康号调来 80 万两银子，先补上了这个漏洞。盛宣怀垄断了当时的通信业，他通过电报对胡雪岩一切调款活动了如指掌，当估计胡雪岩的银子已经陆续调出了阜康号，正是空虚之际，就托一些大户到银行提款挤兑，同时让人四处放出风，说胡雪岩囤积生丝大赔血本，拖欠外国银行贷款，阜康倒闭在即。很快，前来阜康提款的人群几乎踩破了门槛。盛宣怀胜利了，成功达到了李鸿章“排左先排胡，倒左先倒胡”策略。

胡雪岩破产后，左宗棠仍竭力维护。1885 年 9 月 5 日，左宗棠病逝，户部尚书阎敬铭上书要求将胡雪岩“拿交刑部治罪，以正国法”，并将其家属“押追着落，扫数完缴”。逮捕胡雪岩的命令尚未执行，当年 11 月，胡雪岩郁郁而终。

或许这就是胡雪岩们的宿命——他们具备相当的商业天赋，在官府控制一切资源的时代，要发大财，只有取悦权力，和权力结成同盟，而一旦如此，他们必然走入生财之邪道，财富来源不干净，很容易被更大的权力以正当的名义剥夺。

从商，还是莫学胡雪岩罢！

友谊的小船说翻就翻?

在春暖花开的时候，“×××友谊的小船说翻就翻”刷屏了，各个忙碌的行业，都在吐自个儿因为忙碌而失去朋友的槽。这是一种戏谑，有些小矫情，也有些切实的无奈：春光大好，正是呼朋唤友欢聚时，却这个忙那个忙，忙到没有朋友，弄翻了友谊的小船。

友谊不是地久天长吗，怎么说翻就翻呢?

一

各种版本的“友谊的小船说翻就翻”，都说明一个道理：友谊需要时间来呵护。一个忙一个闲，自然就失去平衡，于是小船翻了。时间，确实是友谊的敌人，或者说，经过时间考验的友谊，才是真正的友谊。

人世间有很多令人动容的友谊，历经岁月淬砺，而保持本色不变。但也有很多缔结已久的友谊，在时间的河流中倾覆了。友尽，绝交。

今天的朋友绝交，是拉黑，删除电话并设置屏蔽，不再联系。

古代通信远不如今天发达，友尽了，给对方写一封绝交信。有时把两人间的绝交信变成了公开信，动静就大了。魏晋时期“竹林七贤”之一的嵇康，听说朋友山涛（字巨源）高升了，要举荐自己替任他，嵇康怒了，发表《与山巨源绝交书》，申明自己不堪礼法约束，谢绝引荐，友谊的小船翻了。东汉的朱穆，处处照顾旧友刘伯宗，但刘伯宗后来官越做越大，位列朱穆之上了，趋炎附势，轻蔑老友，朱穆怒了，致函刘伯宗：“咄！刘伯宗于仁义何其薄哉！”同时附《与刘伯宗绝交诗》，友谊的小船翻了。

这样的故事在书上能够找到很多，书上一般不会记载寻常平民的友谊或友尽，记载的都是一些有名的读书人的行为。读书人最擅长的就是文字，写一封圈子里朋友都能看到的绝交信或绝交诗，既树自我之形象、泄心头之恶气，又给从友人变路人的绝交对象制造舆论压力。虽然古人崇尚“君子绝交，不出恶语”，但多年好友一夕绝交，而且提出绝交者，是自认为遭受欺凌和侮辱的一方，很愤懑也很痛心，难免出些恶语。比如朱穆《与刘伯宗绝交诗》，自比为道德高洁的“凤”，把刘伯宗比喻为贪食腐臭的“鸱”，“填肠满嗉，嗜欲无极”，还毫无廉耻，“谓凤无德”。通篇骂人不带脏字，但骂得够狠。

清朝初年有一对好友陈梦雷、李光地，同为福建人，又同榜进士及第，那关系不是一般的好，简直亲如兄弟了。如果没有后面发生的一个变故，也许他俩还能一直快乐地划着友谊的小船。变故发生康熙十二年（1673 年），分藩福建的耿精忠起兵造反，恰好此时陈梦雷与李光地均在福建，耿精忠逼二人就伪职，并把陈梦雷父亲软禁起来。怎么办？两人约定：陈梦雷假装就范，潜伏叛军之中收集情况，李光地则用蜡丸将收集的情报秘密封存之后跑路，这情报后来献给朝廷，对清军入闽平叛贡献甚大。三年后，耿精忠兵败，李光地因为传递情报立了大功，但是陈梦雷呢，却因投附逆贼而被逮捕押往京师，关入大牢论斩。能够救陈梦雷的，只有李光地了，他是陈梦雷潜伏的唯一上线。

这对好朋友，本来约好了要做对方的守护天使。但事情发生了变化：虽然陈梦雷入狱前后多次要求李光地为自己作证辩诬，但李光地居然坐视不理。陈梦雷大恨，在狱中揭露真相，说李光地“欺君负友”，一时舆论大哗。此后李光地上书皇帝请求宽恕陈梦雷（也有一说他是顶不住舆论压力被迫而为），但对于陈梦雷做内应贡献军事秘密一事，只字不提。陈梦雷免于一死，被流放到辽宁。在流放途中，陈梦雷写了近五千言的《绝交书》，文采飞扬，传到京城后，连康熙皇帝都给点赞了。

这对昔日好友，接下来的命运全然不同：李光地青云直上，而陈梦雷在流放地大病一场，家中父母先后去世，妻子也在流放地亡故。陈梦雷虽然后来在学术上卓有建树，但他对李光地的恨，如滔滔江水，而李光地终其一生，都背负着骂名。事实上，李光地是个好官，能干又清廉，在理学研究中也颇有造诣。后人也因此指出所谓对不起朋友云云，是冤枉了李光地。此事是非争论，也成了一桩历史公案。

是的，于情于理，都无法解释李光地为何不救陈梦雷。近阅《读书》杂志上赵刚所撰《解读李光地卖友求荣案》一文，有所悟：陈梦雷与李光地均是当时学问大家，但陈梦雷精通辞章，才华横溢；而李光地长于理学，治学严谨。李光地很早就敏锐意识到，相比理学，康熙对于辞章之学有更浓厚的兴趣，因此对于陈梦雷有深刻的不安全感。一言以蔽之，“学成文武艺，货与帝王家”，陈梦雷的货，比他的值钱。细思恐极。

友谊的小船翻了，自然是出现了失衡。像朱穆与刘伯宗绝交，是因为两人地位出现失衡，刘伯宗作为小弟处处被朱穆罩着的时候，二人友谊是牢固的，但是当刘伯宗不当小弟了，还瞧不起以前的大哥时，平衡的格局被打破了。牢固的友谊，建立在一种均衡的基础上，不只是经济地位（《老炮儿》中老炮儿拒绝已成富人的发小之馈赠即是例证），还有文化、爱好、见识等，即共同的价值取向，一旦一方发生变化，就会造成不平衡。造成失衡的因素，是外部的诱惑与内部的蜕变结合在一起。哥俩一起成长，但长着长着，碰到个啥事，另一位就长成预想之外的模样了，比如著名的“管宁割席”。管宁和华歆从小一起读书，关系特铁，但华歆长大后，越来越静不下心来读书，日渐浮躁，贪慕富贵，管宁就把两人坐的席子割开，不做朋友了。

维持友谊，确实很难。友谊的核心在于亲密，这个亲密的空间并不大，如果其中一人难以遏制私欲，私欲越来越膨胀时，必然会压迫另一方，及至砰的一声，友尽，绝交。所以越是形影不离的朋友，往往越容易反目成仇。彼此太熟悉，共同拥有秘密太多，一旦绝交，没了安全感，往往会下狠心做狠事，写封绝交信置对方于舆论压力之下算是相当文明的了，像电影《太极张三丰》中，张君宝与董天宝这对一起长大的兄弟最终却要分出生死才罢休的故事，在历史上是屡见不鲜的。

二

遥想远古洪荒，人类初诞，一个猎人正被猛兽逼上绝境，森森獠牙，近在眼前，血盆大口中喷出的腥臭之气，扑面而来，绝望间，另一个猎人不顾生死，给了猛兽致命一击。两猎人咧嘴相视而笑，伸手紧紧相握，身体甫一亲密接触，一种神奇的情感已经凝结诞生，这是一种能够互相托付的信任，这是一种能够零风险或低风险分享秘密的安全感，这也是一种仅存于两人或少数几人之间的隐秘的精神同盟。这情感深镌于人类基因，代代传承，寄托着每个个体关于社会关系最美好的一个层级的渴求。

这种神奇的情感，就叫“友谊”。

不管什么原因，也不管是友谊的小船还是巨轮，翻掉了，都是件让人悲哀的事情。因为友谊是人类最珍贵的情感之一，人人都需要友谊，人人都不愿意失去朋友。

韩国有部电影叫《朋友》，号称是韩国人看过次数最多的一部影片。电影结局很残酷：从小一起长大情同手足的两个朋友，却因为长大后加入不同的黑帮阵营而殊死争斗，最终在一个雨夜，张东健主演的男主角，被自己的昔日小伙伴指使的凶手，活活捅了几十刀，他开始试图逃跑，后来倒在地上挣扎，生命结束之前，一动不动地看着尖刀不断扎入自己体内。

《朋友》中有一句台词：“我不知道朋友的真正意义，直到老师把它写在黑板上，那是‘长久亲密的伙伴’。”长久亲密，有多长久？很难有答案。只能说，缘分有用尽的时候。友谊，某种程度上，也是一种想念而无法拾回的乡愁。

为了让友谊长久，人们常常借助于一些仪式，比如结拜兄弟。是的，刘备、关羽、张飞桃园三结义，友谊维持了终生。但正如再盛大再感人的婚礼也无法确保夫妻终生相爱一样，再庄严的仪式，也无法保证友谊小船一直平稳驶向人生终点。电影《投名状》，三个男人结拜为异姓兄弟，同生共死，却在胜利来临之后，被命运之手操纵，互相残杀，“不求同生，但求同死”的口号，在不是你死就是我亡的现实面前，冷酷而可笑。其实这是一部反“江湖乌托邦”的电影，武侠片长期建构的“兄弟义气”“男人友谊”，在这里轰然坍塌，却令人更深刻地思考人性与友谊。

柳宗元有一句话说得特别好：“为人友者，不以道而以利，举世无友，故道益弃。”朋友之间并非不可不言利，但如果结交朋友过分或全部是为了追求利益，友谊的小船确实说翻就翻了。当然，今人跟古人相比，维系长期的友谊更难，不仅仅是要处理好“道”和“利”的平衡关系，还有更多平衡需要维系。往高深说，是能不能做到孔子所言“不忘久德，不思久怨”，把自我压缩一点，把朋友看重一点；往简单说，是能不能平衡好碎片化的时间与朋友间不可缺少的深入交流的关系。朋友面对面坐着，话有一句没一句地说着，眼睛却不看对方，看着自己的手机。这个场景，至少能预示一件事：友谊的小船，快翻了。

是的，我们不用把朋友相处之道看得那么高深莫测，我们更希望回到那个简单的时刻：

相视一笑，莫逆于心。

太平天国起义前夕，各级官员为啥装聋作哑

著名作家二月河生前除了留下《康熙大帝》《雍正皇帝》《乾隆皇帝》三部长篇小说，还因为对反腐败的思考，获得了“反腐专家”的名号。

二月河谈反腐，有一个比方非常形象。他说，腐败是社会“糖尿病”，是个慢性病，它一般不会导致国家速亡，怕的就是蔓延严重，导致并发症暴发。

历史上，腐败“糖尿病”多次发作，比如，太平天国运动爆发前的清朝官场，就是腐败“糖尿病”并发症暴发的一个“病理样本”。

一

地主王作新差点就改变了历史。

道光二十七年（1847年）12月28日，一个北风呼啸的冬日，广西桂平县紫荆山石人村的地主王作新，带着团练抓住了一个名叫冯云山的人。

王作新向官府指控冯云山纠集数千人聚众谋反。在清朝法律里，

谋反罪列在十恶大罪之首，不但本人要被处极刑，家属还要连坐。但吊诡的是，官府训斥王作新“殊属昏谬”，把冯云山给释放了。此时，距离中国历史上规模最大的一次农民起义太平天国运动爆发，还有三年多时间。

冯云山是个什么人物？许多年后，忠王李秀成被曾国藩俘虏后，写下供状，其中这么评价冯云山：“谋立创国者出南王（即冯云山）之谋，前做事者皆南王也。”可以说，冯云山是太平天国起义与建国的设计者，也是太平天国运动前期的顶梁柱。

跟东王杨秀清、西王萧朝贵、北王韦昌辉、翼王石达开均为广西籍不同的是，冯云山与洪秀全同属广东花县人，两家距离才三里路，两人从小同学，意气相投。洪秀全创立拜上帝教后，冯云山誓死追随，陪同洪秀全到广西传教，条件艰苦，洪秀全回广东了，冯云山却坚持了下来。他以做塾师为掩护，独自一人，深入桂平紫荆山传教，将一批穷困潦倒的烧炭者，发展成为太平天国运动的骨干。

洪秀全得知冯云山在深山里干出了名堂，很激动，他比冯云山性子急，想尽快扩大影响力。他发动“打倒偶像”运动，先在象州捣毁甘王庙，又将紫荆山内左水和右水一带的社坛一律捣毁，一时轰轰烈烈，会众日增，但把王作新给惹出来了。

据《桂平名人录》记载，王作新（1810—1870），紫荆山石人村人，是个秀才。其父王东诚，为紫荆山首富，年收租谷数万斤。冯云山 1846 年进入紫荆山后，执教于大冲书房，王作新曾与之交往。翌年，冯云山在书房门旁大书一联：“暂借荆山栖彩凤，聊将紫水活蛟龙”。王作新反复揣度，觉得冯云山居心叵测，有叛逆朝廷之意，自此不再与冯云山往来，且时刻伺机与拜上帝会作对。

1847 年秋，洪秀全、冯云山率会众捣毁紫荆山大冲雷庙，这个庙是王东诚、王作新父子倡建的。于是，王作新带团练出手了，突袭拜上帝教总坛。

据太平天国史研究专家罗尔纲《太平天国史》，王作新两次出手抓捕过冯云山：先是农历十一月二十一日，在押往官府途中，被曾亚孙、卢六带领拜上帝会兄弟夺回。农历十二月十二日，王作新再起团练把洪秀全、冯云山、卢六、曾玉珍都捉了，解交大湟江口巡检司（相当于今天的派出所）。巡检王基把洪秀全、曾玉珍留下（他俩很快就借机跑了），把冯云山、卢六解去桂平县，下了监狱。王作新以“阳为拜会，阴谋叛逆”来控告冯云山。

另一位著名史学家王庆成在《太平天国的历史和思想》一书中则表示：根据太平天国起义后清朝方面追查此案的结果，王作新并无第二次捉人之事，冯云山被救走后，他到县里控告，知县要求“严提两造人证质讯”。

冯云山下狱，洪秀全跑回广东找关系营救，结果一无所获。这是太平天国起义爆发前他们遭遇的最大一次危机。

但是，冯云山怎么就给释放了呢？

二

桂平县的县太爷不愿意“惹事”。

知县王烈受理了王作新的控告，控告书写道：

（冯云山等人）为结盟借拜上帝妖书，践踏社稷神明，乞恩严拿究办事。缘曾玉珍窝接妖匪至家教习，业经两载，迷惑乡民，结盟聚会，约有数千人。要从西番旧遗诏书，不从清朝法律。胆敢将左右两水社稷神明践踏，香炉破碎。某等闻此异事，邀集乡民耆老四处观查，委实不差。至十一月二十一日，齐集乡民，捉获妖匪冯云山同至庙中，交保正曾祖光领下解官。讵料妖匪党曾亚孙、卢六等抢去，冤屈无伸，只得联名禀叩，伏乞严拿正办，俾神明泄愤，士民安居，则沾恩无既。

实事求是说，王作新虽没预料到他笔下的"妖匪"即将掀起滔天巨浪，十余年时间席卷大半个中国，但他这份控告书，尽是干货，直指问题实质，而且是性质非常严重的问题。

按常理，事涉谋反，妥妥的本县第一大案，有司当组织专案组侦办，遣骨干力量深入调查。但是，王烈却在批示中，劈头盖脸把王作新给骂了一通：

阅呈殊属昏谬。该生等身列胶庠，应知条教，如果事有实迹，则当密为呈禀，何得辄以争踏社坛之故，捏饰大题架控。是否挟嫌滋累，亟应彻底根究。候即严提两造人证质讯，确情办理，以遏刁风而肃功令。

这通批示，首先骂王作新"昏谬"，继而批他小题大做，故弄玄虚，"捏饰大题架控"，同时又表示要将冯云山、卢六二人弄来当面对质。这样，巡检司把他二人给弄进了县看守所。冯云山叫屈：

"我是教人敬天，不意被人诬控！冤啊！"

冯云山、卢六坐了半年牢，不幸的是，卢六病死狱中。接替王烈担任桂平知县的贾柱把冯云山给释放了，理由是：教人敬天，是劝人为善，"并无为匪不法情事"。判决：把冯云山作为无业游民，派两个差役押解回广东花县，交原籍地方官管束。

真是糊涂官！但无论王烈还是贾柱，都自认为自己很聪明：谋反可是大罪，呈报上去，惊动了上头，就麻烦了，大领导能不烦吗？他们会想：你桂平县令是干什么吃的？居然说有人谋反，给我添堵！要是上头过问下来，甚至可能派人下来督查，那就是大麻烦了，多一事不如少一事，何必给自己惹事呢？所以，王作新多事，讨厌！

刘佐泉在《反对和镇压太平天国的客家人》一文中说得很精辟："当时清王朝官场腐败颟顸，官吏只顾搜刮，其他一切都以敷衍放任为主，宁可大事化小，小事化了，不愿辖境内发生重大事故。"这就像已故作家王小波在杂文《花剌子模信使问题》中写的那样：凡是给君王带来好消息的信使，就会得到提升，给君王带来坏消息的人则会被送去喂老虎。谁还敢报坏消息？上有所好，州县官望风承旨，讳匿不报，已成惯例。所以，冯云山造反的火药味连王作新这样的地主都闻得直打喷嚏，满心警惕了，但县太爷就是假装闻不到。冯云山逃过大劫，太平天国也因此没有给扼杀在萌芽状态。

但桂平知县既然不愿也不敢给冯云山戴一顶"谋反"的帽子，却又为何又把他关了半年之久呢？

秘密在于一个字：钱！罗尔纲在《太平天国史》中写道："不肯放冯云山，因为这一个大题目，正是这班如虎如狼的贪官污吏们勒索人民的大好借口，不满他们的贪壑，是决不放手的。"办案索贿，雁过拔毛，绝对是晚清官场的潜规则，之前，洪秀全跟冯云山一起被逮住，结果巡检（相当于今天的派出所所长）把洪秀全截留了，就是想勒索点钱。史实证明，桂平知县通过冯云山案，确实捞了一大笔。紫荆山拜上帝会的烧炭穷兄弟，用他们的血汗钱——“科炭”，即每卖出 100 斤炭就抽出一部分的炭钱积贮起来，东拼西凑，筹得一笔大款，贿赂了王烈的继任者贾柱，冯云山因此得以释放。

冯云山被两名桂平衙役押送往广东花县，一路上，未来的南王游说他俩加入拜上帝教。他口才了得，这两名衙役即刻就被说服，毅然放弃公务员身份，随冯云山转道去了紫荆山，风风火火筹备即将到来的金田起义。

三

“我没看到，我不相信，我认为没有，这事就真的没有。”——读太平天国起义前夕的史料，能够清楚窥见各级官员的“鸵鸟心态”，普遍的侥幸，混乱的逻辑，疯狂的自欺欺人。

他们就像在玩一个击鼓传花的游戏，把一个注定爆炸的炸弹互相传递，就看谁的运气差了。

随着太平天国起义时间的临近，越来越多的迹象表明：有大事将要发生。一批又一批武装的民众，赶集一般朝金田村汇集，但县官欺瞒州官，州官欺瞒巡抚，巡抚欺瞒朝廷。当时广西巡抚是郑祖琛，他明明知道地方糜烂，剧变在即，却心存侥幸。洪秀全在金田准备起义，北京的咸丰皇帝才突然知道：广西有人要造反了。噢，不是

“有人”，是有数以万计的人要造反了。

咸丰帝暴怒，重新启用林则徐为钦差大臣，驰赴广西督剿。只是林则徐年事已高，久病缠身，还未到剿匪目的地，就在路上病逝了。咸丰帝焦头烂额，四处找人赴广西灭火。

金田起义爆发后，咸丰帝当即以“专讲应酬，于纪律运筹一无所知，畏缩无能，纵贼养患”为由，革去广西提督（相当于广西军区司令员）闵正凤的职，调湖南提督向荣充任其职。再以“庸懦无能，因循畏葸”为名，革去广西巡抚郑祖琛的职，被革职回家的郑祖琛，不久就忧愤而死。咸丰帝得知他的死讯，还不解气：“郑祖琛辜恩昧良，可恨已极。该犯在家身死，太觉便宜。”

郑祖琛这个人，值得写写。他从七品芝麻官，爬到一省巡抚之位置，花了 40 年时间，是一个史称“世故太深、周旋过甚”的官油子。他任广西巡抚时，已近七旬，又患有咯血病，在任上一味求稳，暮气沉沉，得过且过。紫荆山一带动荡不安，他虽有耳闻，却假装不知道。待金田起义发生后，同僚因此如是攻击他：“大吏郑祖琛又笃信佛教，酷似梁武帝欲不杀一人以为功德，于是一省鼎沸，鱼烂日馁矣。”

但时局之糜烂，让郑祖琛一人承担，也是不公平的。学者夏春涛在《天国的陨落：太平天国宗教再研究》一书中写道：某种意义上，“郑祖琛是在替他的前任梁章钜、周之琦背黑锅”。譬如梁章钜，任广西巡抚期间，以名士风流自命，以游山赋诗饮酒为乐，对政务放任不问，“于地方惩办盗案之员，目为俗吏，或加之摈斥”（《论粤西贼情兵事始末》）。这种官僚，所起的示范作用，是极其恶劣的。何况当时的广西，是长江以南社会矛盾最尖锐、统治基础最薄弱的一个省份，民生问题、民族问题、土客问题相互交织。在这样的地方为官，必须掌握处理复杂敏感问题的能力，更要励精图治、夙夜在公，一刻松懈也是行不得的，而此处偏偏却遇上了不作为的官员。

其实，被免职的郑祖琛也感觉很冤，太平天国起义前后，他不是没有向上报告过，但没人听。

当一批批武装民众从四面八方汇聚金田时，郑祖琛向他的上级、两广总督徐广缙商量，请求调兵支援。徐广缙不搭理他，理由是：这是你广西的事。当然，坐镇广州的徐广缙，自己也有一堆麻烦事，分身乏术。

火药味越来越浓了，郑祖琛无奈，越过徐广缙，直接找到北京，这次找的是个大人物，军机大臣潘世恩。他几乎是哭诉了：广西军区司令闵正凤很吃力啊，打不过下面那帮“会匪”，我的领导徐广缙又不肯帮我，您老哥是军机大臣，帮帮我啊。结果潘世恩的回复是：“切勿以贼多入奏。”意思是，皇帝不喜欢听这些，别拿这些破事来烦我。

时间不等人啊，到金田村集结的武装人员越来越多，到处爆发了跟清军的冲突，绝望的郑祖琛，只能找到最后一根救命稻草：权臣穆彰阿。这个穆彰阿可不是一般人，文华殿大学士，正一品，在当时堪称“一人之下，万人之上”，是皇帝特别宠信的人。郑祖琛跟穆彰阿关系也不一般，两人是同年考取的进士，所谓“同年”。郑祖琛给穆彰阿写信，商量能否向皇帝报告广西的乱局。

但穆彰阿对同年十万火急的情况汇报，不以为意，只是回复了一句：“水旱盗贼，不当以时入告，上烦圣虑。国家经费有常，不许以毫发细故辄请动用。”意思是：朝廷没钱，这种破事，你自己处理吧，不要上奏，免得让皇上烦恼。

皇帝想保江山社稷，但当臣子的，只想保住自己的乌纱帽。

狼烟四起，刀兵相见，郑祖琛真是绝望啊，史料记载下了他的真心话：“左右两难，乞身未敢，空手何能杀贼？”自己说什么都没有用，既无法辞官回家，又没有扑灭叛乱的能力。怎么办？只能寄希望上天保佑，事态能够控制，不会搞到无可救药，挨不到自己任期结束的时候。

但他的运气，不如他的前任。在击鼓传花的游戏中，轮到他时，鼓点骤然停了，“轰”，炸了。

四

金田起义爆发后，咸丰皇帝下令，对王作新控告冯云山但被桂平知县放虎归山一案进行了调查与追责。《咸丰东华续录》记载：

广西武宣县生员王作新，前经呈控冯云山等在桂平习教结盟一案，已革浔州府知府顾元凯、丁忧桂平县知县王烈，事前既毫无觉察，迨经控告到案，又不赴乡亲查，严行究办。江口司巡检调补广东省巡检王基专司缉捕，乃既疏于查拿，又复任听贿嘱，吏治废弛至此已极，必应彻底根究。王烈、王基均著革职，同已革知府顾元凯一并拿问，交邹鸣鹤提同府县幕友人等严讯确情，按律惩办。

可见咸丰皇帝为“吏治废弛”痛心疾首，痛恨官员没有政治敏锐性，也缺乏深入基层的能力。是啊，如果当时王作新控告后，官老爷们能够“赴乡亲查”，又怎么会是这么一个完全失控的局面呢？

随着太平天国运动的迅速蔓延，咸丰帝越来越发现自己的官员那般让他绝望！

他寄予厚望、派到前方的钦差大臣赛尚阿，却是个糊涂蛋，跟太平天国打了一年仗，还没搞清楚“太平王”是何人。探子报个名字，他不假思索就报给皇帝，今天是“韦正”，明天又变成了“胡以晃”，甚至还报了一个女人的名字“胡二妹”……明明清军处处溃败，咸丰帝却不断收到“捷报”。为了掩饰自己的失败，他甚至不惜编造俘虏的供词，严重误导了咸丰的判断。

皇帝又是暴怒，撤掉赛尚阿，委派两广总督徐广缙为钦差大臣。徐广缙此前不遗余力攻击郑祖琛“专事慈柔，工于粉饰，州县亦相率弥缝，遂至酿成巨患”，但他比郑祖琛表现更糟糕，只敢带着部队，远远跟在太平军屁股后面。武昌被围时，徐广缙尚在七百里开外的湘阴；武昌失陷次日，徐广缙尚未进入湖北境，奏称“武昌追剿贼匪，迭次进攻，大获胜仗”，断言武昌“自可解围”。四日后，才奏报武昌失陷，并以“遏该逆回窜”为辞滞留不前。咸丰帝岂能不怒，斥责徐广缙“军情缓急，但凭禀报，如在梦中”，并表示“自愧自恨，用人失当”。

前方无人可用，后方蠢材内讧。太平天国起义后，清政府为镇压起义，花费了巨额军费，最后国库空虚，军费告急，清廷一度号召大举捐款，结果应者寥寥。左副都御史文瑞认为，户部尚书孙瑞珍有钱，建议他捐银三万两。孙瑞珍急了，堂堂一个从二品的大官，却像个泼皮无赖一样赌咒发誓：我没钱，“若有虚言，便是龟子王八蛋”。文瑞不信，两个朝廷大臣，像街头泼妇一样对着破口大骂，差点打起来了。

一场太平天国运动，让大清王朝上上下下现了原形。官员无能而又贪婪，因循怠玩，丧失了处理复杂敏感问题的能力，国家机器，已到了没有能量推动运转的地步。用二月河的话来说，腐败的“糖尿病”并发症暴发了。

冰冻三尺，非一日之寒。康熙、雍正、乾隆三朝，反腐力度不可谓不大，乾隆之后的嘉庆，一等乾隆驾崩，就干掉了和珅，所谓“和珅跌倒，嘉庆吃饱”，但基于封建皇权的反腐，难以触及皇亲国戚的核心利益，更谈不上有“制度性反腐”的延续性。雍正反腐力度最大，但他身后，腐败却愈演愈烈。后来的皇帝，对于反腐，即使有心，也是无力了。愈到晚清，腐败问题更严重，渐成不治之症。晚清著名教育家容闳当时就指出，清政府“政以贿成。上下官吏，即无人不中贿赂之毒”。

一方面是完全失控的腐败现象，另一方面是不负责任的官员群体，清朝哪来生命力？不负责任的官员，以道光一朝的“磕头宰相”曹振镛为最，他做官的秘诀是“多磕头，少说话”，做任何事都是为了取悦皇帝，因此打压言路，逼着官员们只报喜不报忧，极大地败坏了政治生态。清人笔记《清代轶闻名人轶事》中有篇文章叫《曹振镛之误清》写道：曹振镛鸡蛋里挑骨头，钳制人心，让天下人不得发挥各自的聪明才智，造成一个不痛不痒的天下，“厌厌无生气，皆曹振镛所造成也”。还说，因为报喜不报忧，使得太平天国起事的消息，没能及时传上来，“洪杨猝发，几至亡国，则曹振镛之罪也”。

这些身居高位的官员，还真的比不上那个桂平县紫荆山的地主王作新。史载，冯云山被放出来后，王作新预感大事不妙，闻风先逃，避匿武宣。后来他参与了镇压太平天国的军事行动，一个儿子与三个侄子都在战斗中遇难。

五

1852 年 6 月，太平军向湖南进发。途经全州时，冯云山中炮身亡。洪秀全为此大哭道：“天不欲我定天下耶，何夺我良辅之速也！”确实，冯云山死后，太平军失去了一位灵魂人物。如果他能多活几年，历史或许又是另外一种写法了。

太平天国起事之初，锐气十足，势如破竹，腐朽的清政府一时摇摇欲坠。赖有曾国藩、胡林翼、左宗棠的湘军集团崛起，挽狂澜于既倒，扶大厦之将倾，击败太平天国，给清王朝延续了几十年寿命。但是，与其说是湘军打败了太平天国，不如说是太平天国自己打败了自己，原因也是腐败。太平天国王爷们腐败的程度，并不亚于清朝的权贵们。在太平天国晚期，情形完全跟起事之初颠覆了，他们的战斗力急剧下降，湘军人数虽少，却不把太平军放在眼里。

历史吊诡的是，太平天国悲剧的源头，始于冯云山下狱、洪秀全返粤之时。当时紫荆山群龙无首，人心动摇，杨秀清伪装“神灵附体”，代表天父传达圣旨，巩固了拜上帝会，但也就此埋下了太平天国分裂的种子。太平天国运动尚未成功，太平天国的王爷们就开始争权夺利、腐化堕落，最终兄弟相残、前功尽弃，正所谓：苍天饶过谁！

历史，是最好的镜鉴。在十九届中央纪委三次全会上中央作出“反腐败斗争取得压倒性胜利”的重大论断时，再回溯太平天国起义爆发前清朝官场的这段历史，无疑让今人深感腐败之可怕、反腐之艰难与中国共产党反腐败的决心和力度！

有一种父亲，叫“领导他爹”

中国素来存有父亲崇拜情结，各种描述父爱的鸡汤文章满屏皆是。

笔者读《曾国藩家书》中他写给父亲的一封信，颇多感悟。这世上有各种各样的父亲，曾国藩的父亲，属于“领导他爹”那一种。

领导他爹，真不好当。

一

曾国藩这封家书写于道光二十六年（1846 年）正月初三，在照例说些琐事报了平安之后，他写道：

“前信言莫管闲事，非恐大人出入衙门，盖以我邑书吏欺人肥已，党邪嫉正，设有公正之乡绅，取彼所鱼肉之善良而扶植之，取彼所朋比之狐鼠而锄抑之，则于彼大有不便，必且造作谣言，加我以不美之名，进谗于官，代我构不解之怨。而官亦阴庇彼辈，外虽以好言待我，实则暗笑之而深斥之，甚且当面嘲讽。且此门一开，则求者踵至，必将目不暇给，不如一切谢绝。今大人手示，亦云杜门谢客。此男所深为庆幸者也！”

翻译一下，大意如此：老家政治生态不好，这些小官小吏，损公肥私，朋比为奸，热衷于拉帮结派、排除异己，父亲大人您是正派乡绅，不要跟他们有太多来往，不要常往衙门跑，要是您出于正义帮助被他们欺负的人，他们肯定会怀恨在心，造各种谣，最终污化我们曾家的名声，也给我结下许多冤家。而且这个门一开，求你的人接踵而来，怎么顾得过来？不如统统谢绝。父亲大人的来信中，也说要杜门谢客，真是太英明了，是我这个做儿子的深为庆幸的！

写这封家书的时候，身在京城的曾国藩，正走过人生拐点，步入仕途顺境，短短四个月之内，连升两级。同僚羡慕嫉妒恨的都有，正是敏感时刻，老家可不能生出什么是非来。

著名作家唐浩明如此评点这封家书：“中国的传统是一人得道鸡犬升天，家中出了一个大官，家人个个都能得其好处；即使本人远在京师或外省，地方官员仍会对其家属优礼有加，更不要说附近的小老百姓对其府上的诚惶诚恐了。于是便有许多这样的官亲，仗势胡作非为，勾结官府，称霸乡里，令百姓敢怒不敢言。有的略微好一点，只为自己及家人谋非分之利，尚不至于武断乡曲，鱼肉小民，然世人对此亦多不满。只有极少数人能自守本分，不插手地方事务。”

作为一位有大智慧的官员，曾国藩自然希望父亲不要插手地方事务，在此前一封给叔父的家书中，他要叔父劝说父亲不要去省城县上干预公事，“无论有理无理，苟非己事，皆不宜与闻”。曾国藩的父亲接受了儿子的规谏，来信说“杜门谢客”，所以曾国藩大喜，为父亲点赞。

曾国藩的父亲叫曾麟书，一看这名字就是重视读书之人。但他不是个读书种子，虽然刻苦好学，但天资愚钝，是那种特别勤奋但总是考不出好成绩的笨小孩类型。考啊考啊，一直考到 43 岁，参加第 17 次童试时，终于中了秀才，虽然晚了些，却也创造了家族的一个纪录："大界曾氏"几百年来第一个秀才。曾氏家族自此科门大开，人才按捺不住地往外冒，一直繁茂至今。

曾麟书虽然是个老实人，但总归有些虚荣心，儿子在京城做了大官，老家以各种目的找上门来的越来越多，曾老爷子难免有些跃跃欲试，好在曾国藩的信很及时。唐浩明评点说："身为官亲，不与闻地方事务，实乃最明智的举措。人之常情都鄙薄仗势行为。仗势而作歹，固然极坏，即便不做歹事，但干扰了地方当局，也易招致是非。……曾氏洞悉人情世故，目光深远。他在京中做官，巴望的是家中清吉平安，不想看到家人仗他的官势而招来舆情腾怨。倘若湘中对他家人的口碑不好，自然也会给他的仕途带来不利的影响。"

曾国藩的官越做越大，曾麟书也一直低调不多事。这是曾门传承至今的优良家风。

二

但并不是所有领导的爹，都像曾麟书这般自甘寂寞。

譬如，张居正他爹张文明。

张居正官做得极大，明朝万历时期的内阁首辅，掌权柄十年，事实上是大明第一人，连小皇帝都要听他的。有个这么牛的儿子，张文明在老家也跟着牛气冲天了。

虽名“文明”，但张文明为人处事，不太文明。他是湖北江陵一个落魄秀才，考运跟曾麟书一样，虽然刻苦读书，但考来考去，始终是一个秀才身份，就是考不上举人，等到儿子张居正考中进士了，他还是没考上举人。所以他的最终学历跟曾麟书一样是秀才，但如何当领导他爹，他跟曾麟书完全是两个路数。

他很高调，几乎横行乡里，俨然一霸。窝囊了几十年，如今儿子当了超级大官，他要做个超级老爹，跺一跺脚，江陵就要抖三抖。他什么都干，欺压百姓，干预司法，想让谁坐牢就让谁坐牢，想捞谁就捞谁，连张居正自己都无奈地承认他老爹在老家的斑斑劣迹：“老父高年，素怀坦率，家人仆辈，颇闻有凭势凌铄乡里、混扰有司者，皆不能制。”

当地官府，也通过讨好张文明来讨好张居正，远不只是嘘寒问暖，连国有的土地都免费送给张家，更出格的是，当地政府部门为张家修建宅第，居然让大明朝的皇家特工——锦衣卫当建筑工人。这是犯大忌的事。但张文明感觉挺好，他感觉更好的是，源源不断有人送钱上门，送到北京张居正官邸，张首辅或许会拒收，但送到江陵，首辅他爹一一笑纳。

著名学者朱东润在《张居正大传》中说，给张文明行贿最多的，是两广的官员，他写道：“明代腐化的空气，已经弥漫了，腐化的势力，侵蚀一切，笼罩一切，何况一个全权在握的首辅，更易成为腐化势力的对象。北京只是居正的寓所，他的家在江陵；居正可以洁身自好，但是居正有仆役，有同族，有儿子，有弟弟，还有父亲。腐化的势力，在北京找不到对象，便会找到江陵。居正也许还能管束子弟，他能管束父亲吗？尤其张文明那一副放荡不羁的形态，更不会给一个十几年不曾见面的儿子以说话的机会。”

确实，张居正没法管束自己的父亲。古代中国，一个孝字，至高无上，律法甚至鼓励“亲亲相隐”，尤其是“子为父隐”，如果儿子发现父亲有不法行为，隐瞒了，没有罪；如果举报父亲，反而要论罪。张居正不是不知道他父亲在老家胡作非为，但他又有什么办法呢？为了显示自己是一个孝子，他还得处处无原则地维护父亲，《张居正大传》中写道：“文明是一个放浪不羁的人，居正当国以后，当然增加文明的威风。万历初年御史李颐前往广西，路过江陵，看见文明气焰太大了，和他顶撞一下，居正便取消李颐的御史。”

张居正生前权倾一时，死后却遭遇了抄家惨剧，他甚至险些被掘墓鞭尸。这固然因为张居正过于刚愎自用、树敌太多，但他那位放浪不羁的父亲也脱不了干系。朱东润叹道：“人是毕竟不免受环境支配的。假如居正不生在腐化的空气中，或即生在这个空气之中，而没有那样的父亲，也许他在‘正己格物’的方面，会有更大的成绩。”

古往今来，“坑爹”的故事多如牛毛，张文明华丽地上演了一幕“坑儿”的故事。万历四年（1576 年），监察御史刘台上奏章公然弹劾张居正七宗罪，其中一大罪状就是“起大第于江陵，费至十万，制拟宫禁，遣锦衣官校监治，乡郡之脂膏尽矣”。很有戏剧性的是，刘台还是张居正的学生。

三

更有戏剧性的是，张文明生前给儿子制造了一堆麻烦，死后还给儿子制造了更大的麻烦，那就是著名的“夺情”风波。按明代礼制，官员的父亲死了，他必须辞职回家守制三年。如果皇帝有令不让离开，就叫“夺情”。张文明死了，张居正必须回去，但他愿意辞职回乡三年吗？等三年后回来，啥都变了。

他恋栈不去，又不想违背礼制，便自导自演，安排人上疏奏请，让皇帝以夺情的名义挽留自己。但一群早就看他不顺眼的官员，都盼着他回家给老爹守墓呢，于是一个个上疏弹劾张居正，纷纷说张大人要讲孝道啊，请赶紧奔丧归葬，事毕回朝。张大人与皇帝都大怒，把这些大臣执行廷杖，抓起来打屁股，打得稀烂，硬生生把“夺情”风波镇压下去了，但张居正的名声，也给整得稀烂了。张文明地下有知，会不会老脸一红：生前坑儿子，死后继续坑儿子。

这世上有很多“衙内”的悲喜剧，也有不少“领导他爹”的啼笑皆非事，都是父亲与孩子的关系，只是前者是当官的父亲与孩子的关系，后者是父亲与当官的孩子的关系。孩子看待父亲，即使是当了大官的父亲，大抵也要经历“崇拜—质疑—蔑视—叛逆—回归—理解—崇拜”这个循环，而父亲看待孩子，尤其是“学而优则仕”的孩子，父由子贵，自然满心骄傲、欣慰、满足，但也有不一样的爹。

比如远古时期的“五帝”之一舜，他特别贤能，尧把帝位禅让给舜之前，就已经很重用他了，把自己的两个女儿娥皇、女英嫁给舜，还让他担任高级干部职务。但是舜的父亲瞽叟不仅不为儿子自豪，反而想把他干掉。史料记载："虞舜，瞽叟之子。性至孝。父顽，母嚚，弟象傲。"这一家子也够混乱的，"顽""嚚""傲"，都不是省油的灯，值得一提的是，象是舜同父异母的弟弟，这个后母很可怕，直接左右了瞽叟，三个人联合起来，要谋害舜，把舜的财产、地位还有两位高干子弟——夫人娥皇、女英，统统要给象。当然，舜是天命眷顾之人，数次逃过杀身之祸，然后，一如既往孝敬父亲、后母。很感人，但总让人免不了犯嘀咕：舜是瞽叟亲生的吗？

金庸小说《天龙八部》中，萧峰也不像萧远山的亲生儿子。萧峰是大宋第一社团——丐帮的帮主，很大的领导，为各大名门正派与朝廷所倚重。他不知道自己实为契丹之后，忠心耿耿为大宋效力。他也不知道自己的父亲不是乔三槐，而是一个叫萧远山的影子般或曰恶梦般的存在。萧远山为了报复当初中原侠客的杀妻之恨，在江湖中隐藏得极深，他始终关注着儿子萧峰的成长。但很难称得上是父爱，反而用高明的手法，把儿子逼得陷入绝境，成为弑父弑师的大恶人、中原武林的公敌。真相大白时，萧峰的悲剧命运也已不可避免，注定在契丹血统与中原文化、杀母之仇与哺育之恩、民族矛盾与兄弟情谊之间撕裂，最终只能毁灭自我来结束这一切。

萧远山是金庸小说中常见的那种被仇恨焚烧着的人物，活着的唯一目的就是复仇，心态已经完全扭曲，所以他用扭曲的手法，导演了儿子的悲剧人生。在他眼里，被汉人养大的儿子萧峰，事实上只是一枚棋子，他与中原武林博弈的一枚棋子，他享受着以一己之力搅乱江湖的快感，又何曾想到自己的儿子，还是一个有血有肉的人？

还有一种父亲，是赵佶式父亲，关键时刻让儿子顶包。赵佶就是宋徽宗，一个不适合当皇帝的艺术家与鉴赏家。金兵第一次大军南下，他想逃到南方去，但京城怎么办？于是把皇位让给太子赵桓，太子也不是傻子啊，不从，哭昏过去，就在他昏倒时，黄袍加身了，老爹跑路了。等到金兵退去，已经成为皇帝的宋钦宗把太上皇从南方接回来，这个太上皇够无耻的，感觉危险过去了，又想再当皇帝了，于是出现戏剧性的一幕：在某次规格极高的宫廷宴会上，太上皇亲自给宋钦宗斟了一杯酒，表示你很辛苦，让国家转危为安，干了这一杯。但宋钦宗坚决不喝这杯酒，无论大家怎么劝，他都坚决不喝。原因很简单：他害怕酒里有毒。这情形尴尬吧，太上皇只能放下酒杯，大哭，跑回自己宫里了。

这对已经完全失去彼此信任的爱哭父子，在金兵第二次南下时，谁也没逃掉。

四

赵佶与赵桓这种父子关系，在历史上不多见。按常规是父亲去世（史书曰“崩”）后，儿子才能继位当上皇帝。还有什么官比皇帝更大？有个皇帝儿子，绝对是不一般的感觉。

唐高祖李渊是在玄武门之变两个月之后把皇位让给李世民的，之后作为太上皇还活了九年，可见晚年生活还是蛮幸福的。李渊其实是个有大智慧的人，只是他的历史作用被忽略了。《剑桥中国隋唐史》称：“可以毫不夸张地说，唐高祖是中国一切史书中最受贬低的一位君主。他的声誉之所以蒙受损失，第一是因为事实上他的统治时期很短，而且是夹在中国历史上两个最突出的人物的统治期的中间：他前面的统治者是大坏蛋隋炀帝，他后面的则是被后世史家视为政治完人的唐太宗。第二，已如上述，是因为他建立唐王朝的功绩被他的接班人精心地掩盖了。”李渊当然知道这些，但摊上这么一个比自己更能干又更狠的儿子，有什么办法？与其郁闷，不如释然。

贞观四年（630 年），唐太宗大破东突厥，擒颉利可汗，举国上下，一片欢呼。要知道，唐朝初创时，突厥大军一度打到了长安城外。在皇家庆祝宴会上，大家喝嗨了，太上皇弹起了琵琶，皇帝则下场起舞，真是多才多艺的一家人。李渊很感慨地说了这么一句话：“汉高祖困白登，不能报；今我子能灭突厥，吾托付得人，复何忧哉！”“托付得人，复何忧哉”，这八个字，应该是李渊的真心话，即使他午夜梦回，心有不甘，却也真正接受了这事实。

相比之下，唐玄宗李隆基的太上皇晚年，则是郁郁寡欢了。安史之乱，他先是失去了自己心爱的女人，接下来又失去了皇位。他西奔蜀地避难时，太子李亨在灵武即帝位，即唐肃宗。叛乱平定，李隆基回到长安，早已物是人非，他的亲信被一个个清洗，他想改葬杨贵妃也被阻挠，只能叫人画了贵妃的肖像，张挂于别殿，“朝夕视之而欷歔焉”。他的晚年，茕茕独处深宫，形影相吊，好不凄惨。白居易很能理解唐玄宗的最后几年，确实是一阕《长恨歌》：“含情凝睇谢君王，一别音容两渺茫”“七月七日长生殿，夜半无人私语时”。

刘邦与他老爹刘太公，又是另一种关系了。刘邦是开国皇帝，发迹之前，老是被刘太公责骂，说他不务正业，瞧瞧其他兄弟，家业多大？刘邦后来当了皇帝，一日借着酒兴，当着众人的面，半开玩笑地说：您老人家说说，我们几个兄弟谁的家业大，谁更有出息？！

刘太公确实一直对刘邦不好，或许是因为他知道刘邦不是他亲生的。《史记》中正儿八经记载，刘太公当年看到一条龙覆在他老婆身上，然后，就有了刘邦。司马迁很调皮。刘邦当了皇帝后，五天去拜见太公一次，还是按照普通人家父子相见的礼节，太公的总管提醒刘太公："天无二日，现在皇上在家虽是儿子，在天下却是万民之主。太公在家虽是父亲，对皇上却是臣民，怎么能叫皇上拜见自己的臣民呢？"刘太公顿悟了，从此学会了礼节。刘邦更开心，赏给了那位总管五百斤黄金（应该是黄铜）。

当了皇帝，父子的关系，就不再是父子的关系了。

五

明末超级奸臣严嵩在儿子严世蕃被判斩首一年后死在老家。他的晚年非常悲惨：被没收家产，削官还乡，无家可归，只能寄食于墓舍，死后连棺木都没有。死前，他或许想：还不如跟儿子一起被砍了脑袋呢。

这些年，不断有贪官父母凄凉辞世的消息，他们曾经引以为荣的孩子在监狱里，他们仍然生活在日常生活中，境遇却是天壤之别，他们心灵的痛苦，应该更甚于监狱中的儿子。

由此，想到了"坑爹"与"坑儿"的关系，是不是跟"鸡生蛋"与"蛋生鸡"的关系一样？所以，曾国藩当年劝父亲杜门谢客，真是值得所有的官员和官员他爹借鉴啊。

大明权贵为何不肯捐款救国

每年的三月十八日，总要翻明史来读几页。三百多年前的这一天，李自成攻陷北京，崇祯随后自杀，大明覆亡。

在最后的日子里，崇祯，这个刚愎自用、极爱面子的皇帝，为挽救江山社稷做了最后的努力，他放下皇帝之尊，去哀求大臣和亲戚们捐款，给防守北京城的士兵发军饷，结果皇亲国戚一毛不拔，满朝文武装疯卖傻。

用一句流行的话来说：崇祯够倒霉的，摊上了奇葩的前任，又遭遇了奇葩的部下、奇葩的亲戚。问题来了：作为既得利益群体，权贵们应该明白自己与大明是一个命运共同体，为什么却有如此奇葩的表现?

一

国家有难，有钱出钱，有力出力。崇祯发出捐款号召后，有一个60多岁的老头，来到户部，热泪长流，捐出了自己毕生积攒的400两银子。崇祯得知后，马上给他赏了一个“锦衣千户”之职。

历史上没有留下这个捐款者的姓名。他当了一天千户，明朝就灭亡了，史料中再无此人的记载。但这个无名者，应该是崇祯走向死亡之前，极少极少能让他心感温暖的人了。

相比这个捐出全部身家的老人，那些文武百官、皇亲国戚就太不堪了：

内阁首辅魏藻德，捐了 500 两；太监首富王之心，捐了 1 万两……崇祯的意思是“以三万为上等”，但没有一笔达到此数，最高一笔只有 2 万，大多数“不过几百几十而已”，纯属敷衍。更多的权贵在哭穷、耍赖、逃避，一时间什么奇葩事都出来了：有的把自家锅碗瓢盆拿到大街上练摊，有的在豪宅门上贴出“此房急售”……这一切都是在告诉皇帝：咱真的没钱捐，看你能怎么着。

崇祯急啊，于是想树个榜样，想来想去想到了自己的岳父周奎。他知道周奎有钱，也以为大难临头，身为国丈，与大明的皇家利益休戚与共，怎么也有些担当吧。于是他派太监徐高上门拜访周奎，先不提钱的事，一上门就给周奎封侯，然后说：皇上希望你捐 10 万两银子，给大家带个头。周奎此时的表现，堪称影帝，马上哭得死去活来的，说：“老臣安得多金？”意思是，我怎么会有那么多钱啊！他还试图把自己包装成一个勤俭节约的清廉官员，举例说自个家里穷得只能买发霉的米吃。他坚定地给皇帝女婿的计划打了个一折，只肯捐 1 万两。

这是三月十日，距离京城陷落、崇祯自杀还有八天。

崇祯听徐高回复，很郁闷，也不好逼国丈大人太甚，但皇帝想，1 万两太少了，怎么做榜样呢？于是把数额从 10 万两变成 2 万两。周奎眼看糊弄不过去了，怎么办？他也真够无耻了，于是进宫去找女儿周皇后求援。周皇后深明大义，劝父亲要顾全大局，为权贵们做出表率。做完思想政治工作后，周皇后拿出5000两银子给父亲。周奎又干了一件奇葩的事：他捐出3000两，另外2000两落入自己腰包。最后他总计捐出13000两。

在这次皇帝哀求权贵们捐款救国的运动中，总计募捐20万两。劝京城权贵们捐款的同时，崇祯还同时让每一个大臣从自己故乡举出一位有能力捐款的富人，只有南直隶和浙江各举一人，“余省未及举也”。他绝望了。

这不是皇帝第一次屈尊找权贵们要钱了。明末，内忧外患，国家财政已崩溃。早在崇祯八年（1635年），江南武生李琎就上了一个筹措军饷的奏疏，痛陈天下大乱的根源是土地兼并严重，贫富悬殊。大户兼并土地，经营商业，只知锦衣玉食，竞相奢侈，全不以国家的困难为念。小民即使在丰收年景，还不免啼饥号寒；一遇荒歉，软弱的只好辗转饿死路旁，强壮的就起来造反。他在疏中要求皇上毅然下诏，责令江南大户自动报出产业，认捐兵饷，倘有违抗的，就把他的家产充公，一点也不要姑息。

明朝没有官员财产申报制度，也没有福布斯排行榜。崇祯明明知道这帮人贪污受贿，有的是钱，他也屡屡以国家民族大义来晓喻他们，但权贵们就是不愿意放血，他虽贵为天子，却一点辙都没有。

正史、野史对这次皇帝讨钱的事，都有苍凉的描写，还拍成了京剧《明末遗恨》。剧中，崇祯对周奎与另一内阁重臣陈演说：“国丈太师呀！你二人各捐上十万纹银。”这两人回答：“臣等俱是穷官，哪里捐得许多？”崇祯回复说：“你们的景况，孤是晓得的。捐不起也要捐！快来写上！”于是周奎唱道：“十万银如同是要了老命。”陈演唱：“万把刀刺心头泪满衣襟。”演绎得很生动。

这种劝捐的事，在明末不仅仅是皇帝在干。有一部电影叫《大明劫》，把一代骁将孙传庭的刚毅、坚忍与悲愤、独孤表达得颇为到位。孙传庭当时统率着明末最后一支生力军，皇帝屡屡催他出潼关与闯王大军决战，打仗要钱，但朝廷欠饷已久。无奈之下，他找当地土豪们筹款，土豪们有朝中的大员罩着，根本不把他放在眼里，随便给几个钱，打发叫花子一样。终于，孙传庭要出关打仗了，临行前，他宴请以顾老爷为代表的土豪们，他们认为可以“送瘟神”了，一个个都很开心。然后，这部电影中最震撼的一幕出现了：

孙传庭喝完一杯酒，兀自狂笑，众人面面相觑，不懂孙传庭为何如此失态。然后他指责顾老爷私占军田、骗抵赋税，“该当何罪？”顾老爷很牛，自恃朝中有人，很横地对孙传庭说：“你想怎么样？你能怎么样？”孙传庭一挥手：“问得好！”旋即一个军士上来，一刀划断了顾老爷的颈动脉，顿时鲜血狂喷。顾老爷倒地身亡，财产充作军饷。

他豁出去了，反正他也快要战死沙场了，先杀几个劣绅。他深知这些权贵的无耻，让你捐，你不捐？要“放血”才能促“放血”。相形之下，崇祯太温柔，其实温柔也害了这些权贵，他们在窃喜中，等来了一个极其粗暴的刘宗敏。

二

像崇祯这样低声下气找臣下要钱的皇帝，在中国历史上恐怕找不出第二个。像明末这帮丝毫不给皇帝面子的权贵们，其奇葩程度，也极其少见。

权贵们为什么不愿意捐款救国？研究者认为：这帮文武百官、皇亲国戚有个普遍的心理：皇帝不缺钱嘛，“普天之下，莫非王土”，整个天下都是你的，干吗要我们出钱？

崇祯有钱吗？历史上有个“崇祯小气亡国”的说法，其来源是一个叫杨士聪的人在《甲申核真略》中的记载，说是李自成打进北京后，在宫中找到了崇祯的内帑3200万两白银。内帑，即皇帝的私房钱。也就是说，崇祯明明有大把银子，却不舍得花，国难当头了，还涎着脸找大臣要钱。但这种说法，后来已被证伪，提供“崇祯真穷”佐证的，是一个名叫赵士锦的人，他在京城即将陷落之前的三月六日，奉命接管国库之一工部所属的节慎库，三月十五日——城破前三天——办理交割，这是一个关键的位置，他比杨士聪无疑更接近真相。

赵士锦后来从闯军中逃出来，把自己在历史巨变之中的经历，写进了《甲申纪事》及《北归记》两篇文字，今天看来，就是记载1644年天翻地覆巨变的报告文学杰作。他在《甲申纪事》写了当时国库空虚的情况：“新库中止二千三百余金。老库中止贮籍没史家资，金带犀杯衣服之类，只千余金；沅为予言，此项已准作巩驸马家公主造坟之用，待他具领状来，即应发去。外只有锦衣卫解来加纳校尉银六百两，宝元局易钱银三百两，贮书办处，为守城之用。”赵士锦感慨：“国家之贫至此！”

崇祯确实很穷，他上任后接了一个烂摊子，自己省吃俭用，节衣缩食，宫女不够用了，也不敢扩招，他甚至把宫里的金银器皿、大殿里的铜壶都当掉了，充作军饷。史料还记载，崇祯还把宫里储存的人参等物品也变卖了，如李清《三垣笔记》中记载："上忧国用不足，发万历中所储辽参出外贸易，予时市其中者，上有微孔，色坚而味永，与他参迥异。……闻此番贸参，获可数万金。"李自成攻破北京后，在皇宫里发现崇祯除了龙袍只有粗布衣，把零碎什么的都折价算上，内库也只有数万两银子。

满朝文武，不知道崇祯很穷吗？

明末，君臣关系也很奇葩，互不信任，谁也不愿担责任。皇帝哭穷，权贵们心想：骗谁呢？想敲诈啊？于是皇帝找他们要钱，他们也哭穷。似乎彼此在玩一个心照不宣的游戏。

其实，有相当数量的大臣，知道国家的财政状况，知道这个骄傲的皇帝，不到走投无路，绝对不会低下高贵的头颅，来找大家要钱。但他们有更深层次的考虑：这是你朱家的天下，丢掉就丢掉了，关我啥事？凭什么要我出钱？

他们知道李自成的大军即将兵临城下，也做好了改朝换代的准备。反正咱有治理才能，熟悉政治，谁当皇帝没关系，还得用我吧？

明朝最后一任首辅魏藻德，状元出身，在危难之际走马上任，崇祯对他寄予厚望，但他让皇帝很失望。城破前三天，崇祯问他有何对策，并说：你只要开口，我立刻下旨照办。魏藻德跪在地上，屁股撅得老高，一声不吭。崇祯气疯了，一脚踢翻了龙椅。魏藻德还是保持着跪姿，屁股撅得老高，一声不吭。

城破了，皇帝死了，魏藻德投降了。李自成问他：你为什么不去殉死？这个无耻的人回答说："方求效用，那敢死。"（"我正准备效力新朝，哪敢去死。”）

三

大臣们如此，平头百姓更是如此：谁当皇帝，关咱啥事，咱不照样当老百姓吗？守城士兵也是如此，没有军饷，咱为什么要卖命？史载，闯王大军围城之时，京城守军倒卧城头，“鞭一人起，一人复卧”。

大家一起玩完。大明灭亡，浩劫来临，接踵而来的是数十年残酷的战争，无人能够置身事外，明末清初人口损失惨重，后来才有了“湖广填四川”，具体损失多少？从数千万到上亿，不同的统计，冷冰冰的数字背后，是无数的血泪悲剧。

一个缺乏信任与共识的国家，势必是一盘散沙。遇事谁也不肯担责任，谁都想把责任推给对方、一味指责对方，最后势必同归于尽。

最后，要讲讲那些不肯捐款救国的明末权贵们的命运：

魏藻德，就是那个勉强捐了500两银子的家伙，想投降，结果被拒，李自成手下大将刘宗敏指责其身为首辅而误国，魏藻德为自己辩解：“我本是书生一个，根本不懂得政事，加上崇祯无道，所以才亡了国。”刘宗敏听了大怒说：“你从一介书生到状元，不到三年就做了宰相，崇祯哪点对不起你，你竟诋毁他。”说罢，命人掌其嘴数十下。

但掌嘴只是魏藻德噩运的开始。他被刘宗敏（出色地完成了拷掠权贵的任务）抓捕入狱，在被夹棍夹断十指的威逼下交出白银数万两，然而刘宗敏绝不相信一个内阁首辅仅有几万两白银，继续用刑，五天五夜的酷刑后，魏藻德因脑裂死于狱中。他的儿子魏追征又被逮捕，魏追征说：“家已罄尽。父在，犹可丐诸门生故旧。今已死，复何所贷？”旋即被斩首。

陈演，哭穷的大明重臣，被刘宗敏囚禁后，主动交出 4 万两白银“助饷”，被刘宗敏释放。四天后，李自成出京攻打吴三桂，因害怕明朝旧臣趁机在北京作乱，决定杀掉一批明朝旧臣，陈演仅获四天自由便被捉回斩首。

那些在崇祯面前哭穷的铁公鸡们，在闯军的酷刑前，纷纷交出了惊人的财富。当时棍杖狂飞，炮烙挑筋，挖眼割肠，北京城内四处响起明朝官员的惨号之声。同时，城中富民不少人也被加以拷掠，平民的薪米尽被农民军抢掠以供军用。城内饿尸遍地。史料记载：经过残酷拷掠，李自成军共得银七千多万两，均让工人重新熔铸成巨大的中间有孔窍的方板状银板，后来运往西安。

那个国丈周奎，当初哭着喊着只肯掏 1 万两银子的守财奴，禁不住严刑拷打，被闯军抄出了无数奇珍异宝，拉了几十车，光是现银就足足有 53 万两之多。《明史·外戚列传》中这么评价此人：“周奎，苏州人，庄烈帝周皇后父也。崇祯三年封嘉定伯，赐第于苏州之葑门。帝尝谕奎及田贵妃父弘遇、袁贵妃父祐，宜恪遵法度，为诸戚臣先。祐颇谨慎，惟弘遇骄纵，奎居外戚中，碌碌而已。李自成逼京师，帝遣内侍徐高密谕奎倡勋戚输饷，奎坚谢无有。高愤泣曰：‘后父如此，国事去矣。’奎不得已奏捐万金，且乞皇后为助。及自成陷京师，掠其家得金数万计，人以是笑奎之愚云。”

“笑奎之愚”，非常经典。当初，太监徐高奉崇祯之命劝捐，他百般耍赖，气得太监徐高拂袖而起：“老皇亲如此鄙吝，大事去矣，广蓄多产何益！”意思是：皮之不存，毛将焉附，国家没了，你要那么多钱干吗呢？

偏偏有人，就那么糊涂！

皇室千年恐慌，不过弥天大谎

一

公元 534 年，初夏某一天，70 岁的南朝梁武帝光着双脚到金銮殿下去跑了一圈。这是很奇怪的行为，如果用《走近科学》的风格来描述此事，会是一个低沉的男中音在发问："难道梁武帝是一个狂热的跑步爱好者吗？否则，他怎么会在七旬高龄光脚跑步而不顾皇帝风范？"

梁武帝是个神人，人们通过电视剧《琅琊榜》了解过他的一些往事，但电视剧没有告诉大家的是：梁武帝是中国古代帝王中罕见的星占大师。够神吧？神到何种程度？公元 525 年，他主持过一次重要的学术研讨会，地点在长春殿，学术研讨主题居然是：讨论并重构宇宙模型。

用今天的话来说，梁武帝热爱"仰望星空"，是一个对上天有深入研究的人。中国古人敬畏上天，像明末张献忠这样胆敢发炮轰天的狂人，极其罕见，古人更多通过《隋唐英雄传》中李元霸的下场来发出警示：李元霸天下第一，狂妄到抛锤砸天，结果不是把自己砸死了？你再牛，能牛得过天吗？所以，人哪，必须敬天。天似穹庐，天幕上的日月星辰，成了人们分析天命如何影响人世的重要参照，时至今日，星相还是一门显学，引无数时髦男女尽折腰。

不过，在古代中国，并非什么人都有资格夜观天象、掐指推算。帝王星占术是皇家专用秘技，民间敢于研究者，将被杀头。一般来说，每个皇朝，都会养一批专业的占星官，比如太史（太史令、太史丞），掌天时、星历职。这是一个很显赫的职位，不过对于天文狂热爱好者梁武帝来说，他亲自研究星占术，以此与上天沟通、秉承天命、窥知天意。

堂堂天子，赤脚绕殿而走，自然是与上天沟通后的结果了。当时出现了“荧惑入南斗”的天象，谶语称：“荧惑入南斗，天子下殿走。”梁武帝想，这说的不正是朕吗？走起。

梁武帝所处时代，正是南北朝，北朝一直打打杀杀，政权更迭，城头变幻大王旗；南朝偏安一隅，社会稳定，所以梁武帝一直以正统天子自居。但这次其实闹了一个乌龙。当梁武帝遵从上天之意“下殿走”时，北朝的魏孝武帝与丞相高欢打起来了。魏孝武帝率大军与远道而来的叛军隔河对峙，麾下猛将斛斯椿请求以精骑二千渡河夜袭高欢，皇帝同意了。但皇帝身边总不缺少小人，这回给魏孝武帝进谗言的小人是黄门侍郎杨宽，他告诉皇帝：“如果斛斯椿这次成功了，不是灭掉一个高欢，又出现一个新的高欢吗？”皇帝愚蠢，居然信了，于是按兵不动。斛斯椿仰天长叹：果然是“荧惑入南斗”。天子相信小人，结果只能是兵败跑路了。斛斯椿也信这个。

结果果然是：魏孝武帝西走北中，旋即被毒死，北魏分裂成东西魏，并很快被高氏齐朝和宇文氏周朝取代，应验了“荧惑入南斗，天子下殿走”这一天象。当梁武帝听说魏孝武帝“天子下殿走”这一消息后，愣住了，又是羞赧又是不服气地说：“虏亦应天象邪！”意思是：北方这些不正统的家伙居然也应了天象！

由此故事，看得出梁武帝对“荧惑入南斗”很是在意。“荧惑”即火星。电影《火星救援》中，马特·达蒙饰演的马克·沃特尼在火星上种出了土豆，但是对古人而言，火星很可怕，因为从地球看上去火星血红血红的，古希腊将其视为战神，取了个名字叫阿瑞斯，阿瑞斯残忍好杀伐。在中国，因为感觉火星行踪不定，捉摸不透，所以取了个名叫“荧惑”。对于中国古人尤其是垄断了星占术的皇室来说，最可怕的天象不是“荧惑入南斗”，而是“荧惑守心”。“荧惑入南斗”嘛，大不了是皇帝跑路，如果遇到“荧惑守心”，就是大凶之兆，轻则天子失位，重则皇帝死亡。

什么是“荧惑守心”？“心”是指天蝎座最亮的“心宿二”，它红光似火，故称它为“大火”，象征帝王。旁边两颗，一颗代表太子，一颗代表庶子。火星来到了“帝王”身旁，不代表着对帝王的威胁和凌犯吗？当不祥的火星在心宿周围徘徊不去，两星争“红”斗艳，这就叫“荧惑守心”了。

科幻小说《三体》上说，三体世界中的行星上空有三个太阳，因为有三个太阳，所以该行星的日夜不是恒定的，有时太阳落下山去就不再升起，有时却又一直出现在天空中不再降落。当日出日落还有些规律时，就叫作恒纪元；如果出现完全找不到规律的永日或永夜，就是乱纪元。当天空中出现两颗飞星，三体的一次文明就面临毁灭；当出现三日凌空时，三体几乎会全体灭绝。三体人在乱纪元中可以脱水卷起来，到恒纪元再恢复原样。对于古代的皇帝来说，如果观测到“荧惑守心”，那感觉跟三体人遇到“双日凌空”的感觉差不多了。但科学告诉我们：“荧惑守心”与三体的“双日凌空”“三日凌空”是不一样的，火星与心宿二根本就没有相遇的可能性，火星跟地球相距最远几亿公里，最近几千万公里，心宿二呢，跟地球相距几百光年，它俩压根儿就不可能走到一块，“荧惑守心”，只是视觉感受而已。

但古人坚持认为：它俩会相遇，火星会欺负心宿二。而且在古籍记载中，凡是出现“荧惑守心”的，多伴随着皇帝死亡甚至改朝换代，比如《史记·秦始皇本纪》载“三十六年，荧惑守心”，没多久，秦始皇驾崩。精通天学的梁武帝驾崩前，先是“太白昼见”，继而“荧惑守心”，均是大凶之兆。这些都在《梁书·武帝本纪》详细记载着。

二

可以想象，古代帝王遇到“荧惑守心”时，绝对害怕极了。《史记·秦始皇本纪》上是这么写的：“三十六年，荧惑守心。有坠星下东郡，至地为石，黔首或刻其石曰‘始皇帝死而地分’。始皇闻之，遣御史逐问，莫服，尽取石旁居人诛之，因燔销其石。”出现“荧惑守心”大凶星时，天上还掉下一块陨石，有人在石头上刻字，说秦始皇要死，天下会裂开。秦始皇听说后，派人去拷问住在这块石头附近的人，是谁刻的字，没有人承认。于是把住在石头旁边的人全杀掉，然后烧掉这块石头。

古代封建君王，无论中外，都捣鼓出一套政权合法性的理论，即“君权神授”“天授君权”，强调自己是上天派遣，于凡间管治世人，谁敢反抗，就是违抗天命。所以出现“荧惑守心”时，皇帝就没有底气了：这是上天叫朕灭亡哪。当然，没有谁甘心灭亡，所以历史上也就有了各种帝王避害之法。

最著名的是西汉翟方进自杀一事。翟方进贫苦出身，不懈努力，混成了丞相，一人之下，万人之上。但还没好好享受高官厚禄呢，出大事了：绥和二年（前 7 年），汉朝接连发生山崩、水灾、日食等天灾异象，尤其是天上出现了“荧惑守心”，朝野惶恐。此时翟方进的下属李寻充当了出卖大哥的角色，他按照当时流行的天人感应理论给皇帝上了一本奏章，上面写道：“上无恻怛济世之功，下无推让避贤之效，欲当大位，为具臣以全身，难矣！大责日加，安得但保斥逐之戮？阖府三百余人，唯君侯择其中，与尽节转凶。”意思是：现在一片混乱，不能顺天应人，致使阴阳失调，君主固然不应该担当责任，但是，大臣们则是无论如何都是说不过去的！言下之意是，非常时期，肯定得有人担这责任。矛头直指丞相翟方进了。

正为“荧惑守心”惊慌的汉成帝，接到这奏章，如获至宝，马上跟翟方进说：你人不错，很能干，但是你担任丞相之后，天下的政治却是一塌糊涂，你的许多政策措施也很不好，民不聊生呀，所以，我想撤你职，又不忍心，现在，我赐给你好酒十石，牛一头，你自己考虑考虑吧。翟方进马上明白了，《汉书·翟方进传》载：“方进即日自杀。上秘之，遣九卿册赠以丞相、高陵侯印绶，赐乘舆秘器，少府供张，柱槛皆衣素。天子亲临吊者数至，礼赐异于它相故事。谥曰恭侯。长子宣嗣。”汉成帝很虚伪，掩饰了翟方进自杀替皇帝避祸的真正原因，说他是猝死，亲自上门吊祭，哀荣无限。

皇帝遇到凶兆而找重臣代替的事情，历史上应该不少。很多人比较推崇春秋时期的宋景公——宁愿自己去死，也不愿臣下做替死鬼。

宋景公的故事，是史料记载的最早一次“荧惑守心”。《史记·宋微子世家第八》上说：天上出现大凶之兆后，分野恰好在宋国，宋景公很害怕，问管星象的子韦：“咋办？”子韦说：“我可以想个办法，嫁祸给相国（可移于相）。”宋景公不同意：“相国是我的左膀右臂，怎么可以去死呢？”“要不转嫁百姓头上（可移于民）？”宋景公说：“当国君就是要善待百姓，怎么可以那样做？”“要不转嫁给年景收成（可移于岁）？”。宋景公也不同意：“年景要不好，百姓疲憋，流离失所，那要我这国君干什么？”

在天命面前，宋景公正气凛然：“甭说了，别人都不能死，让我死！”

于是奇迹出现了：“子韦退走，北面再拜曰：‘臣敢贺君。天之处高而耳卑，君有君人之言三，天必三赏君。今夕星必徙三舍，君延命二十一年。’”意思是：您这三句有君主之德的话，上天会听到的，荧惑肯定会移走的。果然，几亿公里之外的火星似乎被宋景公感动了，挪了挪位置，移动了三度，宋景公也增寿二十一年。

别笑，史料中真的是这么记载的。

除了汉成帝找替死鬼型与宋景公自我牺牲型，还有高手作法型。公元1225年农历九月初，发生“荧惑犯尾”天象，在星相师看来，

“荧惑犯尾”凶险程度比不上“荧惑守心”，但也相当可怕，“荧惑守尾，天下大饥，人相食”。当时尾宿的分野恰好在燕地，当地主管官员担心境内会发生灾劫，便请长春真人丘处机祈祷消灾。官员问丘处机需要多少钱，丘处机说，念在百姓劳苦，只要上下官员诚心斋戒行礼就足够了。言下之意是让官员不要为了祈祷而向老百姓伸手要钱。法力十足的丘道长登坛祈祷了两昼夜，完成以后当地官员很高兴，祝贺说：“荧惑已退数舍，我们不必再忧虑了。”

这段故事记载在《长春真人西游记》中。对的，这个丘处机就是那个《射雕英雄传》中的全真教道士，坏蛋杨康的师父。幸好杨康没有从丘道长这里学到星相学，否则，他可能会骗倒更多的女孩子。

三

再多说几句倒霉丞相翟方进的生前身后事。

虽然翟方进之死值得同情，但此人实在不咋的，在史料记载中，他就是一个搬弄是非、陷害忠良的小人，被他陷害的最著名的人物，叫陈汤，就是那个纵横西域喊出历史最强音“犯强汉者，虽远必诛”的陈汤。连这样对国家立下汗马功劳的功臣也能诬陷，可见翟方进人品卑劣，也能预料得到，他树敌结怨甚多，所以对手才能趁“荧惑守心”出现之机，假借天意震怒皇帝需重臣替身才能消灾之借口，把他推上祭坛。一言以蔽之：这是一场披着天象外衣的政治斗争。

这场斗争还延续了很多年。受过陈汤大恩的西汉皇室后戚王莽，若干年后造反，把翟方进掘墓焚尸，王莽军队挖开他的墓地，他的骨殖也被焚烧和抛弃荒野。可谓恨意绵绵无绝期。

诡异的是，按星相官的理论，丞相代替皇帝死了，皇帝就可以开心地活着了。但是，汉成帝在翟方进死后一个月，也暴病身亡，年仅 45 岁，而且他的死使得宫廷大乱，继而天下大乱，西汉没多久就灭亡了。后来，宋代的司马光借晏婴的话“天命，不容怀疑；人命，无法改变”来批评汉成帝。司马光认为，是福不是祸，是祸躲不过，岂可以人力来转移？如果翟方进罪不至死而逼杀他，以应天变，这是诬蔑上天；如果翟方进有罪当死，却秘密诛杀，又赐以厚葬，这是欺骗人心。汉成帝想欺天、欺人，最后却没得到什么好处，这是不知天命的缘故。

司马光的话很有道理，但如果他知道翟方进之死的真相，肯定会瞠目结舌。其实，翟方进死之前，根本就没有出现“荧惑守心”，这是一个伪造的天象，是政敌买通天文官假借星占之名实行的谋杀。

这个结论，当然是今人推断出来的。我国台湾学者黄一农著有《社会天文学史十讲》，这是一本十分有趣的小书，有趣在于：黄一农充分利用了他的天文学知识，来处理前贤从未处理过的课题，比如，对中国史籍中出现的“荧惑守心”记录（共 23 次）的逐一考证和验算，包括宋景公、秦始皇、汉成帝、梁武帝等碰到的，以及他对历史上所有实际发生过的“荧惑守心”天象（共 38 次）的地毯式的回推。这些都是在计算机上利用天文软件进行的。由于现代天体力学方法和个人计算机的高度发达，这样的验算和回推已经非常可靠。

黄一农是以研究科技史闻名的我国台湾历史学家，改行研究历史前，获得过物理学博士，还从事过天文学研究。他在《社会天文学史十讲》中用科学实证证明：史籍记载的23次“荧惑守心”记录，有17次是伪造的！宋景公遇“荧惑守心”？假的！秦始皇遇“荧惑守心”？时间有误！汉成帝遇“荧惑守心”？子虚乌有！梁武帝遇“荧惑守心”？时间有误！

以梁武帝为例，黄一农写道：“梁武帝薨于太清三年五月丙辰（6月12日），天文官或史官为求附会，遂将发生于其死后不久的一次‘荧惑守心’天象挪前，并分在正月及三月重覆其事。又前引文中的其他天象亦多经伪造或曲改，以求附会梁武帝及其子简文帝为侯景所杀等事。”

黄一农还发现，一方面史籍中记载的23次“荧惑守心”有17次是伪造的，而历史上自西汉以来实际发生过的38次“荧惑守心”，却绝大多数没有记录下来。黄一农的结论是：由于此类天象寓意不一般，“故官方天文家或为突显以星占预卜吉凶的能力，很可能在事后伪造此类天象记录，以求与时事相应（多与皇帝崩殂事附会）……天文家往往参考了先前天变发生之后的时事，而不断地在占书中增添入较具体的内容。此一模式扩展了星占的自由度，再配合部分假造的天象记录，使星占在后人心目中的可信度得以增强，此或为星占所以能深入古代中国社会，且为历代官方所重视的一个重要因素”。

想想也是的：假如太平盛世，皇家供养的天文家真的发现了“荧惑守心”，也不敢声张和记录啊，皇帝身体倍儿棒，你偏要说天象异常陛下命不久矣，结果只能是你的小命不保。没办法，为了好好活着，为了好好吃皇家星占大师这碗饭，该编就编，该瞒就瞒，哪还管什么职业精神啊！

被合伙谋杀的倒霉丞相翟方进，在九泉之下也无处申冤了。

四

最后再说说那位深谙星占学也深信天命的皇帝梁武帝。

84岁那一年，梁武帝做了一个梦，《资治通鉴》是这么记载的："是岁，正月，乙卯，上梦中原牧守皆以其地来降，举朝称庆。旦，见中书舍人朱异，告之，且曰：'吾为人少梦，若有梦必实。'异曰：'此乃宇宙混一之兆也。'及丁和至，称景定计以正月乙卯，上愈神之。"梁武帝梦见中原的将领带着城池土地来投降，找人和自己一起解梦，解梦在古代也是星占之学的一部分，即"占梦"。占梦的结果是：梦是真的恰好没过多久，北朝魏国的大将侯景率军来投降，梁武帝得知消息，自然越发佩服自己了：瞧，这梦还真应验了。其实在整个南北朝，南朝人都有一个北伐收复中原的梦想，梁武帝以为自己就是这个实现梦想的人，而且认为是上天让他去实现这个梦想。

但接踵而来的，其实是一个噩梦。侯景此人，以凶悍、奸诈和变幻无常著称，投降梁朝不久就反叛，引发了一场非常可怕的浩劫，史称侯景之乱，这场动乱使长江流域遭受到毁灭性破坏。在短短两年内，长江流域、特别是江东八郡的人口遭到了巨大损耗，上千万人口的伤亡，使得之前两百年的建设成果化为乌有。那个做着美梦的梁武帝，居然在85岁高龄，活活饿死于台城，临终前口苦想喝点蜂蜜水，也没喝上。

其实梁武帝不应该是这么一个悲惨下场，他少年英才，称帝之初政绩也非常显著，但太平皇帝做久了，渐渐忘了天下疾苦，愈发任性起来。比如，他笃信佛教，动不动就跑到庙里舍身当和尚去了，却又不是真的当，只是作秀：我不当皇帝了，你们看着办吧。朝廷没办法啊，只能花一大笔真金白银，把老头子从庙里赎回来，继续当皇帝。他还自以为得意：我要是撂挑子了，你们怎么办啊？其实他不知道，他的不孝子孙们早就盼着他死，好继位了，所以侯景之乱时，叛军围城，几十万梁朝大军都在一边围观。

记载梁武帝生平的《梁书·武帝本纪》，非常独特。科学史专家江晓原写过一篇文章叫《梁武帝：一个懂天学的帝王的奇异人生》，文中写道："在历代官史的帝王传记中，《梁书·武帝本纪》几乎是绝无仅有的一篇——星占学色彩极为浓厚。其中结合史事，记载天象凡 14 种 57 次……这些天象中最引人注目的是'老人星见'，竟出现了 34 次。"

"老人星"即船底座 α，据江晓原考证，这不是一颗北半球常年可见的恒星，为何频频在梁武帝的传记中出现？寓意只能从中国传统占星理论中索解："老人星见"是很少几种安详和平的吉庆天象之一。在《梁书·武帝本纪》中，从绝大部分"老人星见"不断出现，再到结尾接踵而来的一个比一个凶险的"白虹贯日""太白昼见""荧惑守心"，可见这是一篇"严格按照中国古代星占学理论精心结撰的传记"。结合黄一农的研究，可以看出，史家几乎是用象征主义的小说手法，写了梁武帝以天命来维持王权的一生。

"不问苍生问苍天"，跟"不问苍生问鬼神"一样，是问不出真理也问不出真相的，更问不出真实的自我与他者，还是杜牧那篇传诵千古的《阿房宫赋》说得好："灭六国者，六国也，非秦也；族秦者，秦也，非天下也。"

所以，官员们还是得离"大师""巫士"们远一些，而喜欢星相学的年轻人，娱乐一下自己或别人没有问题，如果过于沉迷，甚至以之为人生指南的话，那么千年历史中，瞬间会出现一片此起彼伏的嘲笑声。

马上有

马年未至，但一种“马上有ＸＸ”的造句，已经十分流行，与这个年头屡见不鲜的网络集体狂欢一样，网民们充分发挥想象力，通过各种组合来展现自己的愿望。最直白的是在马背上放一摞百元大钞，意为“马上有钱”。比较搞笑的是在马背上放两头小象，寓意“马上有对象”。还有更具想象力的，弄只茄子放在马背上，就成了“马上有一切（茄）”。当然，也有人这样去解构“马上体”，说马背上都有毛的，认真说来，其实不过是“马上有毛钱”“马上有毛对象”……还有的解读给予更大打击：“对象马上跑”！

无论中外，人们都喜欢用各种吉祥符号，“马上有……”不过是这种传统的延续，只是更直白，不过，“马上”确实是个重要载体，“马上”也确实“有”过很多东西。

一

在很多传统书画或者雕塑造型里，会出现猴子骑着马的形象，此外往往还会加上几只蜜蜂，因为“蜂”与“封”同音，“猴”与

“侯”同音，其寓意就是“马上封侯”。

借物寓意，是人类的喜好。现代人热衷报考公务员，而古人的最大梦想，则是封侯，那可是比当个公务员要远大得多的前途。周朝把爵位分为“公、侯、伯、子、男”五等。历朝历代爵位有所不同，但周朝礼法，影响最深。刘邦建立汉朝之后，对功臣大加封赏，其中封得最多的就是侯爵，比如留侯张良、淮阴侯韩信。所以后人将封爵都通称为封侯了。而刘邦后来将七个异姓王诛杀之后，历朝历代都基本不再封异姓王。所以封侯成了大多数古人的终极奋斗目标，誓言“可取而代之”的以夺取皇位为终极奋斗目标的造反者除外。

虽然古时也有“忽见陌头杨柳色，悔教夫婿觅封侯”的悔悟，但更多人对封侯孜孜以求。《后汉书·班超传》中言：“祭酒，布衣诸生耳，而当封侯万里之外。”班超是个有远大目标的知识青年，不甘心一辈子与笔墨为伍，毅然从军，远走西域，建立赫赫功业，一介书生，最终封侯而归。

古人中有不少渴望建立功业的有志青年。宋人陈师道《九月九日魏衍见过》诗中曰：“一经从白首，万里有封侯。”“万里”与“封侯”常常联系在一起，可见建立功业之难，与那些依靠祖辈庇佑的世袭者相比，布衣封侯，需要付出艰辛的努力，甚至壮烈的牺牲。但他们通过自己的努力，毕竟能够实现自己的梦想。今天读汉史，能够读到很多这样的励志故事，平民出身的英雄们，或者运筹帷幄，或者沙场杀敌，虽然没有血缘之便利，却也通过自己辛苦拼杀，位列公侯。

在汉朝的英雄当中，有一个例外，就是李广。李广出身将门，李广的一个堂弟封侯了，李广的儿子也封侯了，唯独李广自己，打了一辈子仗，居然还是有官无爵。他并非生不逢时，李广一生经历了汉文帝、汉景帝以及汉武帝三朝。除去皇帝家的亲戚，这三个朝代，获得封侯的人数分别是汉文帝时代十人、汉景帝时代十八人、汉武帝时代七十五人，合计一共一百零三人，其中不少人的声名，远远不如李广之盛。

将军百战，也未能封侯，令人叹息，甚至还留下了“李广难封”的典故。李广是令匈奴胆战心惊的大将，为何未能封侯？后人分析，其一，从李广的战场表现来看，往往是功过相抵，甚至过大于功，“杀敌八百，自损一千”的事常发生；其二，李广的人品也常被后人诟病，比如他杀俘虏，又如，挟私怨杀死此前与他有过节的霸陵尉。从这些角度来看，李广难封，倒也是公平的。

二

宋朝是中国历史上政治经济社会科技文化大发展的年代，但北宋亡于金，南宋亡于元，两宋的终结者与宋相比，文明的差距非常明显。宋朝覆亡，原因很复杂，如果从一个小的切入点来剖析，也颇有意味。这个观察点就是马。

从开国起，北宋就面临极大的外患。割让燕云十六州献给契丹的“儿皇帝”石敬瑭，打开了宋人的噩梦之门。燕云十六州，此前一直是汉人抵抗北方游牧民族的屏障，一旦失去，大门洞开，地缘优势丧失殆尽。除此之外，宋朝还因此失去了一个巨大的良马基地，虽采取多种措施保证马匹供应，但仍然不能满足军队需求，从北方各国买来的马，很多是劣种马，四川、陕西一带买到的马，到平原地区，很多水土不服，战斗力减半。因此在华北平原上与辽、金军队作战时，更多的还是靠步兵徒步与辽、金骑兵交战，往往战斗还没打响，就处于劣势了。

宋人靠什么来获得战马？那就是著名的茶马互市。边疆少数民族以畜牧为业，以肉、乳为食，而茶"攻肉食之膻腻，发当暑之清吟，涤通宵之昏寐"。到宋代牧民饮茶已很普遍，已是"夷人不可一日无茶以生"，上至贵族，下至庶民，无不饮者。北方游牧民族需要茶，北方却不产茶，恰恰南方汉人地带产茶，而汉人又需要马，所以在边境搞个贸易市场，以茶换马。

这种买马的市场历史悠久，唐朝之前，中原王朝或农耕民族主要用金银、绢帛及各种手工业品来交换周边少数民族的马匹及其他畜产品，历史上将这种互通有无的民族贸易称为"绢马贸易"。"茶马互市"则是在唐朝尤其是中唐之后开始兴旺，原因很简单：茶叶作为与人们生活息息相关的必需品，是唐代或准确说是中唐以后的事。据史书记载，茶马互市始于唐与回鹘的交往。唐朝盛行饮茶之风，此风也逐渐向回鹘蔓延，回鹘"其后尚茶成风，时回纥入朝，始驱马市茶"，这是我国历史上有关茶马互市的最早记载。

宋代刚开始也主要是用铜钱、绢、茶来易马，后来基本上只用茶叶了。因为大量铜钱流往北方，不仅导致钱荒，更为重要的是，"戎人得钱，悉销铸为（兵）器"，这就等于为对方输送武器，增强了他们进攻的能力，从而削弱了本身的抵御能力，在军事上造成极大的危害。此外，以绢易马，对于宋代人来说也不划算。倒是茶叶产量高，货源充足，牧民又喜欢，于是成为宋人的最佳方案。

这种茶马互市在和平时期兴旺发达，但在战争年代就基本停滞了。战时游牧民族自然不愿意卖好的战马给南方，但出于对茶叶的渴求，偶尔也会卖马，不过这马就贵得很了。史载，宋元丰年间，马源充裕，100 斤茶可换一匹马。后来茶价格下滑，要 250 斤茶才能换一匹马。崇宁年间，马价分为九等（良马三等，纲马六等），良马上等者每匹折茶 250 斤，中等者 220 斤，下等者 200 斤。纲马六等，每匹分别折茶 176 斤、169 斤、164 斤、154 斤、149 斤、132 斤。南宋时，马源锐减，马价上涨十多倍，要千斤茶才能换一匹马了。

假如宋朝人也会玩“马上体”，他们估计会在一匹马上放个“八骏图”——马上有很多马！

三

斯皮尔伯格拍摄过一部电影叫《战马》，说的是一战时期的故事，那匹骏马的命运，让无数人潸然泪下。在重机枪与坦克出现的年代，骑兵已经失去了其传统的威力，战马的悲剧，可想而知了。但还是有很多民族沉迷于骑兵战术，因此二战初期，英勇的波兰骑兵，举着马刀向纳粹的坦克发动进攻。

但是在历史上，骑兵改变过历史，也因此留下诸多“马上天子”的传奇，像那些以武力夺取天下的开国之君，比如嬴政、刘邦、赵匡胤、朱元璋等，而李世民、朱棣等，并非开国之君，却同样是马上得天下。

“马上天子”，最著名的当然是成吉思汗。从一个小小部落起家，最后纵横欧亚，天下无敌，建立了疆域辽阔的帝国，他倚仗的，就是蒙古骑兵。蒙古骑兵以弓马娴熟闻名天下，蒙古马虽然体形矮小，但耐力惊人。蒙古骑兵通常每人配备三四匹马，可以一天行军一百公里，因而蒙古军队经常演出长途奔袭的好戏。蒙古骑兵配备的两张弓，一张是轻型弓，用于策马飞驰时快速发射，箭身短，射程近；另外一张是强弓，弓重箭长，用于射击远程目标，蒙古骑兵通常下马以站立或蹲踞姿势发射。

公元 1241 年 4 月，波兰联军与蒙古军队在瓦尔斯塔特平原有过一场大战，这也是当时代表了欧亚最高军事水准的一次决战。当波兰重装骑兵发起第一次攻势时，如泰山压顶，毫不费力地冲进蒙古阵营，但蒙古骑兵动如脱兔，迅速分散以避开欧洲人的正面冲击，同时以密集的弓箭齐射攻击敌人。波兰骑兵在蒙古阵营里左冲右突，所到之处蒙古骑兵尽皆闪避，只围绕着他们不停地放箭，就是不和波兰骑士们近距离厮杀，让波兰人的长矛重剑毫无用武之地。波兰统领以为蒙古人胆怯，于是将波兰联军重新排列，形成一个异常宽广的正面，然后一起冲锋，逼迫蒙古人接战。轻装的蒙古骑兵开始佯装败退，波兰人于是全力追击，原先整齐的阵形变得散乱不堪，步兵远远地落在后面。

但欧洲人的噩梦开始了：退却的蒙古轻骑兵很快迂回到波兰联军骑兵的两侧和后面，将其团团围住，而事先部署好的数千重骑兵此时突然出现，拦住欧洲人的去路，真正的战斗这才开始。蒙古重骑兵们排成一道人墙，用重弓发射一波又一波的长箭，而轻骑兵们在波兰联军侧后来回奔驰，在三十米的距离上用轻弓飞快放箭，波兰联军像牛群一样渐渐被驱赶到一起。蒙古骑兵发现他们的弓箭无法穿透欧洲骑士的盔甲，于是干脆专门射杀他们的坐骑。跌落马下的欧洲骑士由于盔甲笨重，行动不便，往往只能束手待毙。蒙古重骑兵这时开始冲锋，用长矛和马刀一个一个地结果了他们。蒙古军队围歼波兰骑兵时，在战场中间释放一道烟幕，阻挡了波兰步兵的视线。波兰步兵对战况毫不知晓，径直冲进蒙古人的陷阱，结果被全歼。瓦尔斯塔特一战，三万波兰联军，阵亡两万五千人，蒙古人从阵亡的欧洲人头上割下的耳朵足足装了九大麻袋。

但马上得天下的蒙古人，也是在马上丢了天下。《史记》中的《郦生陆贾列传》中说："陆生时时前说称《诗》《书》，高帝骂之曰：'乃公居马上而得之，安事《诗》《书》？'陆生曰：'居马上得之，宁可以马上治之乎？'"马上能得天下，但如果以马上得天下的方式来治理天下，却无疑终归要失去这一切。

中国一直在这儿

初夏时分，正是牡丹花开最盛时，白袍将军陈庆之进入了洛阳城。如果能够还原当时的场景，驱马进城这一刻，饶是陈庆之如此冷静之人，仍然会百感交集：洛阳！洛阳！

此刻，距离西晋首都洛阳被匈奴攻破、北方士民“永嘉南渡”，已过去了两百多年；距离汉人政权最后一次短暂控制洛阳、在鲜卑人铁蹄之下失去这座著名城市，也超过了一百年。陈庆之不知道，失去汉人统治这么多年，洛阳已经变成了什么模样。他以为，这座名城，在游牧民族蹂躏之下，应该早已荒芜。

但是，他看到了与自己想象中完全不一样的洛阳。半年后，他渡过长江回到南方，对着急打听中原近况的人们，说了这样一番话：“自晋、宋以来，号洛阳为荒土，此中谓长江以北尽是夷狄。昨至洛阳，始知衣冠士族并在中原，礼仪富盛，人物殷阜，目所不识，口不能传。”他确实被震撼到了：鲜卑人建立的北魏帝国治下的洛阳，其保存的汉魏衣冠、礼仪典章，竟然胜过了一向自诩为华夏正朔的南方！

每逢谈及中华民族屡屡浴火重生、中华文明历经五千年而绵延不绝，总会想起陈庆之进入洛阳城的震撼——这是公元 529 年 5 月，正是中国历史上著名的乱世南北朝时期，五胡乱华，政权更迭，山河破碎，这片土地曾经浸泡着无数血泪，却又将在时间不远处，迎来一个赫赫大唐。

这段历史，蕴含着中华民族何以生生不息的秘密。

一

看到跪在面前的儿子元恂，元宏暴怒了。

元宏这一年 29 岁，他的穿着打扮完全遵照已在这片土地消失了将近 300 年的汉朝的服饰要求：交领、右衽、系带、宽袖，头发整整齐齐梳成髻，用巾帻包着，再戴冠冕。但他的儿子，14 岁的元恂（元宏是 15 岁当的爹，在古代并不奇怪），却是另外一副打扮：编发左衽，即不仅衣襟左掩，还剃了头发，把剩余的头发编成辫子。

看到儿子这般打扮，暴怒之下，元宏亲自动手，给元恂来了一顿“竹笋炒肉”，打累了，又叫人代替自己杖责，直把元恂打得皮开肉绽，才拖出门外，关了起来。

不就是个发型和穿衣的分歧吗？至于吗？但这不是父子两代人的审美差异，而是关乎政治正确的关键问题。

就说“左衽”与“右衽”吧，古人上衣多为交领斜襟，上衣襟往哪里掩，可真不一般。中原汉族人崇尚右，习惯上衣襟右掩，称为右衽；而北方诸族崇尚左，衣襟左掩，是为左衽。简而言之，衣领子呈“y”形，才是纯正的汉服。“左衽”与“右衽”，可不能搞混。在古代，“左衽”甚至一度被视为国家被异族灭亡、华夏文明沦落的标志。南宋诗人陆游在《哀北》一诗中就这么写道："哀哉六十年，左衽沦胡尘。"说的是中原沦落金人之手已经六十年了。

元宏之前也是左衽，他之前还用另外一个名字，叫拓跋宏，对，他就是著名的北魏孝文帝。

北魏是由鲜卑族拓跋氏建立起来的，鲜卑族是继匈奴之后在蒙古高原崛起的游牧民族，也是魏晋南北朝对中国影响最大的游牧民族。西晋灭亡、东晋在南方建立后，大分裂大动荡的乱世开始，真是"闹哄哄你方唱罢我登场"。在南方，政权先后是东晋、刘宋、南齐、南梁、南陈；在北方，就更乱了，先是以匈奴、羯、鲜卑、羌及氐的少数民族，建立了"五胡十六国"：成汉、前赵、后赵、前凉、北凉、西凉、后凉、南凉、前燕、后燕、南燕、北燕、夏、前秦、西秦、后秦，接着北魏统一北方，可见北魏当时不是一般的牛。北魏后来又分裂成东魏、西魏，北齐和北周又分别继承东魏、西魏版图，最后北周把北齐干掉，隋朝又替代北周，而后灭掉南朝，实现统一，中国历史上这场三百余年之久的大分裂才宣告结束。

拓跋宏开创了北魏黄金时代，他把首都从平城（今天的山西大同）迁到洛阳，颁布了一系列汉化政策：禁止穿鲜卑服装，一律改着汉服；禁止说鲜卑话，以汉语为唯一通行语言；凡迁到洛阳的鲜卑人，一律以洛阳为籍贯，死后葬在洛阳，不准归葬平城；改鲜卑姓氏为汉姓。皇室率先垂范，把拓跋氏改为元氏，他的名字也从拓跋宏改成了元宏。

但是太子元恂却站出来反对父亲。史载，元恂是个肥壮少年，最怕洛阳的炎热天气，老是想回平城去。十四五岁的年纪，正处于逆反期，喜欢跟大人对着干，元恂不愿说汉语、穿汉服，对所赐汉族衣冠尽皆撕毁，仍旧编发左衽，顽固保持鲜卑旧俗。太子侍从官高道悦多次苦言相劝，他不但不听，反而很烦，终于找着皇帝离开洛阳出巡的机会，他与左右合谋，秘密选取宫中御马三千匹，阴谋出奔平城。跑路前，他亲手杀死了高道悦。

元宏得知消息，飞速赶回洛阳，把元恂打了一顿后，废黜了他的太子之位。翌年，元宏再度出巡时，听说囚禁中的元恂又与左右谋反，遂赐毒酒，逼令他自尽了。

处死儿子时，想必父亲的心很悲凉，但这就是改革的代价。这也是对鲜卑贵族们的震慑：我的儿子反对改革，这就是下场，你们，闭嘴！

果然。

二

元宏，这个伟大的改革者，只活了 33 岁。即使在人均寿命普遍较低的古代，这个年龄逝去，也是令人喟叹的。假如他能活更长时间，大一统的时代或许会早点到来，那根耀眼的历史接力棒，不会交到李渊、李世民父子手中。

只能说，元宏英年早逝，是因为太累了。他这么年轻，却要承担如此巨大的政治改革、军事征伐和诸如太子掣肘等来自鲜卑贵族内部的压力。

后人在对他致敬的同时，也有诸多不解：这么一个年轻人，何来这般非凡动力去亲自操盘和推进这种开天辟地式的改变和注定阻力重重的改革顶层设计？

史载，元宏还是少年拓跋宏时，“精通儒家经义、史传百家而才藻富赡”，他自然是熟悉并亲近儒家道统的，这一点对他执掌皇权后致力推进改革非常重要，但并非决定性因素。决定性因素，只能从当时历史现实去寻找。他决定迁都洛阳时，任城王拓跋澄跳出来反对，他做拓跋澄思想工作时，说出了自己改革的初衷：平城是用武之地，不能实行文治。

对已经统一了中国北方的北魏统治者来说，“用武”已经完全无法有效治理国家了，必须“文治”。

南北朝所在的公元 5 到 6 世纪，正值历史上的小冰河期，北方游牧民族纷纷南下，与汉人发生史上罕见的剧烈冲突。拓跋宏登基时，在“五胡乱华”的尸山血海中崛起的北魏，建国已逾百年，但民族矛盾尤其是鲜卑与汉族的矛盾，仍然异常尖锐。鲜卑贵族残酷对待汉人，史载，北魏军队打仗时，“每以骑战，驱夏人为肉篱”，“以骑蹙步，（夏人）未战先死”。汉人充当了消耗敌人的肉盾，向前走，被杀死，往后退，被鲜卑骑兵踩死，命如草芥，异常悲惨。

哪里有压迫，哪里就有反抗，鲜卑压迫愈狠，汉人反抗愈烈。拓跋宏当了皇帝后，汉人纷纷起义，狼烟四起。他深知：鲜卑与汉人之间的矛盾不调和，国家哪有明天？

他决意改革，也有自己椎心之痛：当汉人早已进入封建社会时，鲜卑族还处于奴隶制社会。他被立为太子后，根据鲜卑“子贵母死”制度，生母即被赐死……母亲死时，他年仅 3 岁，是个严重缺乏母爱的孩子。

伟大的改革家，无不对旧制度有切肤之痛。

历史学家任继愈在论及魏晋南北朝长达三四百年的民族融合时说过："很多民族共同向封建化进步。五胡十六国变化，是北方少数民族接受封建文化，特别是汉文化的一个过程。"

拓跋宏改革的决心如此之大，鲜卑与汉族融合得非常彻底。迁都洛阳后，他抓住了两个关键：一是语言，二是通婚。

禁胡语、学汉语，并不容易，元宏倒也灵活：30岁以上，实在改不过来，就不强求。但30岁以下的官员，尤其是少年，必须学，"汉语从娃娃抓起"。另外，想入朝做官的，必须要会汉语。如此，不出几十年，鲜卑就人人能说汉语了，完全融入汉文化和中华文明。

通婚方面，元宏更是做出榜样：纳汉族大士族的女儿入后宫。《资治通鉴》记载：魏孝文帝"雅重门族，以范阳卢敏、清河崔宗伯、荥阳郑羲、太原王琼四姓，衣冠所推，咸纳其女以充后宫"。他还给弟弟们做媒，让他们也娶汉族大士族的女儿。

一时间，胡汉联姻，蔚然成风。鲜卑人与汉人渐渐融为一体，成了不可分割的同胞。

元宏的努力没有白费，他的改革，推动了北魏全方面发展，缓解了民族隔阂，尤其是赢得了汉族士大夫群体的信任，史称"孝文帝中兴"。在他病逝后30年，南朝陈庆之进入洛阳城，就目睹了中兴之盛况。

值得一提的是，元宏还有个改革的"导师"，就是他的祖母冯太后，他的生母被处死后，冯太后一手带大了他。冯太后也是个奇女子，在孙子年幼时，她临朝专政，足智多谋，能行大事，生杀赏罚，决之俄顷，具有丰富的政治经验和才能。

她推动了很多改革，比如，鲜卑原来一直近亲结婚，她下令禁绝

“一族之婚，同姓之娶”；又比如，她主持颁行了重要的均田制和三长制，给北魏社会带来重大的变化。

祖母孙子间感情深厚，冯太后病逝时，元宏大哭三日，他在诏书中说：“朕的祖宗只专意武略，未修文教，又是她老人家教导朕学习古道。一想起太后的功德，朕怎能不哀慕崩摧？”

从此，他要孤身奋战了。这一年，他 24 岁。在此后 9 年时间，他划亮了历史的天空。

三

金庸小说《天龙八部》的结尾，让人有点伤感：慕容复疯了，侍女阿碧给一群孩子发糖吃，哄他们跪拜慕容复这个“大燕皇帝”。

慕容氏也是鲜卑大族，在南北朝时期曾先后建立过前燕、西燕、后燕、南燕、北燕。《天龙八部》的背景是北宋，此时距离慕容氏最后一个政权北燕覆亡，已经有 500 多年了。慕容博、慕容复父子还如此痴迷“复国”，也是够执着的。当然，这是小说家言。事实上，别说到了北宋，早在唐朝，鲜卑作为一个单独的民族，就已经不存在了。

鲜卑族到哪里去了？

著名的民族史学家王桐龄在《中国民族史》一书中考证：隋唐时期的汉民族，主要是以汉族为父系、鲜卑为母系的新汉族。

比如，唐高祖李渊的母亲出自拓跋鲜卑的独孤氏，唐太宗长孙皇后是胡汉混血，有一半汉族血统和一半鲜卑血统。皇后的哥哥长孙无忌，是唐初很有名的宰相。

“长孙”这个姓，是由鲜卑姓“拔拔”改过来的。当年，元宏下令改鲜卑复姓为单音汉姓，除了“拓跋”改为“元”，改拔拔氏为长孙氏、达奚氏为奚氏、乙旃氏为叔孙氏、丘穆陵氏为穆氏、步六孤氏为陆氏、贺赖氏为贺氏、独孤氏为刘氏、贺楼氏为楼氏、勿忸于氏为于氏、尉迟氏为尉氏，“其余所改，不可胜纪”。改姓以后，鲜卑族姓氏不再重复奇僻，与汉姓完全相同。

时到今日，中国农村还有贴门神的习惯，两尊威风凛凛的门神，一位是尉迟敬德，一位是秦琼。尉迟敬德是鲜卑人，纯朴忠厚，勇武善战，一生戎马倥偬，征战南北，驰骋疆场，屡立战功。玄武门之变时助李世民夺取帝位，官至右武侯大将军，封鄂国公。

在金庸的武侠小说中，有一个绝顶高手叫“独孤求败”，独孤也是鲜卑姓氏。在南北朝最后时期，有一个叫独孤信的牛人，这是一个鲜卑族的美男子，相貌俊美，又喜欢打扮，服饰的色彩和众人不同，军中称他为“独孤郎”。他先后做过西魏和北周的将领，骁勇善战，但让他在历史上留下赫赫大名的，是他的女儿们：

他的大女儿嫁给了北周的明帝宇文毓，四女儿是唐朝的元贞皇后，也就是高祖李渊的母亲，七女儿独孤伽罗嫁给了隋文帝杨坚。

一下子培养了三个皇后，遗传的力量真强大！因此，独孤信被称为“最牛丈人”。

隋唐时期，除了皇室，胡汉血统混合更大量地出现在民间。隋唐时期的汉人或号为“唐人”的汉人，已不是魏晋以前汉人血统的简单延续，而是胡汉血统混合的民族共同体。

葛剑雄指出：“经过东晋、十六国、南北朝期间的迁徙、争斗和融合，到隋朝重新统一时，定居于隋朝范围内的各族，基本都已自认和被认为华夏（汉）一族，尽管其中一部分人的‘胡人’渊源或特征还很明显，他们自己也不隐讳。”

“血统的界限早已破除，相貌的差异也不再成为障碍。”葛剑雄认为，幸运的是，华夏对蛮夷的鉴别标准不是血统，而是文化。早期的华夏诸族与以后的汉族，并不是纯粹的血缘结合，更多是出于文化认同。也就是说，随着历史发展，华夏或汉族的概念早已不是纯粹的血统标准，而成了对地域或文化的承认，即凡是定居在中国范围或者被扩大到中国范围内的人，无论以什么方式接受了中国文化的人，都属于中国。

唐朝有位叫陈黯的学者，他著有《华心》一文，将“华夷”之分写得非常清晰：“以地言之，则有华夷也。以教言，亦有华夷乎？夫华夷者，辨在乎心，辨心在乎察其趣向。有生于中州而行戾乎礼义，是形华而心夷也。生于夷域而行合乎礼义，是形夷而心华也。”

有人说，唐朝是中国古代历史的鼎盛时期，怎么唐朝皇帝有胡人血统？然而，唐朝皇室认同自己是汉人，崇尚汉文化，唐朝的核心文明体系完全是华夏文明体系。经历大分裂之后的中国，再次进入大一统时，已经面貌一新：由一个生机勃勃的民族共同体构成的大唐社会，豪迈雄健，海纳百川，将中华文明推上了一个新高度。

这一切，元宏功不可没。因此，李世民要举杯，遥向元宏致敬。

四

回望历史，有些篇章暗黑残酷，惨不忍睹。但有些篇章，却像阳光顽强透过重重铅云，瞬间由暗转明，就像翻过几乎洇满鲜血的南北朝这一页，陡然扑面而来阳刚豪迈的唐朝乐章。

这种感觉很好，宛如上一场是让你两股战战的恐怖片，下一场是让你激情飞扬的青春片；上半夜你在暴雪中艰难跋涉，下半夜敲开了有着熊熊火炉、能让你喝完一杯热茶后舒服得摊开双腿满足地叹息一声的旅店。

后人时常庆幸：在历史的关键时刻，历史当事人做了理性选择，比如元朝初年，蒙古贵族向大汗窝阔台进言，主张杀尽汉人，将农耕地变为牧地。中原可能遭受灭顶之灾。此刻，熟谙儒家经典的宰相耶律楚材坚决反对，并向窝阔台许诺如果按照汉法征税，就能够每年收入“银五十万两，绢八万匹，粟四十万石”。高额的数字吸引了窝阔台的心，他决定放手让耶律楚材主持改革。

历史上，人类常常犯下同样的愚蠢错误，但是，人之所以为人，必然有人区别于动物的思考、判断和智慧。

元宏面对尖锐的胡汉矛盾，他完全可以做一个效仿前辈习惯性作为的拓跋宏，通过残酷杀戮来削减汉族人口。但他做了另外一个选择，一个完全不同的选择，一个看似复杂困难然而充满智慧的选择。

为前人在关键时刻做出理性选择而倍感庆幸的同时，我们也不禁思考：

这是历史的侥幸，还是历史的必然？

具体到中国的历史，当年四大文明古国，为何唯独只有中国经历了五千年的艰难险阻，还能够延续至今？今天的我们，因此还能读着数千年前的方块字，通过成书于战国时代的《论语》来领悟孔子的智慧，听到不知与我们相隔了多少代的古人吟唱的“窈窕淑女”，我们依然会怦然心动？

这是历史的侥幸，还是历史的必然？

冥冥之中，真有所谓“运数”吗？

这个话题，可以写出皇皇巨著。如果简要回答，那就是：中华民族的生命力。

已故的金庸先生曾在一次关于中华民族生命力的演讲中说过：

其一，中国“一开始就是农业社会，生产力比较高、技术比较先进，有强大的经济力量可以发展文化”；

其二，从西周开始，中国已有了一个严密的宗法社会制度，例如嫡长子继位的世袭制度，促进了内部稳定；

其三，金庸先生特地提道：“我们对外族是很开放的。”

民族史学家王桐龄则认为，自春秋时代即形成的儒家文化，即由儒学所倡导的一套完整和系统的伦理道德观点、行为规范，以及相应的宇宙观、世界观、人生观等，这一套与当时先进的农耕经济相联系的文化体系，则可能是汉族在恶劣条件下保持文化传统以及外族在武力上占优势时仍能接受汉族文化传统的重要因素。

他同时还认为：汉族“虽内部经过许多变乱，外部受过许多骚扰”，但最终仍然造就了“庞大无伦之中国”，是汉族之“善蜕化”。

五

陈庆之进洛阳的故事，见于《洛阳伽蓝记》一书。这本书颇为有趣。陈庆之返回南朝后感慨的那番话，是在他与北朝士人“南北正朔”相争后。当时他趁着醉意，说你们北朝是胡人，“正朔相承，当在江左。秦朝玉玺，今在梁朝”。北朝大臣杨元慎毫不客气地反驳：你们偏居一隅，也敢代表中国？陈庆之见杨元慎“清词雅句，纵横奔发”，一时“杜口流汗，含声不言”。受到强烈刺激的白袍将军，数日后甚至病了，“心上急痛”，在洛阳找医生。

南朝、北朝，到底谁能代表中国正统？李世民做了回答：中国古代，各个朝代都很重视官方修前朝历史，李世民确定《北史》《南史》并修，承认了北朝、南朝都具有正统性，都属于中国。

是的，中国，一直在这儿！

状元悲喜录

纵观中国历史上700多位状元，虽多数是他们所处年代的大才子，但高中状元之后，走上仕途，从此无意文字。除杨慎、柳公权等几位获得较高的成就外，大多数状元都文绩平平，难传千秋。相形之下，一些文豪倒是与状元无缘，唐宋两代265名状元中，苏轼等八大家，李白、杜甫等大诗人，无一人摘取状元桂冠。这或许是他们个人的遗憾，但绝对是历史的幸运。

自隋朝创立科考以来，历代状元有姓名可考者，自唐高祖武德五年（622年）的孙伏伽起，到清光绪三十年（1904年）的刘春霖终，共有592人，加上其他短命政权选考的状元以及各代的武状元，中国历史上总计可考的文武状元为777人。每个状元都有一个故事，只是并非都是传奇。高考产生的状元那就多得去了，许多年以后，这些登上了高考巅峰的状元，还能否让后人记住他们的故事？

一

中状元称为“大魁天下”，是读书人的最高荣誉。在今天，产生一个高考状元需要12年时间——小学6年，初中3年，高中3年——或许更早，有些孩子从幼儿园就开始了，还有更早的，那是胎教。但是古代的状元之路，就要漫长得多了。

据《中国状元全传》载，宋代共产生了118个状元，其中生卒年可考者51人，51人中，20岁~30岁中状元者37人，占72.5%，最小的18岁，50岁以上中状元者2人。宋代科举刚上正轨，状元普遍比较年轻，后来科举愈来愈难，状元之路也拉长了许多。清代共有状元114人，生卒年可考者54人，其中20岁~30岁中状元者19人，占35%，最小的21岁。50岁以上中状元者5人，最大的62岁。要知道当时人的寿命很短，七十岁已是古稀了。

古代一个读书人要成为状元，先要经过乡试、省试，最后到殿试夺魁，时间漫长，竞争激烈。宋人苏洵就曾发过如此感慨："莫道登科易，老夫如登天。"到了清代，考到白发满头仍然是个童生的不乏其人。四五十岁中进士，人们并不觉得他年龄有多大，有诗曰："太宗皇帝真长策，赚得英雄尽白头。"

从唐朝开始，进士科考试主要是三场，其后各代基本沿用下来。第一场是贴经，用现代的话说就是填空。主考官从诸子经书中选取一行，然后把其中的三个字贴盖住，让考生读出被贴的字是哪几个，考考生的背功，测试一下考生对经书的熟练程度。第二场考诗赋，每个考生作诗一首、赋一首。第三场考试策，就现在的话来说是时事考试。出个题目，让考生谈谈自己的见解，目的是想看看考生对治国方略的独到见解，为国家选择治国平天下的英才。这三场考试都实行淘汰制，每场皆定去留。只要一场考不好，状元梦随之破灭。宋仁宗后，又对科考进行了修改，按策、赋、贴经、墨义的次序，让参试者并试四场，综合平衡后再定夺。考生考完后，由“读卷大臣”排出前十名，呈送皇上，最终由皇上根据个人评判圈定谁为“第一甲第一名”。

在古代，状元除了有不世之才，还得综合素质优秀，甚至还得有些运气。

“不要以貌取人”是古人传下来的智慧，但是状元的诞生，跟相貌却大有关系。

在老百姓眼里，状元那可是“文曲星下凡”，在皇帝眼里，状元也不仅仅是状元，金殿唱名一路传出紫禁城，百臣瞩目，然后跨马游街，万人目睹，甚至还要与外藩使节相见。所以，仪表如何就是一个不得不考虑的问题了。从科举制度初始定型的唐朝起，相貌仪表便成为必须纳入参考范围的一个因素。及至明代，容貌已作为录取的重要条件。洪武四年（1371 年），明皇朝举行开国后首届科举考试，本拟定郭冲为状元，但朱元璋——虽然他自己长得也不咋样——觉得此人貌不惊人，不足以显示大明帝国的新兴气象，于是将器宇轩昂相貌堂堂的吴伯宗点为状元，“以壮国威”。

民间传说，钟馗本是唐代的一个状元，面圣时，皇帝看了一眼：怎么长得这么丑！于是封他个末名进士，钟馗当即一头撞在玉阶上气绝身亡。

所以，帅不帅，很重要。粤语影视中有个重要人物伦文叙，至今风靡港澳与广东的民间美食“状元及第粥”就是因他而闻名。伦文叙在 1499 年参加殿试，他很优秀，但更优秀的是浙江宁波人丰熙。可是明孝宗朱祐樘发现丰熙一只脚有点毛病，于是改选来自广东南海的伦文叙为状元。伦文叙身材高大，风姿英俊，但丰熙的对策写得实在出色，孝宗十分欣赏，故定为一甲二名的榜眼，另赐同状元及第以为安慰。这样，便出了一名千古唯一的副状元。

古代状元，除了相貌好，名字取得好，也是很重要的。历代皇帝都将点状元视为本朝重事，必取吉利，因此“点状元”渐渐衍化为“点姓名”。从某种程度来说，状元是皇帝的“吉祥物”。

靠一个好姓名当状元的经典案例，是光绪二十九年（1903 年）高中的山东人王寿彭。此人苦哈哈出身，以前运气也不好。本来这次考试因病不想参加，大家劝啊劝，他勉强应试了。但他的这个名字好啊，当时慈禧太后即将七十大寿，自从八国联军那事儿以后，慈禧脾气很不好，此前几次殿试定夺名次时，她都横挑鼻子竖挑眼的。这回阅卷大臣看到“王寿彭”这个名字，眼前一亮：这不是“帝王之寿如彭祖”的意思吗！主考官孙家鼐遂拟王寿彭为第一名，报呈太后审定。慈禧一看这名字真好啊，再加上王寿彭写得一手好字，卷子都没怎么仔细看就定下来了——本科状元就这人了！

当权者如此看重姓名，自然就会生出投机取巧者。1850 年，咸丰即位，一位应试的孙姓举子，立即悄悄改名“孙庆咸”。会试发榜时，尽管此人文章平平，考官们为博皇帝欢心，拟孙庆咸为状元，取其吉名——“庆祝咸丰登基”。但是这般好运气的改名并不多，皇帝因人因时，心态各异，应试进士根本无法把握“莫测天意”，如何提前准备？

二

高中状元，是古代读书人的人生巅峰，唐人孟郊曾作《登科后》诗：“春风得意马蹄疾，一日看尽长安花。”中进士如此，被钦点为状元，那就更牛了。所以古代典籍对这些状元的记载，相对其他人，是非常翔实的。西人云：“每个墓碑下都是一部长篇小说。”在古人记载中翻阅状元故事，俨然就是一部部悲喜录。

中国历史上有记载的首个状元是河北邢台人孙伏伽，公元 622 年高中状元，此人当时跟对了人——李世民，玄武门之变之后，他被赐男爵，食邑乐安，应该为李世民夺取政权立下了一份功劳。他的仕途巅峰是大理寺卿，后来得以寿终正寝。据历史记载，孙伏伽是个好官，敢于诚言直谏，为李渊、李世民两代皇帝欣赏。

中国最后一名科举状元是刘春霖，1904 年殿试夺魁，1905 年，清政府就废除了科举取士的制度。刘春霖清末曾历任翰林院修撰、福建提学使、直隶法政学堂提调。辛亥革命后，在北洋政府任大总统秘书、中央农事试验场场长、直隶教育厅厅长等职。他博学多才、兴趣广泛，在古文学、史学和金石学方面造诣深邃，还是一个著名的书法家。

值得一提的是，“史上最后一名状元”为中国的状元们画上了一个圆满的句号：1934 年，伪满政府大员郑孝胥特派人邀刘春霖北上，并许以高官厚禄，被他拒绝。七七事变后，曾与他同科的中进士王揖唐出任伪职，出面拉拢刘春霖，也遭到刘的严词拒绝。1942 年 1 月 18 日他病逝于北京寓所，享年 70 岁。

古人参加科举是为了走上仕途，“朝为田舍郎，暮登天子堂”，殿试夺魁，那更是前途一片光明。但从历史记载中可以看出，大多数状元的仕途并非一帆风顺，起点高，但波折也多，大概能中状元者多为才子，书生意气重了点。

宋朝有个名叫王嗣宗的人，他能当上状元颇有些搞笑。他是宋太祖开宝八年（975 年）乙亥科状元，当时另一位考生陈识也很优秀。宋太祖赵匡胤看了两人的卷子，实在不知点谁为好。这赵匡胤一介武夫，马上得天下，于是想出一个歪点子：你们俩相扑吧，谁赢了就是状元。在宋朝，相扑是一项热门运动，史料多有记载。王嗣宗、陈识二人在大殿上扑斗起来，估计陈识是个文弱书生，没多久就给王嗣宗扑倒了——宋人不知今天“吔”的流行手势，否则王嗣宗在大殿上会举起右手两根手指。

史载：王嗣宗历事三朝，为政严明，政绩卓著。但其言语常有不敬人处，得罪了不少人，尤其是得罪了当时的宰相寇准，所以他几起几落，仕途不是很顺利。他有一次丢官的原因是：把皇帝派到下面打探消息的耳目抓起来，送回京城，皇帝自然大怒；还有一次丢官的理由更搞笑：因妻子病急，夜撬衙门取药，被罢官——倒是个疼老婆的性情中人。

唐朝有个状元叫郑颢，是中国历史上唯一可考的驸马状元。他本来有婚约在身，但皇帝看上了这位一表人才的状元，硬是要把女儿许配给他。唐朝人性格奔放，不拘礼节，这个郑颢就是不肯娶公主，皇帝只好让宰相白敏中去做媒人，宰相费尽口舌，威逼利诱，终于迫使郑颢娶了公主。强扭的瓜不甜，郑颢婚后不幸福，便迁怒媒人，多次弹劾白敏中，幸好皇帝自知理亏，替白敏中压下了弹劾的奏章。

一些临时政权也开科取士，以示正统。太平天国起义后不久即宣布开科取士，网罗人才，这在中国历代农民起义中是十分罕见的。但是四次都没考上秀才的洪秀全，又怎能“正确”对待科举？据史料记载，太平天国的科举考试非常荒诞。太平军攻下第一个州城永安以后，即宣布开科取士，第一名居然是南王冯云山，其他太平军重要将领曾钊扬、曾水源和何震川等人也纷纷高中。太平天国科举考试一开局，便有些游戏意味了。

回到中國歷史現場

那时明月

㊦

关山远 著

GEP
广西教育出版社
南宁

目录

文化　文明与野蛮

科 学　先进与落后

文化

文明与野蛮

假如北宋迁都洛阳，还有“靖康耻”吗

众所周知，抗战时期，国民政府迁都重庆。但鲜为人知的是，1932年1月28日日军在上海发动一·二八事变后，国民政府曾一度迁往洛阳，并把洛阳定为行都，只有短暂的10个月，这一史实往往被忽略。

洛阳既是千年古都，还是中国唯一有“神都”之称的城市，徐克就导演过一部电影《狄仁杰之神都龙王》。洛阳有“河山拱戴，形势甲于天下”之名，地势险要，交通又便利，难怪有13个朝代选择在此建都。

不由想到一个问题：假如当年北宋迁都洛阳，还会有靖康之耻吗?

一

公元976年暮春时分，洛阳夹马营，一位身着龙袍的中年男子弯下高大的身躯，像孩子一样俯身在地上扒拉着，突然间满面笑容，手里多了一个石头雕成的玩具马。

他是赵匡胤，当时东方这片大地上最有权势的男人，他在16年前创建的大宋王朝，此时已经统一了中原以至整个南方，实现了自唐亡以来中原王朝大一统的局面。他终于能够从南征北战中脱出身来，来一次期待已久的西巡。

赵匡胤出生于洛阳夹马营的后唐禁军兵营，也在这里度过童年时光，出游从军后，这还是第一次回来，居然还能找到童年时的玩具，他对洛阳的深情，可想而知。在晚上宴饮群臣时，皇上突然说了一句话，表达了自己的强烈愿望，那就是“迁都洛阳”。

大宋都城在开封，在洛阳东边200公里之外。自从著名的“儿皇帝”石敬瑭在公元936年灭掉后唐建立后晋，将都城从洛阳迁到开封后，洛阳结束了作为国都的悠久历史。此后短时间内军阀混乱，城头变换大王旗，汴梁的主人一换再换，但始终作为国都，不断加强城防建设，在赵匡胤陈桥黄袍加身前五年，周世宗柴荣还发动10万民夫在汴梁城外筑起外城。大宋立国，自然也以汴梁为国都。

但赵匡胤始终忘记不了洛阳。他提出迁都的理由是：有险可守。赵匡胤是一个优秀的军人，他的眼光毫无问题：从地形来看，洛阳坐拥山川之险，重重雄关拱卫，四周群山环绕，背负邙山，面临洛水。东有成皋，西有崤函，北通幽燕，南对伊阙，“河山拱戴，形势甲于天下”，而开封地处黄河南岸的黄淮平原之上，是无险可守的四战之地。何况当时大宋始终未能夺回幽燕之地，开封地区面朝北方，门户洞开，一马平川，适合骑兵作战，辽军铁骑随时可能打到城下，而众所周知的是，宋朝因为失去北边屏障，始终未能发展出强大的骑兵。在平原，以步兵对骑兵，胜算甚少。

对赵匡胤的迁都主张，群臣没有人敢劝谏，但大家都反对。反对的理由就是不想折腾，因为当时开封经几个王朝几十年建设，貌似很坚固了，而洛阳自唐朝后期开始连年战乱，城市破坏严重，经济凋敝不堪。要重建国都，需要大量人力物力财力，大臣们也舍不得汴梁的繁华生活——想一想《清明上河图》，那时的开封绝对是国际大都市。值得一提的是，宋朝皇帝还是比较民主的，对待臣下的意见并不是那般任性胡为，赵匡胤虽是马上得天下，但还算仁厚之君，比较尊重手下这帮文人。

但是这一次，虽然群臣反对，赵匡胤态度仍比较坚决，直到他的弟弟赵光义说了一句话，彻底把当皇帝的哥噎回去了。赵光义说："在德不在险。"这理由冠冕堂皇，赵匡胤不知如何反驳。

后人还分析说，迁都之争，其实也是皇权之争，一场宫斗。当时赵光义是开封府最高长官，在首都有着庞大的势力，"我的地盘我做主"，而赵匡胤任儿子赵德芳的岳父焦继勋为洛阳留守，重修洛阳城，刻意在洛阳培养儿子的势力。人之常情，赵匡胤想让儿子继位，而不是弟弟。要实现这一目标，离开赵光义的地盘，迁都洛阳是最好的选择。

976年，正当壮年的赵匡胤猝死，他的死因一直被后人争议不休，最著名的是"烛影斧声"之说，即赵光义用斧头劈死了哥哥，自己当了皇帝。现在比较一致的意见是，赵匡胤突然死亡，赵光义脱不了干系，毕竟开封在他的控制之下。五年后，赵德芳也猝死了，年仅22岁，已登上皇位的赵光义亲临哭祭，一副悲痛欲绝的模样，民间传说侄子是被他逼死的，从此皇位留给他的一脉了。

二

“靖康耻，犹未雪，臣子恨，何时灭！”能够想象，当年岳飞写下这阕《满江红》时，提及“靖康耻”，可谓字字泣血，悲愤莫名，至今仍刺痛人心。

两位皇帝被虏，繁华都城毁于兵火，金枝玉叶沦为军妓——公元1127年，宋王朝经历了莫大浩劫。此时距离大宋开国皇帝赵匡胤的迁都之议，正好过去151年。赵匡胤当时无奈妥协之后，有句预言：“不出百年，天下民力殚矣！”

赵匡胤的忧虑，就在于开封无险可守，只能依托重兵守护。史载，北宋开封一带经常驻军数十万，城里城外连营设卫，以代替山河之险。《水浒传》称林冲是“八十万禁军教头”，这禁军说的就是开封守军。大量冗兵云集京师，大大增加了开封对运河的依赖性。河道不够要继续开挖，河道淤塞要不断清淤，无休无止的开挖清淤动用无数民力，使百姓疲于奔命。时间一久，造成政府财政开支负担沉重，百姓困于徭役。据统计，北宋年间的军费开支相当庞大，占到政府总支出的七成左右。

这个问题，赵匡胤后也有明智之士考虑到，例如名臣范仲淹，他就说过：“洛阳险固，而汴为四战之地，太平宜居汴，即有事必居洛阳。”他的意思是，太平岁月，住在开封喝喝茶练练字还是不错的，但战争年代，开封就不宜居了，要搬到洛阳去。可惜，当年开国天子的话都没人听，他的话更没人听了。

纵观中国大一统王朝定都，从西安到洛阳再到开封再到南京，中国的政治中心从西部转向东部平原地区，不断东移，耐人寻味。在历史长河中，经济中心逐渐从北方转移到南方，但对于在冷兵器时代不擅马战的汉人王朝来说，城市繁华，并不意味着国力强盛。

开封，当时堪称世界上最繁华的城市，却也是危机四伏的国都。

公元 1126 年，金兵铁骑沿黄淮平原汹涌而至了。

令人唏嘘的是，国家财政养了那么多军人，关键时刻却根本不顶用，当金兵重重围城时，都城守军乱作一团，皇帝病急乱投医，居然靠神棍郭京的“六甲神兵”来保护京城，结果可想而知。

达到古代灿烂文明一大高峰的大宋都城，经烧杀抢掠，沦为废墟，残存居民，“人相食”，那个张择端笔下的繁华都市从此风光不再，汴河航道逐渐湮塞，南北交通要道的重要地位也慢慢丧失，开封在历史上最繁荣的时期，宣告结束。

三

有话说：真理掌握在少数人手里。在迁都一事上，赵匡胤肯定认为自己是这少数人。

他在告别洛阳的时候，满心惆怅，最终以一种很文艺的方式，告别了自己深爱的洛阳：他始终揣着从地里找到的自己童年时的玩具石马，行至巩县时，在父母茔地——永安陵进行了祭奠。在陵园神墙的角楼上，他怅然四顾，思叹良久后，抽出一支雕翎箭，张弓射向远野。看着那支箭在远处无声落下，他长叹一声，告诉身边众臣：人生终须有归宿，今日箭落之处，就是我死后长眠之所。说完，他取出那个玩具石马，命人埋在箭落处为记，并为自己的陵墓命名永昌。

一国之君，却无法决定国都所在。赵匡胤也许是用这种方式，让自己距离洛阳近一些。

他为什么爱洛阳？既有个人情感因素、权力争斗需要，更是战略眼光。

明人陈建曾在《建都论》中比较过西安、洛阳与开封的优劣，他说："古今天下大都会有四，曰长安，曰洛阳，曰汴，曰燕。四者皆昔帝王建都之地也。然论时宜地势，尽善全美，则皆不如洛阳。何也？夫建都之要，一形势险固，二漕运便利，三居中而应四方。必三者备，而后可以言建都。长安虽据形势，而漕运艰难；汴居四方之中，而平夷无险，四面受敌。惟洛阳三善咸备。"

洛阳确实是个能进能退的战略要地。1923年，吴佩孚五十大寿，这个当年势力最为强大、被视为主宰着中国命运的军阀，其大本营就放在洛阳。五十大寿，洛阳城车水马龙，康有为还特地撰一联谀谄：牧野鹰扬，百岁勋名才半世；洛阳虎视，八方风雨会中州。

在冷兵器时代，洛阳易守难攻，黄易笔下《大唐双龙传》中的洛阳，是一座伟大得不可能陷落的城市。到了重炮攻城的年代，洛阳因其位置，依然是个战略转移的好去处。

1932年1月底至2月初，洛阳突然热闹起来，国民政府中央大员纷至沓来，一时政要荟萃、冠盖云集。日军在上海发动一·二八事变后，日军炮舰驶至南京长江江面，虎视眈眈，国民党中央各机关和国民政府陆续往洛阳迁移，并在此召开过两次重要会议，1932年3月的国民党四届二中全会和4月的"国难会议"。在四届二中全会上，确定了以西安为陪都，定名为西京，以洛阳为行都。

相比五年后迁都重庆，这次国民政府的洛阳之行，更像一次彩排。因为蒋介石本人没有前往洛阳，洛阳各职能机关无“公”可办，也没有人具体负责，基本上是个空架子，国民政府的公报、政令以及公文等仍在南京办理，首都的地位并没有改变，政治中心仍在南京。到了当年5月，中日签订《淞沪停战协定》，国民政府以国家利益为代价换取了日军对南京军事威胁的暂时解除；11月29日，国民政府正式发布还都命令。

史载，这些养尊处优的官员们对洛阳颇为失望，“没有洋楼，没有地板，没有新式马桶，更没有大餐可吃”，使国民党官员们垂头丧气。当时洛阳电灯设备不足，各机关都用当地制造的小红纱灯照明。没有汽车，洛阳地方政府把全市的人力车按区编组，作为党政大员们的“专车”。

四

相比赵匡胤，同样军人出身的朱棣，在迁都一事上，有资格嘲笑前者的优柔寡断。

1416年，朱棣决定将大明国都从南京迁到北京，迁都的意愿很强烈，他是燕王，根据地在北方，挥军南下夺了侄子的江山后，坐在南京的皇位上，很没有安全感，自然感到南方人深深的恶意。何况，北方始终有元朝残余势力存在，不断威胁大明的安全。

当时的北京很破败。元末明初，徐达攻占这座城市之后，将城中部分居民迁往开封，平毁了元朝宫殿，其在旧址堆土筑成万岁山（今景山）。所以朱棣表达出迁都意愿后，那些沉浸在江南温柔乡里的官员们，特别不乐意。但他们很快就不敢提意见了，因为所有反对迁都的人，都受到了革职处分。

朱棣在南京，命人加强北京建设，紫禁城就是这段时间修起来的。迁都之初，万事不顺，尤其是在初夏时节，紫禁城的奉天、华盖、谨身三大殿遭雷击，尽皆焚毁。朝野议论纷纷。礼部主事萧仪认为，迁都后诸事不便，且弃绝皇脉与孝陵，有违天意。朱棣大怒，立即处死了萧仪。如此简单粗暴，再没人敢多嘴了。此时距离明朝群臣胆敢与皇帝死磕的时候，还有一段时间呢。

朱棣迁都，是一件对中国历史产生深远影响的大事，自石敬瑭向契丹割让燕云十六州后，北京一带已有 400 余年不在汉族朝廷中央政权控制之下了，尤其是靖康之变后，整个华北地区已有 200 余年由少数民族政权统治。大明迁都北京，北京及其周边成为明朝的核心统治地域，汉族政权对华北的控制达到前所未有的程度。

明朝是个很复杂的朝代，有很多“奇葩”事，但明朝君臣骨头还是很硬，“天子守国门，君王死社稷”。土木堡之变后，皇帝被俘，明朝精锐军队几乎被全歼，面对危局，也有人力主迁都，但组织北京保卫战的于谦厉声喝道：“言南迁者，可斩也。京师天下根本，一动则大事去矣，独不见宋南渡事乎？”靖康之耻，给人留下的刺激太深了。到了崇祯末年，大厦将倾，尤其是遍地烽烟，供应北京的漕运已被截断，北京实在难以撑下去了，有人一度提出迁都，但皇帝与多数大臣始终不敢答应，他们不想因违背祖训而被指责，更不想落一个重蹈宋朝覆辙的骂名。他们为了面子死撑，也心存侥幸，却没想到，此时跟于谦在时，形势已经完全不一样了。

已经没有一个拼死来保护北京的于谦了。

五

不如做一个设想：如果赵匡胤当时强硬一些，如愿迁都洛阳，150 年后，金兵攻不下洛阳，不会有靖康之耻，那么到今天，中国会是什么样？

历史无法假设，即使此刻自娱自乐地假设一把，宋朝成功迁都洛阳，接下来的亡国之耻，同样不可避免。或许洛阳能够让宋朝坚持更长时间，能够让宋徽宗坐更长时间的皇位，但一个重用奸臣、迷醉奇石的皇帝，一个只知绥靖、缺乏血性的朝廷，又怎么能长久维持？何况还遭遇了因气候严寒不得不南下求生存的强悍的游牧民族。如果迁都洛阳，或许北宋不会速亡，但骨子里的怯懦不改，又能维持多久？钓鱼城能够坚守 36 年，地势很重要，但士气与斗志更重要。

事实上，在靖康年间，开封被金兵攻占后，守卫洛阳的大宋西京留守兼西道都总管王襄弃城而逃，尽管他手下有三万人马，却毫无斗志。金兵毫不费力地占领了洛阳。但一对名叫翟兴、翟进的兄弟，召集义军，以 700 人马，趁金军大意之际，又将洛阳夺了回来。此后洛阳陷入拉锯战，被占领，被收复，几十年无数次战斗，北宋爱国将士不断进行着不甘屈服的悲壮血战。

这个世界上，没有不可能被攻陷的城市，迁都也无法解决一切危机，所以从某种程度上来说，赵光义的“在德不在险”之说，非常正确：天时，地利，最重要的，还要人和。一座凝聚着人民的深爱，人民随时愿意誓死保护的城市，才堪称伟大。

文明为何总被野蛮打脸

在寒冷的冬天，思考一个并不温暖的话题：为什么文明总在野蛮面前步步败退？

一

公元784年秋天，蔡州，几个野蛮的叛军士兵，勒死了一个白发苍苍的老人。

这位被勒死的老人，就是一代书法大师颜真卿，时年76岁。后人说，“学书当学颜”，其实，更值得强调的是，“做人当学颜”，他是中国历史上书法美与人格美完美结合的典范。

这位大书法家，做官口碑极好，正大光明，磊磊落落，为唐朝一代名臣。历史评价其人“忠义强直，至死不变”，在被杀害之前，颜真卿已经遭遇多次死亡威胁：他被叛军将领执刀威胁，所居囚室内被挖大坑要将他活埋，叛军还架起木柴点起火要活活烧死他……他浑然不惧，正气浩然。他最后的书法作品，是给自己撰写的墓志、祭文以及给皇上的遗表。

颜真卿生逢唐朝由盛至衰之时，先是安史之乱，后是藩镇割据，他率军杀敌，为国为民，四处奔走，其间虽屡遭佞臣诬陷，仍奋斗不止。颜氏家族，三十多人被杀，他的堂兄颜杲卿死得最惨：被俘后坚决不降，当面痛斥安禄山，安禄山非常愤怒，命人绑颜杲卿于桥柱上，将他肢解了。颜杲卿骂不绝口，叛贼钩断了他的舌头，说："看你还能骂吗？"颜杲卿在含糊不清的骂声中死去。

今天读颜杲卿、颜真卿兄弟的故事，黯然神伤。唐朝，一个伟大的时代，辉煌壮丽，群星璀璨，诗歌有李白、杜甫、白居易，书法有欧阳询、颜真卿、柳公权，绘画有阎立本、吴道子、韩幹……中华文明至此攀上一座高峰。但笔走龙蛇之手，却要沾满乱世的污血；无双的才华，高贵的灵魂，却被野蛮轻易扼杀。

这样的悲剧场景，在人类文明史上，并不罕见。譬如，绝对担得上"伟大"二字的阿基米德，城破时正在研究几何图形，当罗马士兵闯进门来，沉浸在科学思考中的阿基米德提醒侵略者不要踩坏他画的图。还有一说，说他请求侵略者待他运算完再下杀手，但他们立即用剑刺穿了老人的身体。

在野蛮面前，文明往往如此脆弱。当金兵铁骑兵临城下时，汴梁，当时世界上最大最繁华的都市，一座通过《清明上河图》让后世窥其盛况的名城，面对一个落后的游牧民族，却毫无抵抗能力，只能任其掳掠。史书中记载了一个意味深长的细节：金兵扎营城外，索要无度，有一天要的居然是元宵节的灯饰。然后，正月十四，以前灯火辉煌的汴梁一派死寂，城外金兵营寨却张灯结彩，庆祝元宵，金兵命令开封全体百姓上城墙"观灯"。可以想象，观灯者两股战战、满心恐慌的模样。

宋朝文化空前进步，各个领域硕果累累，享誉千古，对人类做出了杰出的贡献。明人宋濂谓：“自秦以下，文莫盛于宋。”然而一个来自遥远北方、尚未开化的游牧民族，轻易就给了大宋终极的侮辱。锦绣江山，衣冠文物，沦落不堪，最不堪的，还是人的命运。史载，宋朝实在无法支付金兵的巨额金银索求，于是双方折算出了一个以女性折抵金银的公式：王妃、帝姬每人折合金子一千锭；宗姬每人折金五百锭；族姬每人折金二百锭；贵戚女每人折银一百锭……

文明在野蛮面前的不堪一击，让很多人愤懑、迷惑与绝望。1942年2月22日，著名的犹太裔作家斯蒂芬·茨威格与妻子在巴西里约热内卢近郊的佩特罗波利斯小镇寓所内，双双服毒自杀。时值法西斯最猖獗的岁月，茨威格曾经历过的那个昨日的世界不见了，他曾经熟悉的那个光荣时代结束了，他曾经在心中选择作为自己故乡的欧洲，也在战争中把自己撕裂得支离破碎。而今，留他只身一人，被疯狂的时代马车抛在后面，“成了理性遭到最可怕的失败和野蛮在时代的编年史上取得最大胜利的见证人”。

他不甘心见证文明的失败，他在绝望中结束了自己的生命，他没能穿过黎明前最浓重的黑暗，他没能见到文明对野蛮的胜利。

二

美剧《权力的游戏》播完第五季时，留下特别的悬念：钩心斗角仍在继续，各种意外层出不穷，最富人文情怀也最能给人们带来希望的守夜人总司令琼恩·雪诺，正计划与宿敌野人建立联盟，共同抵御可怕的异鬼，却被手下兄弟们一人一刀杀死。他倒在雪地之上，大氅暗黑，大地雪白，鲜血殷红。

如果放在人类文明与野蛮的博弈视角下来看这部电视剧，《权力的游戏》提供了最好的隐喻，它不仅展示了权力争夺之间赤裸裸的残酷，更提示了人类悲哀的宿命：文明输给野蛮，更多原因在于文明自身的内在缺陷。野蛮很可怕，但真正给文明致命一击的，往往是文明自身缺陷引发的衰亡。

有着辉煌开端的汉、唐、明，都因为自身缺陷，无一例外走向了衰弱失控。其中有制度的缺陷，有文化的缺陷，更有人的缺陷。人是文明的核心，所有机密的掌握者。人身上的缺陷，诸如嫉妒、贪婪、偏见、傲慢……一切恶的因子，只要有机缘，就会开出恶之花。

颜真卿之死，就是源于宰相卢杞。此人狭隘、善妒，只想把比自己有才华的同僚，一律排挤出去，确保自己相位稳定。所以，当藩将李希烈威胁洛阳意欲反叛时，卢杞居然奏请皇帝让年近八旬的颜真卿去劝谕李希烈归降。在卢杞看来，颜真卿是三朝元老，才华、能力与品德、口碑均在他之上，他一定要让颜真卿去死，感谢叛军提供了这个机会。

令人唏嘘的是，颜、卢两家本是世交，颜真卿对卢杞还有恩。史载：“（卢杞）恶太子太师颜真卿为当代名臣，不肯附己，欲出之。真卿谓曰：‘先中丞传首平原，真卿以舌舐面血，今相公忍不相容也？’杞矍然起拜，而恨愈切骨。”意思是说：颜真卿有一次被逼无奈，说了一件往事：卢杞的父亲卢奕当初被安禄山杀害，叛将段子光携首级在河北诸郡示众，以震慑人心。段子光到了平原郡后，颜真卿把段子光捉住杀掉，并取出卢奕等人的首级，以蒲草为替身，入棺埋葬。其时，卢奕脸上尚有血污，颜真卿没有随便擦去，而是恭敬地用舌头舔去。如今故人之子咄咄逼人，颜真卿无奈至极："我对你父亲这般好，你何必如此不容我呢？"

即使放在今天，"以舌舐面血"，这也是令人感动不已的仁义之举，但在人性之恶面前，所有的美德都如浮云，所有他自认为会阻碍一己之私利的行为，都必须被清除。所以，卢杞"矍然起拜，而恨愈切骨"。这种人的逻辑是：野蛮时代，甭跟我讲什么文明！

三

在茨威格自杀之前 377 年的 1565 年，葡萄牙殖民者建立了里约城。同其他"新大陆"的城市一样，里约城也是在南美原住民印第安人的尸骨之上建成的。

在欧洲的殖民者到达美洲的最初 50 年中，被屠杀的印第安人数量在 1200 万以上。这些殖民者凶残、冷酷、贪婪，一个众所周知的故事是：殖民者皮萨罗将好客的印加帝国皇帝关进一座屋子，告诉臣民，如果要救你们的皇帝，就得用黄金把这间屋子填满。这间屋子长 6.7 米、宽 5.2 米、高 2.4 米。印加人运来黄金把屋子填满了，他们期盼皇帝获得自由。但他们错了，获得巨大财富的殖民者，直接把印加王绞死了。

在人类历史上，文明与野蛮的博弈中，这是另一种现象：所谓的文明，比所谓的野蛮，更野蛮。

1861 年，法国文豪雨果写就《就英法联军远征中国给巴特勒上尉的信》，怒斥了“文明的野蛮”：“有一天，两个强盗进入了圆明园。一个强盗洗劫，另一个强盗放火。看来，胜利女神可能是个窃贼。对圆明园进行了大规模的破坏，由两个战胜者分担……两个胜利者，一个塞满了口袋，这是看得见的，另一个装满了箱箧；他们手挽手，笑嘻嘻地回到了欧洲。这就是这两个强盗的故事。”

这封信中有这么一句：“我们欧洲人，我们是文明人，中国人对我们是野蛮人。这就是文明对野蛮所干的事情！”

当然，那时的清朝，以泱泱天朝上国自居，自认为自己才是文明的，英法联军烧不烧圆明园，都是野蛮的“夷”。

无论中外，这种自命为“文明”者，总有一种居高临下的自负，睥睨野蛮。中国自古信奉“和合”文化，无论是真正地占据世界文明的高地，还是虚幻地意淫自己为天下之主，骄傲之外，倒也满足并追求“四夷宾服，万国来朝”。但有些过于自负的文明，往往走向极度的自私自利，视为野蛮者，就得不到文明的同等待遇，甚至不被视为“人”。史载，大航海时代，达·伽马在印度洋掳掠了一艘非洲摩尔人的商船，抢劫了财物后，他下令放火烧船，船长苦苦哀求：“我们是举手投降的，并没有丝毫反抗，请你凭着人类的良心看着办吧！”但达·伽马又怎么会把摩尔人看作“人”？他坐在自己的船舱里，通过舷舱欣赏大火吞噬商船的景象，看着妇女紧紧地搂住儿童，用最动听的语言哀求饶命，最后下令开炮轰击，把熊熊燃烧的船沉入海底。他没有任何愧疚，因为“人类的良心”，只作用于同一个等级的“文明”。

这就是答案：受过良好教育的德国人，为什么会制造奥斯威辛；衣冠楚楚的绅士，为什么转眼就能变成残酷无情的刽子手……这就是所谓“文明”对所谓“野蛮”所干的事情！

有话说，流氓不可怕，就怕流氓有文化。换句话说，野蛮不可怕，就怕野蛮加了文明的包装。美国历史学家约翰·托兰在他所著的《日本帝国衰亡史》中，这么叙述日军制造的南京大屠杀：“为什么要对一个被日本人认为是自己文化发祥地的国家（他们的罗马和希腊）施以如此灭绝人寰的野蛮暴行？任何一国军队的军人在外国的国土上失去控制后做出他们在国内绝不敢犯的野蛮行为，这是可以理解的，但这也无法说明日军暴行的规模和严重的程度。”日本人总是热衷于把侵华归结于“教训中国”，在他们眼中，日本是文明先进的，中国是野蛮落后的，这种“教训”并不需要文明层面上的交流，“低等民族”只需要用恐惧来征服。他们甚至带着道德优越感来进行这种武力征服，他们认为征服中国之后，中国人才会听日本人的话，进而接受高素质民族的改造。

文明不是绝对的，更不是纯净的，文明之中，夹杂着野蛮，甚至可能在某些特定时期，文明会被自身中爆发的野蛮所吞噬。即使在今天，学富五车的知识分子，瞬间也可能蜕变为斯文败类，暴露其最野蛮的一面，更遑论一般人了。文明之中的野蛮，就像一个再健康不过的人，体内也都有原癌基因，如何抑制其不恶化为癌细胞、恶性肿瘤，是医学上至今未解的一大难题。

如何抑制内心的野蛮冲动？如何抑制、剔除文明中的野蛮基因？这是当前一个更大更无解的难题。

四

在寒冷的冬天，应该写一些温暖的文字。

我们相信，人类社会会不断摒除野蛮，走向文明，因为绝大多数人向往文明。文明意味着尊重生命、维护人的尊严和自由、建立一种理性的科学的生活方式，让绝大多数人都有安全感，而野蛮轻视人的生命、尊严、理性的价值，妄图用恐惧让多数人变为奴隶。人类历史正是因为人类对文明的追求与保护而顽强延续到今天的，文明战胜野蛮，是必然的。

但我们必须看到，对文明而言，野蛮如附骨之疽，即使在高度文明的躯体内，也隐含着种种反文明的野蛮因素，存在着恶化的风险。在今天，我们身边有许多现代的野蛮人、文明的野蛮人，他们甚至高智商、能力超群、技艺娴熟，他们有高度文明的外表，还有一颗没有跟着进化的野蛮之心。

或许，直至遥远的未来，也不可能消除野蛮，人类能做的，就是保持文明对野蛮的绝对优势，保持对文明内部野蛮因子的有效遏制。

是的，历史确实如此。但那是历史，我们都活在当下，我们要努力不重复陷入那样的历史，被野蛮打脸、唾面、蹂躏，徒劳地寄希望于时间与来世。那是历史告诉我们的痛，一下一下，告诉我们，痛，剧痛，极痛，我们不能再被野蛮——不管是外部的还是自身的野蛮——所征服。

丝绸之路与中华国运

“一带一路”，已经成为全球热门话题。细细琢磨“一带一路”，我们能够感悟到为了寻找广阔世界、追求文明和财富的交流而熊熊燃烧了两千年的人类精神。

两千多年前，丝绸之路的开拓者张骞千辛万苦归来，汉武帝封他为博望侯。“博望”，取其“广博瞻望”之意。从张骞开始，中国人通过丝绸之路博望世界。千百年来，中国人的世界观、中国的国运，与这条沟通亚欧、连接中西的古老的道路紧密相连。

“博望”二字，至今仍值得我们思考琢磨：中国与“一带一路”，中国与世界……

一

大街深阔，华灯初上，衣香鬓影，摩肩接踵。夜市中，各色皮肤的人们，用不同的语言讨价还价。一个普通市民，也能在国际美食街上品尝国外食品。摩登女郎的回头率很高，她们穿着最新发布的时装。演艺场所散布于繁华市区，外国魔术师的表演，引发一阵阵尖叫。富人则在自己的深宅大院里，宴请宾客，共享来自遥远国度的美食。这是一个酷爱歌舞和派对的大都市，还有浓得化不开的文艺范，达官贵人与社交名媛们均热爱诗歌，因此跻身这样的聚会当众朗诵自己的一首代表作，是不少诗人的梦想。这个城市活跃着一群想象力异常丰富的编剧人才，他们分散于官邸或民房，在没有月亮的夜晚，绘声绘色讲述各种故事。

这个国际大都市，不是纽约，不是伦敦，不是东京，也不是香港，是长安，一千多年前大唐的都城。今天她的名字叫西安，还算不上一个国际大都市。

长安是当时世界上第一个人口超过百万的都市，名副其实的“世界第一城”。整个长安城，以朱雀大街为界分为两部分，街东为万年县，管辖着长安城东50多个坊；街西为长安县，管辖着长安西半部的50多个坊。街道宽直、宏伟，在当时世界都城中，绝无仅有。诗人白居易写诗赞曰：“百千家似围棋局，十二街如种菜畦。”

犹如当今全球电影界憧憬好莱坞、不拿奥斯卡不足以证明自我一般，当年，艺术家们不万里迢迢到大唐长安献演一次，怎么敢说自己牛？史载，公元802年春天，骠国（今缅甸）国王雍羌派出一个由35名艺术家组成的舞蹈团来长安演出，舞蹈团的团长是王子舒难陀，规格够高吧。长安如此有名，各国高人、大师或骗子都跋山涉水跑来寻找机会。比如有个号称自己活了200岁的印度骗子，名叫那罗迩娑婆寐，吹牛不打草稿、满嘴跑火车那种，吹嘘自己能配出长生不老药，成功忽悠了唐朝皇帝，混成了宫廷药师。

盛唐气象，令人景仰。当时不止一个长安城，大唐人口50万以上的城市就有25座，而广州一地，居住的外国人就有12万。

研究历史，能够发现：自从张骞凿通西域、丝绸之路得以开辟以来，它连接中国的东段，时断时续、时衰时盛，而其盛衰主要取决于当时中国王朝综合国力的强弱。综合国力强，则有能力保护、运营丝绸之路东段，使之畅通，“明犯强汉者，虽远必诛”；若综合国力弱，西北部则被剽悍的游牧民族割据，丝绸之路也因此被阻断。盛唐的综合国力，可想而知：唐太宗击败了东突厥，唐高宗联合回纥灭西突厥。为了加强对西域的管理，唐朝中央政权先后设安西、北庭两都护府，统辖天山南北。大唐帝国，是当时世界第一强国。丝绸之路，也迎来了这条路开通之后的鼎盛时期。

丝绸之路因盛唐而盛，而盛唐也因为丝绸之路更富庶。试想想，当时世界奢侈品生产的中心在中国，茶叶、瓷器、丝绸源源不断输出去，带回来真金白银。

盛唐时代的唐朝人，绝对有文化自信。

二

在漫长而又曲折的丝绸之路上，有个佩剑少年翩翩走来。后人很难知道他究竟走过多少路，遇到过什么人，看过何等风景。他写过这样一首诗：“明月出天山，苍茫云海间。长风几万里，吹度玉门关。”他还写过《寄远》十一首，怀念一个远方的女子：“流波向海去，欲见终无因。遥将一点泪，远寄如花人。”

是的，他就是李白。

关于李白的出生地，学术界一直争议不休，但是中国学者通过最接近李白出生时代的史料，普遍认为李白出生于中亚的碎叶城，即今天吉尔吉斯斯坦托克马克附近。当年，大唐为保护丝绸之路，保护这条横贯东西的重要贸易通道，设立安西都护府，碎叶是安西都护府所辖四镇之一。

据学者研究，李白生有“异相”，古代文献显示：李白的体貌特征符合突厥人的特点，眼珠不是黑的，所谓“色目人”是也。在今天，文学青年见到李白，或许会惊叹一声：“哇，老外！”但在唐朝不会，不同种族、肤色、语言、习俗的人们，共处一城，习以为常。事实上，创立大唐的李氏家族，就有着胡人血统。若能穿越过去，来到盛唐时期的长安，听各国人们操着娴熟或生硬的“唐朝普通话”，那感觉也是相当奇妙的。

唐朝确实是中国历史上少有的一个国际化时代，外来文化和本土文化交融，贸易高度发达，人才充分流动，外国人出任大唐朝廷要职的，不在少数。这一切，都是因为丝绸之路。《走向陌生的地方——内陆欧亚移民史话》一书用诗性语言写道：

楼兰、龟兹、姑墨、鄯善、且末、精绝、于阗、疏勒……一个个令人遐想联翩的古城名字，串联起一条举世闻名的丝绸之路，这条路上有烟波浩渺的罗布泊、如梦似幻的白龙堆、漫天黄沙的广漠和宝石般闪耀的绿洲，更有驼铃叮当的商人成群结队走过。这条穿过高山和低谷、黄沙与绿洲的丝路将欧亚内陆几大帝国连接起来，从这条商路通行之日起，从这里走过的就不仅仅是商人，在漫漫黄沙中辨别着那传说中神奇的道路，来自西域的人们纷纷奔向传说中那块神奇的土地——中国。

沿着丝绸之路来到中国的胡人，不仅仅是商人、使者，还有大量的移民，例如著名的粟特人，他们的故乡在今天塔吉克斯坦和乌兹别克斯坦境内。这是一个起初长久处于异族统治之下的弱小民族，但因为地处丝绸之路要津，粟特人捕捉到了商机，积极从事贸易活动，东至中国，南至印度，西至波斯、拜占庭，东北至蒙古，“凡利所在，无不至”。据考证，粟特人身高体壮，深目高鼻，髭须浓密，青眼绿瞳，白面赤发，属白种人中的伊兰种。

5 至 8 世纪，为粟特商人的黄金时代。因为擅长经商，粟特人积累了丰厚的财富，同时沿着丝绸之路，逐步移民进入中国，定居多地，在长安的粟特人最多，他们在市场上与官场上均展现长袖善舞的能力。史载，唐代西州高昌县曾出现了一起经济纠纷案，汉人李绍谨向粟特人曹禄山借绢帛未还，结果被告官。借了多少？275 匹！可见曹禄山财力多么雄厚！

粟特人起名似乎喜欢用“禄山”二字，除了土豪曹禄山外，另一个禄山很快走进了历史。

他姓安，安禄山。

三

安禄山叛军攻入洛阳后，他得意非凡，不再是杨贵妃的干儿子了，他要过当皇帝的瘾。

他要看大象跳舞，这是他心目中的重要仪式。唐朝宫廷有象舞，经过训练后，进贡来的大象会随着音乐跳舞。唐玄宗每次大宴，都会有舞象表演，安禄山曾是热烈鼓掌的观众，现在他要做主人了。他在洛阳行宫大宴群臣时，让人把宫廷舞象牵出来表演。但这大象很有灵性，就是不舞。安禄山恼羞成怒，令人把象推进深坑中，让武士从四面向里面投槊，大象血流数丈，当场惨死。周围的驯兽师和乐工全都看哭了。一个时代，结束了。

持续八年之久的安史之乱，是唐朝由盛到衰的分水岭，标志着大唐盛世的终结，也是陆上丝绸之路鼎盛时期的终结，自此，这条连接亚欧的商贸通道，逐渐衰落。

“白头宫女在，闲坐说玄宗。”这是唐代诗人元稹《行宫》中让人无限伤感的两句。就在大象流血而亡的洛阳行宫，大劫刚过，荒凉冷寞，头发已苍白的宫女，幽幽说起了玄宗，那个空前繁盛却不可复返的美好时代。

这些宫女们，再也得不到从丝绸之路西来的香料与珠宝了。因为安史之乱，唐朝不得不将驻守西疆的四镇边兵东调长安，一时西北边防空虚，吐蕃乘机北上占据河陇，回纥亦南下控制了阿尔泰山一带，同时西边的大食亦加强了中亚河中地区的攻势，这三种力量又彼此争夺与混战。从此，唐朝政府失去了对西域的控制，丝绸之路，“道路梗绝，往来不通”。杜甫写诗哀叹：“乘槎断消息，无处觅张骞。”

美国学者爱德华·谢弗著有一本《撒马尔罕的金桃：唐代舶来品研究》，这是一本关于唐代文化交流史的名著，他写道：“在玄宗时代，人们可以随处听到龟兹的琵琶，但到了九世纪，这一切就成了梦想。”陆上丝路的中断，直接影响了唐朝的文化和社会。爱德华·谢弗分析说，为什么唐代传奇和笔记小说中，如《酉阳杂俎》《开元天宝遗事》《杜阳杂编》等，大量涌现像《山海经》一样的奇珍异物？因为，“从9世纪初期开始，唐朝的国际时代、进口时代、融合时代和黄金时代，都已经一去不复返了，对于跨越大海、翻过大山而来的珍奇物品的渴求，都已经不可能轻易地得到满足了”。在9世纪的时候，真实的新奇物品已经无法到达唐朝境内了，唐人只能杜撰出怪异荒诞的贡物。

到了元朝，依托强大的军事实力，陆上丝绸之路再度繁华。丝路上的重要国家花剌子模，因为劫杀蒙古商队、侮辱蒙古使臣，甚至遭遇了灭国之灾。但随着元帝国的土崩瓦解，这条路又陷入没落。河西走廊上的敦煌，是一个很好的参照物。恢宏壮美的莫高窟佛教洞窟，是当年走向远方的商旅祈求平安的精神驿站，从晋朝到南北朝，再到唐朝，都遗有洞窟和壁画，但是没有明朝的洞窟，没有明朝的壁画。因为到了明朝，这条路已经没人走了，后来被人遗忘。直到近代，那个王道士，偶然间发现了被历史尘封已久的莫高窟，引发一段令人无比哀伤的故事。

事实上，陆上丝绸之路与海上丝绸之路有一个历史兴替。安史之乱后，陆路衰落，海路开始发达，海上丝绸之路在宋、元时代以及明前期始终保持兴盛。遗憾的是，明朝“寸板不许下海”的禁令，清朝的“禁海令”和“迁海令”，使得海上丝路日渐衰落，中国错过了大航海时代，全球重心转向了西方。中国人因为丝绸之路形成的世界观、大格局，彻底倒退了。

张骞、班超、玄奘、郑和……都被遗忘了。

四

“丝绸之路”，得名于1877年德国地质学家地理学家李希霍芬出版的著作《中国》。李希霍芬的学生、瑞典探险家斯文·赫定多次来到中国西北，探索这条湮没在历史中的丝绸之路，他把自己在1933年到1935年艰难行走于中国西北的经历，写成了《丝绸之路》一书。今日读起这本书，所思所感又怎是“感慨”二字所能概括?

当时，斯文·赫定被中国的民国政府任命为铁道部西北公路查勘队队长，勘测修建一条横贯中国大陆的交通动脉（即后来的兰新铁路）的可行性。中国正值国力孱弱不堪、日寇咄咄逼人之际，西北的贫困与落后，军阀武装的混战，西方列强的觊觎……触目惊心。斯文·赫定的《丝绸之路》，以日记体形式，忠实重现了当年的场景：

夜间，每过一刻钟，我们就能听到守夜人的吆喝声，大概一方面是要吓跑小偷和土匪……

1月25日早晨，大家都冻得发抖。夜里的气温降到了零下19.8摄氏度，还刮着强劲的东南风。

这一路，斯文·赫定团队经历了千难万险，除了路况极差外，还有贫穷愚昧的民众、颟顸贪婪的官吏、凶悍狠辣的军阀，中央政令无法抵达，他们一行人，随时面临着抢劫、恐吓、囚禁甚至生命危险。

除了《丝绸之路》，有诸多出版物再现了清末民初西北的真实状况。甘肃人民出版社曾经出版过一套《西北行记丛萃》，收录了自19世纪以来西行记中的代表作，例如《西北的剖面》一书，是中国著名的地质学家杨钟健先生于1929年到1930年参加的四次地质考察的游记。虽然是地质考察，但他观察到了中国沉重灰暗的底色：在西北，杨钟健考察途中，不但常常苦于道路破败难行，且苦于问路之难，旅店的肮脏恶臭、蚊虫的猖狂、店主的贪婪，无一不令他身心痛苦，而人民的愚昧，更令他痛心疾首，当时化石产地的百姓挖出化石，但不知为何物，以为是神奇的“龙骨”，便打碎之后，卖给药材商配药。

在河西走廊的一个村庄，村民围拢上来看考察团的汽车和洋人，他们衣衫褴褛，神情兴奋。杨钟健写道：“有一妇人面黑如漆，衣服破烂几不能蔽体，也在旁跑来跑去，而外人视线集于其身以为乐，真令我们中国人有些难为情，但这的确是我国的实情，除自怨自责外又有何法。”他还写道：“最令人难受的，就是男子十九面带鸦片烟色，女的没有不缠足的；而足样尤为难看，脚比袜子大，袜子比鞋大，所谓肥、肿、翘，三难看无一不具，真令人看了难以为情……”

读这些文字，脑海中浮现一幕幕破败绝望的场景，再想想汉唐时代，这条路上行进的中华矫健男儿，一个个繁荣的丝路市镇，对中国满怀热忱的各国旅行者……不仅掩卷长叹，恍若梦一场。

好在，俱往矣！从2014年开始，新华社连续三年组织车队重走丝绸之路，横跨亚欧大陆，车队成员最深的感触是：中国的路况真好，中国的补给真好，中国的硬件真好……车队在德国波茨坦，有个华人餐馆老板看到车队悬挂的中国车牌，激动得热泪盈眶，感叹自己到德国十几年，还是第一次看到挂着中国车牌的汽车。连说你们不要急着走，我要把所有朋友都叫过来，跟你们车队合影。

这份激动，中国人又怎么会不理解呢？

五

“一带一路”热带动了诸多这一主题的出版物，不得不提英国历史学家彼得·弗兰科潘的畅销书《丝绸之路——一部全新的世界史》，这本书为丝绸之路正名了：“事实上，数千年来，连接着欧洲和太平洋、坐落在东西方之间的那块区域，才是地球运转的轴心”，“东西方之间的桥梁正是文明的交叉点，中亚和中东地区这些国家绝非处在全球事务的边缘，而是国际交往的正中心，并且自古以来就是如此”。在彼得·弗兰科潘眼里，丝绸之路的历史就是一部浓缩的世界史，丝绸之路就是人类文明耀眼的舞台。它不仅塑造了人类的过去，更将主宰世界的未来。作者在此书结语《新丝绸之路》中，重点关注了中国“一带一路”倡议。作者为此欣喜，他相信：中国提出这一计划并为之做出巨大努力，是真正在为未来着想，而不是要在这个古老文明的十字路口上获得统治地位。

是的，丝绸之路从一诞生起，就是由说着不同语言、具有不同文化传统的人们共同创造的，他们相互沟通交流，推动着历史前进。当然，曾经在丝绸之路中发挥过重要作用的中国，今天，又靠近了世界舞台中央。

为什么晚明充满戾气

“戾气”是今天大家常常叹息的一个词，因为戾气遍地，人们就会失去安全感。回溯历史，晚明是一个充满戾气的时期。历史虽不可比，但后人仍然可在读史中，获得一些感悟。

一

在任何一个时代，知识分子都应是时代理性的代表，是对戾气的坚决反对者。但是在晚明，知识分子往往更在乎阵营，而不是理性，更让后人难以理解的是，他们对暴力对抗的热衷。

今天看来，晚明的知识分子似乎很有风骨，面对代表了当时军事最先进水平的大清铁骑，晚明一介文弱书生，却能纠集一帮游民、流氓，拼死相抗，对敌人具有极大杀伤力，虽被屠城而不悔。这些读书人往往在道德感中壮烈殉国，却浑然不知，其实他们参与埋葬了社稷与衣冠礼仪。

在当时内忧外患的背景下，大明王朝免于覆亡的两条路径，开始是议和，接下来是南迁。假若崇祯与清军议和，又假如清军势不可挡之际，崇祯能够南迁或者让太子南迁，或许历史就得重写了。

但是在晚明朝廷，党争取代了理智，当时的大臣们“只站队不站对”，门户之争超越对国家安危的理智思考。那些饱读诗书的儒生们像竖起了羽毛的公鸡一样好斗，为了反对而反对，浑然不顾国家一触即溃。一些自认为占据了道德制高点的知识分子，根本听不下对方的任何意见，他们的唯一目的，就是打倒对方，甚至置对方于死地。

比如，明朝的政治家们在议和问题上大都缺乏冷静的思考，而存在不切实际的想法。他们以为议和便是向对方乞和，因此一定要对方就范，始终放不下天朝大国那种凌驾于一切之上的架子。谁要是提出议和，这些人必定群起而攻之，最终将对方消灭为止。在屡战屡败、国力不堪的背景下，崇祯皇帝为了摆脱困境，与兵部尚书陈新甲密商与清军议和，并派密使到沈阳，谁知陈新甲不慎，使这一绝密事件被他的书童弄到当时明朝中央政府办的机关报——邸报上发表出去了，一时之间闹得满朝哗然。在巨大的舆论压力下，崇祯皇帝为了顺应主战派的民意，毫不犹豫地出卖了陈新甲，下令将他处死，以平息舆论。可以想象，这样自私的皇帝，又怎么能够得到真正理智的大臣的支持?

晚明大臣与皇帝的关系，耐人寻味。那绝对称不上君臣和谐，相反，呈现一种畸形的尖锐对抗：皇帝说什么，臣下坚决反对，皇帝只能杀臣下来显示自己的权威，但那些大臣们前仆后继，宁死也要坚持自己的意见。遗憾的是，这些不惧赴死的大臣们，自以为掌握了真理，自以为以死能够明理，但恰恰是他们把国家推向了绝境。

今天读《明史》，那一代文人的自私与庸俗令后人周身寒彻，他们在大难临头之际却不自知，还执迷于争权夺利，党争不休，国家大事不过是他们运作的筹码。他们彼此之间充满戾气，以肉体上、道德上消灭对方为最大快事。而皇帝对付这些热衷党争的大臣们，也是施展了充满戾气的手段。有人统计，崇祯皇帝在位17年间换了17个刑部尚书和50个内阁大学士，处死两个兵部尚书，这在封建王朝是极其罕见的。

明朝之灭亡，并不在于贫困，美国的弗兰克在《白银资本》一书里，凭借已有的各种研究成果，估计16世纪中期到17世纪中期的百年间，由欧亚贸易流入中国的白银在7000到1万吨左右，约占当时世界白银总产量的三分之一，但是这样的巨大财富，并没有成为国家解决内忧外患的支撑。令人嘲讽的是，崇祯曾在无奈之下号召京城的皇亲国戚捐点家产来纾解国难，却遭到万般抵制，结果李自成打进北京，纵兵拷掠，那些有钱人在临死之前，不得不捐出家产来。

君臣之间、同僚之间，充满戾气，这种斗争的激烈和残酷，最终把明朝搅成一盘散沙，亡于八旗铁骑，这又是谁之过?

二

《水浒传》成书于明初，是一部大量描写市井生活的杰出的古典小说，虽然写的是宋代的故事，但里面展现的无疑是元末明初的人与社会。无论《水浒传》还是记录明末市井民俗的《拍案惊奇》，对法律的不信任、对暴力的信任都隐含其中，其中，武松杀嫂的故事，更显意味深长。

当西门庆和潘金莲谋杀武大郎时，法律保持沉默，官府又不作为之际，以武松为代表的人们不再寄希望于法律，不再信任政府，自然也就可能做出不再遵守和维护法律的事情来。这一切不仅是法律的悲哀、政府的悲哀，更是文化的悲哀、时代的悲哀。

《拍案惊奇》中有很多这样的记载。例如秀才陈珩，被一个名叫卫朝奉的流氓欺负了，夺了庄园。陈秀才知道告官无用，苦闷中在河边散步，见到漂来一具死尸。陈秀才吩咐家仆打捞上尸体，砍下一条腿来，然后给卫朝奉设了一个套：让仆人陈禄投奔卫朝奉门下，然后逃走，接下来陈秀才带一帮人上卫家找人，在花园里挖出一条人腿来，讹诈卫朝奉杀了仆人，吵着要报官。流氓更怕有文化的流氓，卫朝奉只得把侵占陈秀才的房产退了出来。

这类避开官府、以暴制暴的故事，在《拍案惊奇》中比比皆是，足见明朝社会的另一面。

在真实的历史记载中，也不乏这样的事例。《清史稿》就记载了王余恪、王余严的复仇：清顺治初年，王余恪父亲“为仇家所陷，执赴京。余恪挥两弟出，为复仇计，独身赴难，父子死燕市。余严夜率壮士入仇家，歼其老弱三十口”。如此血腥的复仇，仍有上官“知其枉”而“力解”使“免”，亦可见时论对于“复仇”行为的态度。

在中国古代文学作品中，存在大量的对复仇事件津津乐道的描写，存在对复仇“英雄”热烈的情感倾注，究其原因，稍加分析，不难得出一个结论，那就是其中隐藏着一个极其深刻的社会心理：当全社会开始对法律不信任时，唯有通过文学作品表现出来。特别是当法律不能主持正义时，代表着社会良心、民众意愿的文学作品，必然表现出对法律的失望和鄙视。

戾气也因此弥漫开来。

三

唐诗宋词元曲明小说——跟那些优美的诗词曲相比，明朝无疑是一个更世俗化的社会，或者说，明朝是一个去崇高化的朝代。

在今天看来，晚明有一些鲜明的时代特征：崇尚暴力、对金钱的追逐、畸形的审美观、奢侈之风盛行、对腐败的淡漠、正统提倡的虚伪与市井追求的纵欲……后人谈到晚明，常用“天崩地解、纲纪凌夷”这样的话，并不奇怪。

今人考证，在晚明时代，流氓、骗子横行，给鸡肉注水、用金箔包裹银冒充纯金等骗术非常流行，而从皇帝到小民，都爱赌博，方式各异，不少人因赌博而倾家荡产。城市中的流氓飞扬跋扈，史载，明代南京的流氓有“四十三太保”“三十六天罡”“七十二地煞”。流氓靠打砸抢过日子，官府的人来了就与之对打，“聪明”流氓则懂得“纠合豪棍，中通营兵”，也就是说，那时的黑社会就已经有保护伞了。

这样的社会，又怎么不会戾气横行？

值得一提的是，晚明的知识分子是去崇高化的主力军，他们除了热衷党争，还呈现出以丑为美、以怪为美的怪诞化颓废审美风格，在他们眼中，中国主流文化一向抑制的“丑怪”，反而成了他们追求的美学风尚。

中国杰出的思想家王夫之，在明朝覆亡之后，痛定思痛，反思当时戾气对知识分子的困扰时，用“躁竞”“气矜”“气激”等词反复批评。与王夫之同时代的黄宗羲，也批评过晚明士人的好攻讦、后进晚生的好妄评前辈、诋毁先贤等恶习。

从今天来看，明朝知识分子的戾气，或许来自朝政的恶劣，从朱元璋的虐杀士人，到有明一代沿袭的廷杖（也就是众目睽睽之下杖打大臣），管你读了多少书，想怎么羞辱你就怎么羞辱你！王夫之悲愤写下了朝廷对士人从肉体到精神的侮辱：“北寺之狱，残掠狼藉，廷杖之辱，号呼市朝。”或许，正是因为人道不存，明朝尤其是晚明的一些知识分子满心愤懑，自暴自弃，充满杀机，他们已经不在乎自己的性命，又怎么会在乎万千国民的性命呢？

于是，大家一起在戾气中同归于尽。

从“孝”字说起

2013年正式施行的《中华人民共和国老年人权益保障法》，将“常回家看看”写入法律，此事在当时引起热议。

其实，以法律来巩固一个“孝”字，在中国古代相当正常，背后的原因很简单——养老这事儿，从古至今，都不是太容易解决的。

一

“百善孝为先。”孝曾经是中国传统文化中最醒目的符号，可谓中国古代政治的伦理精神基础，也是社会教化的核心和根本。在《中国文化要义》中，梁漱溟引谢幼伟之论：“中国文化在某一意义上，可谓为‘孝的文化’。”古人云：“鸦有反哺之义，羊有跪乳之恩。”但是，孝并非本于人性，而是后天的一个道德范畴，是人类进化到一定程度，物质财富得到相关积累之后而出现的超越了生存的情感需求。

日本在1958年、1983年两度拍过同名电影《楢山节考》。在今天看来，这真是一部非常可怕的影片。讲的是日本信州深山中的一个小村子里，由于赤贫而沿袭下来一种抛弃老人的传统：所有活到70岁的老人，都要被家人丢弃到楢山上。69岁的阿玲婆忍痛拿起石头敲掉自己的牙齿，让自己看起来苍老一些。上山的时间到了，阿玲婆被儿子辰平放在背架上，朝山上走去，没有话，没有人送行，甚至没有家人从窗缝看老人离开。头天晚上，老人把能穿的衣物全都整理折叠起来，整整齐齐留给媳妇穿用。虽然天气很冷，老人还是把袜子留给了儿媳，自己赤脚上了背架。山顶到了，一具具白骨骷髅散落在每一个角落，有些倚靠在山岩下，有的坠吊在树干上，大多分布在一小块平坡上……在影片结尾，漫天鹅毛大雪铺天盖地，阿玲婆在楢山顶上的大雪中平静地等待着死亡。

后人考证说，在古代严苛的生存环境之下，人们只能依照自然界的残酷生存法则活下来，弃老和溺婴，在古代多个文明中都存在过。早在1890年，现代文化人类学奠基者之一英国学者弗雷泽在他的经典巨著《金枝》中，已注意到世界各地的原始民族有处死衰老国王的做法。其后，英国人类学家穆达克在《我们当代的原始民族》书中，对太平洋中塔斯马尼亚人弃杀老人的习俗如是描述："上了年纪的人，当他们衰弱以后，同伴们就只留下一点食物而把他们扔下来等死。"学者在世界各地（包括中国），陆续发现了"弃老俗""杀老俗""弃老山""弃老洞"。

这种可怕的现象，固然发生在人类文明早期，但在此后遇到因天灾或者战争造成的饥荒年代，可怕的一幕，同样会出现。

二

汉代以“以孝治天下”著称，也是中国历史上最重视孝的朝代之一。在之前的秦朝，嬴政绝对不是个孝顺的儿子。众所周知，嬴政的母亲赵姬很风流，愤怒的儿子最后下狠手，将母亲的情人嫪毐五马分尸，又杀了母亲与嫪毐生的两个孽种，同时诛杀或流放嫪毐的党羽，并诛灭嫪毐三族，还把母亲赶出咸阳，迁到雍地居住。直到齐人茅焦劝说秦始皇，秦始皇才将母亲迎回。

秦二世而亡，汉朝开始了，孝文化发扬光大。自汉惠帝以下的汉朝皇帝都以“孝”为谥，如孝惠、孝文、孝景、孝武、孝昭等，汉文帝的事迹甚至被写进了《二十四孝》：“前汉文帝，名恒，高祖第三子，初封代王。生母薄太后，帝奉养无怠。母常病，三年，帝目不交睫，衣不解带，汤药非口亲尝弗进。仁孝闻天下。”

皇帝如此，自然万民感动，《孝经》成为汉朝最流行的书籍，孝也成了中国传统的伦理概念，成了子女对父母的供养、尊敬、顺从和爱护的行为准则，充满道德要求与道德约束的养老制度也形成了。

古代养老，最主要的形式当然是家庭养老，而且家庭养老还不仅仅停留在物质层面，古代还有“色养”一说。何谓“色养”？指的是人子和颜悦色奉养父母或承顺父母颜色，说的是子孙要给予父母精神上的慰藉。唐睿宗时的鸿胪卿李向秀，对母亲极为孝顺，可他的妻子却经常辱骂婆婆，李向秀以不能色养婆婆为名，将妻子休掉。

除了家庭养老，古代还有国家养老这一重要途径。《礼记》：“老有所终，壮有所用，幼有所长，矜寡孤独废疾者，皆有所养。”为不少帝王所信奉，一些朝代创建了许多养老救济机构，以国家的力量对那些孤寡无依的老人给予帮助，例如南北朝时的孤独园、唐朝的悲田院、宋代的福田院和居养院，明清时期的养济院、资善堂等，这些养老机构遍及全国、设施完善，国家拨付钱米款，在历史上确实写下了温暖的一页。

有据可考的第一个国办养老机构名叫“孤独园”。《梁书·武帝本纪》载，南朝梁武帝普通二年（521 年）正月，梁武帝萧衍下诏宣布：“凡民有单老孤稚不能自存，主者郡县咸加收养，赡给衣食，每令周足，以终其身。又于京师置孤独园，孤幼有归，华发不匮。若终年命，厚加料理。”

应该说，既笃信佛教也提倡儒学的梁武帝是个不错的皇帝，当时他倡导的公办养老机构，成为后世仿效的榜样。令人感慨的是，创办了中国第一个养老机构的梁武帝，自己却在 85 岁高龄时活活饿死了。当时他收留了一个降臣叫侯景，梁太清二年（548 年），侯景起兵叛变，次年攻陷建康。梁武帝被软禁在台城（宫城），就是今天的玄武湖南面、鸡鸣寺往北处。软禁期间，吃的喝的都很少，有一天，梁武帝感觉嘴巴很苦，求人给他一点蜜，没要到，忧愤成疾。五月，他被活活饿死在台城。

三

法律能够拯救孝道吗？

崇祯十二年（1639 年）八月二十六日，庶吉士郑鄤在京城西市甘石桥下四牌楼刑场被凌迟处死，死状极惨，据说他挨了 3600 刀，而且刽子手把郑鄤尸体上的肉一条条地出售。郑鄤犯了什么十恶不赦的大罪？不孝——“惑父披剃”“迫父杖母”。

其实这是一场冤案。历史记载，在郑鄤惨遭凌迟的前 11 年与前 8 年，他的父母先后去世。他真正的死因是仗义执言，批评内阁首辅温体仁，结果遭到温体仁的诬陷，当时皇帝崇祯还真以为这是个如此不孝的臣子，勃然大怒，痛下杀手。

翻开史书，因为不孝而被判处死刑的，并不罕见。在中国封建法律中，不孝是一种独立罪名。《唐律·名例》规定，不孝罪包括“告言、诅詈祖父母、父母；及祖父母父母在，别籍，异财；若供养有缺；居父母丧，身自嫁娶，若作乐，释服从吉；闻祖父母父母丧，匿不举哀；诈称祖父母父母死”。用今天的话来说就是：检举告发祖父母、父母犯罪行为的；骂祖父母、父母的；背地里咒骂祖父母、父母的；祖父母、父母生存期间自己另立户口、私攒钱财的；对祖父母、父母不尽最大能力奉养，使其得不到生活满足的；父母丧事期间自己娶妻或出嫁的，父母丧事期间听音乐、看戏的；父母丧事期间脱掉丧服穿红挂绿的；隐匿祖父母、父母死亡消息，不发讣告、不举办丧事的；祖父母父母未死谎报死亡的。这些情况都属于不孝的犯罪行为，都应受到严厉的惩罚。

也就是说，所谓“大义灭亲”，只能是父母灭儿子，即使父母有罪，儿子告发，儿子也因此有罪。

今天看来，这无疑正是一种被后人所指责的“愚孝”，但古代皇帝追求的就是这个效果。中国古代为什么如此追求“孝”？这是因为传统的孝文化绝不是仅仅局限于家庭伦理道德的范畴内，事亲孝被推于事君忠，尽孝和尽忠很自然地结合起来。如“夫孝，始于事亲，中于事君，终于立身”，强调在家为孝子，在外为忠臣，以事亲之心事君上，从孝亲始，至忠君止，认为尽孝是忠君的前提，尽忠是尽孝的结果和延伸，将狭义的孝父母泛化到广义的忠天子，将孝于父母长辈的家庭宗亲伦理感情转化成忠于国家朝廷的政治道德观念。

当今中国正经历前所未有的社会变迁，传统大家庭模式土崩瓦解，而人口流动、工作压力等原因，更导致了老人的孤独与悲伤。

经济学家陈志武曾从金融学的角度来审视“孝”字：家族成员之间相互帮助其实就是一种规避未来风险的隐形投资，而血缘关系就是人格化了的契约架构，例如“养子防老”，父母担心老无所养，在年轻时会把大量时间、金钱投在孩子身上，以期待老有所养，这其实是一种人格化了的金融投资。

在今天一些经济发达的地区，包括养老保险在内的金融产品与社会保障体系正在陆续取代“养子防老”，但老人的情感慰藉，又能安放何处?

从章鱼保罗说到“灵异祥瑞”

2010年世界杯结束后，网上有项调查：“这届世界杯让你印象最深刻的是什么？”是西班牙夺冠？决赛时一堆红黄牌？还是从比赛开始就“嗡嗡嗡”地一直吹到结束的瓦瓦祖拉？都不是，人们印象最深刻的，是一只名叫保罗的章鱼，以8猜8中100%的猜球命中率谱写了世界杯历史上最“诡异”的传说，甚至荣获网民冠以的“章鱼帝”之尊称。

也有很多人不信邪，试图从花边新闻中找出阴谋，他们分析：章鱼保罗或者是因为对鲜艳的国旗颜色敏感，或者是国旗上可能涂上了章鱼喜欢的激素，或者是放上了它更喜欢的食物……一切都可能是赌球集团在操控比赛结果，设什么局让保罗钻进去，取决于博彩公司开出的盘口和赔率。

另外一些好事者，则想推出另一种“神物”来。章鱼保罗让世界瞠目结舌的那些日子，世界各地的动物预测大师“风起云涌”：新加坡的长嘴鹦鹉、爱沙尼亚的黑猩猩和野猪，还有澳大利亚鳄鱼和一只生活在泰国的大熊猫……动物们纷纷来凑热闹，超越了世界杯以往的球员绯闻或丑闻，成为最大的花絮。

一

在人类处于童年时期、对大自然充满敬畏时，非常流行利用动物来预测凶吉。可以想象，当人类尚处懵懂之时，目睹自己无法理解的天地异象，自然惊恐不安，而动物却要么安之若素，要么提前感知天灾而躲避。远古人类，免不了滋生动物崇拜情结，以为动物能洞察天地之秘，具有人所不及的“神力”。

古希腊修辞学家艾利亚努斯在书中记载：公元前 373 年，希腊赫里克城地震发生前的五天，居民们发现所有的小动物都倾巢而出，蛇、蜈蚣、金龟子、貂……一路往南跑。当时人们百思不得其解：为什么动物能够预测地震？正是因为这些没法解释的原因，后来无论东方还是西方，都把动物给神化了，有人试图利用小动物来预测未来。

当然，那时人类预测吉凶，不是利用章鱼。很久以来，生活在海洋之中的章鱼因其恶形恶状，对人类而言，代表着未知的恐惧与魔力，这种心态在很多文学与影视中都有折射，例如《加勒比海盗》。那时人们尤其是中国人，青睐龟。

龟类栖息在地球上已有 2 亿多年了，是最古老的动物之一，其历史远远超过人类。中国古人称龙、凤、麟、龟为“四灵”，宋代的《十三经注疏》载：“象物，有象在天……麟、凤、龟、龙，谓之四灵。”又《礼记·礼运》云：“何谓四灵？麟凤龟龙，谓之四灵。”其中龙、凤、麟都是人们凭想象而虚构的，唯独龟才是实实在在的存在。

在今天，“龟”已成为贬义词，但是在古代，龟却尊享至高地位，古人喜好以龟命名，比如李龟年，唐代著名音乐家，与皇帝关系相当好。

早在原始社会，龟就作为部落氏族的图腾受到至高无上的崇拜，在人类历史长河中，古人灼龟甲使其裂变成为五花八门的“龟象”来预测吉凶祸福。商朝时，凡庆典、出征、祭祀等重大活动都先用龟甲裂纹来占卜，并用刀刻其内容传示后代，形成了中国最早的象形文字——甲骨文。在汉代，皇帝授给诸侯、丞相、大将有龟形印纽的金印，调动军队的兵符亦称龟符，并铸龟鼎为国家重器。武则天天授年间，五品以上官员都要佩戴一种龟形的小袋，即“龟袋”。宋、元、明时期，凡庙宇和帝王灵堂均雕塑石龟驮碑镇邪，以示吉祥。

翻开中国传统文化典籍，与龟有关的神话故事比比皆是。如女娲补天神话中“断鳌足，以立四极”；老幼皆知的大禹治水故事中“玄龟负青泥于后”等不胜枚举。《洛阳记》载：“禹时有神龟，于洛水负文列于背以受禹，文即治水文也。”传说禹疏九河中，唯淮河屡治不效，常常泛滥成灾，原来是水神在作梗，后来龟化作大山，镇住水神，才使淮河驯服。龟在人类的历史文化中已被神化为无处不在、无所不能的神物。

二

在中国传统文化中，“祥瑞”是很重要的一个名称，“祥瑞”即吉祥的征兆，又称“福瑞”，被儒学认为是表达天意的、对人有益的自然现象。如出现彩云，风调雨顺，禾生双穗，地出甘泉，奇禽异兽出现，等等。当时官方组织编写的史书，曾专设“符瑞志”一项，记载前代或历代出现的祥瑞。

古代祥瑞种类繁多，大体分为五种，即五个等级。古称“麟凤五灵，王者之嘉瑞也”，是最高等级的瑞兆。以下分别为大瑞、上瑞、中瑞、下瑞。

具体言之，“大瑞”泛指各种神异的自然现象，包括景星、庆云、醴泉等。“上瑞”泛指各类动物，例如白狼、赤兔等。那时白毛动物不多见，祥瑞中有“白祥”一词，泛指众多白毛动物，除白狼外，还有白兔、白猿、白熊等。“中瑞”则主要是指各种飞禽，例如苍乌、赤雁等。“下瑞”则指各类奇花异木及嘉禾（一株多穗的谷物）等。“杂瑞”则名目繁多：玳瑁、珊瑚、比目鱼、赤鱼、白毛龟、白鱼，神鼎、丹甑、玉瓮、瓶瓮、玉英、玉琮、碗圭、珍圭、玄圭、玉玺、玉印、传国玺及各种玉璧……有动物有器具，不胜枚举。

今人看来，这些“祥瑞”并不稀奇——当然，有些属于珍稀动物，已经灭绝——但是，在古人看来，尤其是皇帝们看来，“祥瑞”却是最好的兴奋剂。他们认为，祥瑞出现是上天对皇帝的行为和所发布的政策的赞成或表彰，寓意了政权合法性、政权长久性，那是相当的重要。史载：周武王进攻商朝时，有白鱼跳到了船里，有火焰降到了武王的房顶，然后化为一只鸟。这些祥瑞，被认为是上天任命武王为天子的象征。据说汉朝开国皇帝刘邦当初进军霸上时，五星聚于东井，之后秦王子婴就素车白马出降了。有人对张耳说，五星相聚是汉王取得天下的祥瑞。此后，几乎每一个皇帝即位，都有一些祥瑞出现，当然，有的是牵强附会，有的生搬硬套，有的纯属造假了。

古时，地方官员的一大政绩，就是在管辖地发现祥瑞。中国确实地大物博，但要找出那么多祥瑞，也不是件容易的事，因此出现了许多弄虚作假的情况，甚至越是朝政败坏的时代，祥瑞越多——那些皇帝治国无方，在回天乏术、岌岌可危之际，自然寄希望于上天。从唐朝初年开始，英明的君主李世民说，真正的祥瑞是搞好政治，并且发布命令：以后发现的祥瑞，一般不再向中央政府报告。此后儒者们也开始反对过分寻找祥瑞，揭露出许多造假行为。但是直到清朝末年，儒学并未从原则上否认祥瑞是天意的表现。

朝廷重视动物的寓意，老百姓当然也深谙其中智慧，陈胜、吴广起义前夕，就弄了这么一套：先是用朱砂在一块帛上写了“陈胜王”三个大字，塞到渔民捕来的鱼肚子里。戍卒们买鱼回来吃，发现了鱼腹中的帛书，都觉得惊奇。接着，陈胜又让吴广潜伏到营地旁边丛林中一座荒庙里，半夜里提着灯笼，模仿狐狸声音，大声呼喊“大楚兴，陈胜王”！正在睡梦中的戍卒们被惊醒，十分惊恐。第二天戍卒们交头接耳，都指指点点地看着陈胜。加之陈胜平时待下属热情和气，现在陈胜跟楚国复兴联系在一起了，他在戍卒们心中的威望就更高了。因此，时机成熟，陈胜便一呼百应。试想一下，假如陈胜最终能够成为开国之君，这鱼这狐狸，说不定能成为陈家王朝最重要的吉祥物。

这类例子，不胜枚举。

在人类对自然奥秘远不了解的古代，利用动物预测吉凶，正反映了人类对天地奥秘的敬畏。但是，在人类已经能够从外太空来俯瞰地球的今天，人类为何还因为一只小小章鱼掀起这般热潮？仅仅只是因为娱乐吗？

事实上，即使科技已发展至今，人类对自身命运的不安全感与不明确感并未减弱，尤其是近年一旦天象“异常”，有些人重新开始迷恋“预测”。

据报道，章鱼保罗成名后，水族馆决定改善它的伙食，除贝类外，偶尔也增加阿拉斯加鲑鱼和蟹肉。在人类看来，一只章鱼的获得其实不过如此，但是，人类从这只章鱼身上所获得的，又有多少？

假如刘翔回到古代

刘翔无疑是广州亚运会最引人注目的超级明星，当他以13秒09的好成绩实现了亚运会三连冠后，有女粉丝尖叫：那个会飞的刘翔又回来了！

为什么这么多人关注刘翔？因为他是一个长得很帅的体育明星，而且是中国男子田径积弱多年的历史突破者，核心是速度，或者是女粉丝尖叫中的“会飞”。雅典奥运会后，刘翔成了广告明星，收入颇丰，但真正发大财的，还是那些商家与电视台，他们是联手造星的幕后人，他们拥有丰富的造星经验，以及如何回收造星成本并利用“星迷”赚取惊人利润的成功实践。

如果刘翔生在古代，没有电视，也没有网络，他会是什么模样？当然，他还会是明星。汉乐府民歌《陌上桑》说：“为人洁白皙，鬑鬑颇有须。”面白微须，是两千多年前美男子的标准。如果刘翔生在那个时代，他应该会留着点胡须跨栏的——不过，古代中国没有跨栏这项运动。

一

跨栏跑运动起源于英国。17至18世纪时，英国一些地区畜牧业相当发达，牧民们经常需要跨越畜栏，追赶逃跑的牲畜。节日里，一些喜爱热闹的年轻牧民还常常举行跳越羊圈的游戏，他们把栅栏搬到平地上，设若干个高矮和羊圈相仿的障碍，看谁能跑在最前面，这就是跨栏赛的雏形。假如刘翔生在古代，人们或许会看到这个高个儿英俊青年，以优美的姿势跨过篱笆，去追赶什么——或者是一条偷食的猫，或者是小偷，也可能是女孩子。以他的速度，一般都可以追上的。

其实，古代有不少短跑高手。有人调侃说，曹操是中国古代跑得最快的人，那速度远远超过刘翔了，为什么？因为“说曹操，曹操到”。当然，这只是脑筋急转弯。

《水浒传》108将中，有一个名叫戴宗的“神行太保”，虽然在梁山上排名比较靠后，但读过《水浒传》的人，一定不会忘记他。他太神奇了：腿上绑两个甲马，一日便可以跑五百里；若是绑了四个，一日便可以飞奔八百里。看起来和现代汽车使用四冲程发动机还是二冲程发动机倒有几分相似之处。因为这一出色技能，戴宗可谓大宋第一快递，后来到梁山入伙后，他又成为侦察兵头目，率众为大哥们搜集情报。

历史上确实有戴宗这人，史书记载，北宋宋江起义军中有三十六个主要头领，戴宗赫然名列其中。不过他是不是真的那么能跑，则无从考证了。

悠悠五千年，可以想象，中国古人有多少像刘翔这样具备体育天赋的高手。古代没有表示体育运动的“田径”这个词，但是与田径有关的同义词经常见于文献当中，如“跑”的同义词“走”，“投”的同义词“掷”，“跳”的同义词“逾高”“绝远”等。

二

事实上，中国古代的田径运动主要是作为一项军事技能，是随战争的需要而广泛开展的。从战国时期到汉代，战争的主要形式由车战改成大规模的兵团作战，因此士兵的走、跑是部队的主要训练方式，具有长跑能力的人成为当时军队的重要人才。在汉画《车马出行图》前边，往往有两个奔跑的武士，在当时被称为“伍伯”。“伍伯”经常在飞驰的奔马前边跟马一起跑，所以练就了长途奔袭的能力，他们在传递信息或者重大战役当中，往往发挥着重要作用。

除了跑，跳、投掷也是古人非常重视的运动技能，在战国兵书，如《六韬》中，有选择善投掷、善跳跃的兵组成特殊兵种进行训练的记载，这一项训练方式，促进了田径运动中跑以及投掷、跳跃等项目的发展。南北朝时期，民间曾经流行着一种跳跃运动叫作“赌跳”，以跳高者为胜，当时刘宋皇帝也鼓励大臣、军队进行跳高比赛，这对整个军队及民间跳跃比赛的发展起了很大的作用。除了跑和跳，投也是田径运动的一项重要的内容。在战国时期，秦国为了统一天下，曾经在部队当中提倡一种“投石超距”的训练方式，其中，“超距”指跳远，而“投石”则指投掷石块。让士兵练习投掷石块，锻炼臂力，就增强了士兵的素质，提高了战斗能力。

从汉代一直到唐代，军队对于有投掷技能者都是“具禄封进”，进行嘉奖。到了明清时期，出现了多种投掷方式，包括用具都有所改进，像蒙古族使用的一种投掷用的“布鲁”，就有好多形式，有的投远为主，有的投准为主。所以，投掷运动的发展，对现代体育当中包括铁饼、标枪、铅球等项目的发展都有很大的影响。

元末明初传奇大将常遇春是一个“撑竿跳”高手。朱元璋攻克采石的战役中，元朝军队在石矶上列阵，石矶距离朱元璋的水军战船有三丈多，将士们无法靠近，看着干着急。正在此时，常遇春驾小船飞快地赶到，朱元璋对刚投奔至军中的常遇春大喝道：“小子，你不是要当先锋吗？现在是时候了！”于是，“遇春应声，奋戈直前”，当元军士兵抓住常遇春的长戈时，没有想到的一幕出现了：他以一个撑竿跳的动作，手握长戈顺势跳上了岸边，连杀数人开辟了滩头阵地，后面的众将一拥而上，占领了采石。在今天的马鞍山采石矶头还遗留着一只巨大的脚印，相传就是常遇春在这次战斗中跃身登矶时留下的。

史载，常遇春自幼习武，“貌奇伟，勇力绝人，猿臂善射”，在追随朱元璋兼并群雄、驱逐元兵、统一中国的战争中，常遇春驰骋疆场，经历无数战役，屡建奇功。后来朱元璋在总结开国之功时曾说：“计其开拓之功，以十分言之，遇春居其七八。”认为常遇春的功勋“虽古名将，未有过之”，常遇春只活到40岁，在他短暂一生的军事生涯中，很少打败仗，他曾很豪迈地说能率十万军纵横天下，所以军中常用“常十万”来称呼他，世人也都称他为“天下奇男子”。

在古代冷兵器的近身格斗中，身形魁梧、反应敏捷的大力士占尽优势，自然不是首领，也是名将。假如“小巨人”姚明生在古代战乱年代，他的成就肯定超过刘翔。试想，披坚执锐的 2.26 米的重甲武士，在乱军中绝对所向披靡、势如破竹，那会是怎样的场景？

三

古代猛士中最著名的代表，当然是项羽。

项羽身高力大，《史记》上说他身高“八尺余”，《汉书》记载为八尺二寸，合今 1.89 米，他力能扛鼎，就是双手能举起一只鼎，也因此留下“霸王举鼎”的千古大名。在整本《史记》记载中，能够扛鼎的只有两个人：一个是项羽，另一个是刘邦第八子淮南王刘长。

项羽第一次厮杀，就显示了他的神武之力。秦二世元年（前 209 年）九月，他跟项梁把会稽郡守给杀了。当时会稽郡守殷通召项羽进入郡守府议事，项梁使了个眼色给项羽，项羽突然拔剑，杀死了殷通。于是，项梁夺权，手里提着郡守的人头，佩戴着郡守的官印。整个郡守府都被突然发生的这一幕震惊了，一场混战立即在郡守府中展开。在混战中，项羽一个人就杀了上百人，使整个郡守府中的人都吓得趴在地上，无人再敢轻举妄动。

起事之后，项羽立下赫赫战功，最终推翻暴秦。可惜项羽过于迷信武力，干了不少残暴的事，最终玩不过刘邦，陷入重重包围，他不愿回江东，选择了力战而亡。最后一役中，他让跟随他的骑兵都下马步行，拿着短兵器作战。项羽一个人杀死汉兵数百人，自己也受了十几处伤。最后他对汉军中的熟人吕马童说：“我听说汉王用赏金千金、封邑万户悬赏我的头，我就给你们些恩德吧。”于是，自刎而死。汉将王翳砍下项羽的头，其余的人都拥上来争夺项羽的身体，导致自相残杀，又死了几十个人。最后，杨喜、吕马童、吕胜、杨武四个人各得到项羽尸体的一部分；五个人抢得的部分合起来，刚好是一具完整的尸体。于是，这五个人同一天都被刘邦封为侯。

在热兵器时代，已不可能靠体力来赢得战争了。

如果项羽生活在今天，他会是全球瞩目的体坛传奇人物，他可能是世界举重纪录保持者，或者是无数场不败的搏击高手，还可能是大力士运动的常胜之王。

很多人不知道现在还有一项运动名叫大力士。大力士运动是一项集健身、休闲、娱乐、观赏于一体的体育运动项目，起源于欧洲，历史悠久。当时，各地王公大臣为挑选最强壮的贴身保镖，经常举办一些比力气的赛事，看谁能在规定时间内把指定重物搬得最远或举得最高，这些赛事渐渐地发展成后来的大力士比赛。此后，大力士赛开始在欧洲盛行。

进入 20 世纪，大力士运动已经在欧洲的多数国家开展，而且有越来越大的影响力。1973 年，英国人道格拉斯·爱德蒙斯博士倡议成立国际大力士联盟，此举大大推动了大力士运动的发展，后来世界每年均举办世界大力士赛和女子大力士赛以及各种锦标赛、大奖赛和表演赛。目前，国际大力士运动已经遍布全球，也有不少中国大力士参加。

看着这些肌肉虬结的巨汉们拉货车、负重步行、搬重物、举木角力、抬重物，怎不会有如此感慨：人类走到今天，还真不容易！

8 世纪 50 年代里的大唐密码

有报道说西安在修建空港新城的过程中，发现了历史名人上官婉儿的墓葬。在跟武则天相关的影视中，上官婉儿是个不可或缺的最佳女配角，美貌、香艳、神秘、富有权谋……这是后人对上官婉儿的想象。

上官婉儿只是唐朝光芒中并不显眼的一束，后人缅怀大唐，既是缅怀昔日人物才华风流，更是缅怀大唐文化之博大气象。本文从 8 世纪 50 年代切入，来看当时的唐朝人与事。

一

大唐玄宗天宝十载，公元 751 年，盛夏，在今天哈萨克斯坦境内的塔拉兹的附近地区，发生了一场名叫“怛罗斯之战”的战役，结果唐朝大军负于阿拉伯帝国阿拔斯王朝。

后代学者对这场战役有过深入研究，认为此战让唐朝势力从此退出中亚地区，改变了历史。但也有学者认为，怛罗斯之战并非后人想象的那么重要，只是此役凑巧发生在唐朝由盛至衰的关键时刻。

事实上，怛罗斯之战两年后的753年，安西副大都护封常清率军大败吐蕃和大勃律国联军，迫使大勃律国投降。而怛罗斯之战四年后爆发的安史之乱，才让唐朝彻底失去了西域，丝绸之路从此不复通畅。

指挥怛罗斯之战的唐朝将军是高仙芝。这是个著名人物，《旧唐书》描述高仙芝“美姿容，善骑射，勇决骁果”，用今天的话来说，高仙芝绝对是一个有勇有谋、武艺高强的大帅哥。他20多岁时即拜为游击将军，战功赫赫，怛罗斯之战虽然失败，但并未有损他当时及后世的威名。

当然，有唐一代，名将如云，高仙芝之所以特殊，因为他是高丽人，祖籍在今天的朝鲜半岛。但更特殊的是，高仙芝20多岁就随父亲来到安西，安西即龟兹，在今天的新疆库车东郊皮朗旧城一带。即使在科技高度发达的今天，从朝鲜半岛到新疆库车，坐飞机也得好几个小时，在当时，更是一段极其遥远的距离。从高仙芝的履历，可见唐朝疆域之广。从都城长安的安远门西行至唐境西陲，为1.2万里，更可见当时民族融合与人口流动之盛况。

高仙芝死于公元756年，原因是宦官诬陷，而唐玄宗偏听偏信，遂致身死，令人惋惜。一年后，唐朝另一位名将——因为被玄宗逼着出潼关而被俘的哥舒翰，被叛军杀害。哥舒翰也是少数民族将领，西突厥突骑施哥舒部人。事实上，导致唐朝由盛到衰的安禄山，也是胡人。

唐朝的少数民族将领，远不止高仙芝、哥舒翰、安禄山等人，在史书中能找出一大串来：史大奈、阿史那社尔、执失思力、契苾何力等，都是太宗李世民喜爱的少数民族将领。而在平定安史之乱时大显身手的李光弼、李抱玉、王思礼、仆固怀恩、浑瑊等，也都是少数民族将领，但因为他们对唐朝的热爱，无一例外被唐皇与朝廷委以重任。有一个名叫黑齿常之的将领，与高仙芝同是朝鲜半岛出身，跟唐朝打过仗，降唐后数十年，屡建战功，纵横青藏，所向披靡，数破突厥，威震天下，晋爵燕国公，又升任为燕然道大总管，成了大唐的封疆大吏。

那真是一个人尽其才、才尽其用的光辉年代。

二

在怛罗斯之战中，高仙芝指挥大军攻城，五日不克，对方援军来袭，担任唐军外围警戒的葛逻禄部士兵溃逃，阿拉伯联军趁机出动重骑兵突击唐军阵营的中心，劳师远征的唐军终于不支，两万人的安西精锐部队几乎全军覆没，阵亡和被俘各自近半。在数量庞大的俘虏中，有一个名叫杜环的唐朝人，开始了一段神奇的经历——他由一个战俘变成了一个旅行家。

史载，杜环游历西亚、北非，成为第一个到过非洲并有著作的中国人，一直到宝应元年（762 年）乘商船回国，写了《经行记》一书，惜已失传。但杜佑的《通典》（801 年成书）引用过此书，其中有 1500 余字保留至今，《经行记》也因此成为中国最早记载伊斯兰教义和中国工匠在大食传播生产技术的古籍，还记录了亚非若干国家的历史、地理、物产和风俗人情。

在杜环奇特的旅行中，他看到与自己同样被俘流落在大食国都亚俱罗的工匠有金银匠、画匠、绫绢织工、造纸匠等，这些人均在当地干得热火朝天，以一种独特的方式传播唐朝的技艺和文化。事实上，怛罗斯之战的一大副产品，是造纸术的西传。此役结束不久，唐朝之外世界的第一个造纸作坊，就出现在撒马尔罕（今乌兹别克斯坦塔什干附近），旋即，巴格达也出现了造纸作坊与纸张经销商，之后造纸术逐渐传播到大马士革、开罗，以及摩洛哥与西班牙的一些城市。

就在杜环不断往西游历之际，在遥远的东边，杜环的同胞鉴真和尚，成功地抵达了日本。时为公元754年，经40天的海上颠簸，鉴真一行在僧人延庆的引导下进入日本九州的太宰府（在今日本福冈）。鉴真一行前后历时12年，6次起行，5次失败，航海3次，几经绝境。先后有36人死于船祸和伤病，200余人退出东渡行列。只有鉴真笃志不移，百折不挠，终于实现了毕生的宏愿。

日本人称鉴真为“天平之甍”，意为他的成就足以代表天平时代文化的屋脊（意为高峰）。日本著名作家井上靖的代表作，就是写鉴真东渡的《天平之甍》。鉴真和其弟子所开创的日本律宗成为南都六宗之一，流传今日，尚有余辉。鉴真到达时，受到日本朝野热烈欢迎。此后，他定居日本奈良。鉴真除讲授佛经外，还详细介绍中国的医药、建筑、雕塑、文学、书法、绘画，对当时以及后代的日本，影响深远。直到17、18世纪时，日本药店的药袋上，还印着鉴真的图像。

当上官婉儿写着闺怨诗时，当天文学家僧一行在世界上首次测量了子午线的长度时，当药王孙思邈写出《千金方》时，当《金刚经》成为目前世界上已知最早的雕版印刷品时……在那个年代，欧洲正处于所谓的“黑暗年代”，没有一个强有力的政权来统治，封建割据带来频繁的战争，造成科技和生产力发展停滞，人民生活在毫无希望的痛苦中。

唐代是诗的黄金年代，直到今天，世界上还有许多“唐人街”。

三

公元753年，李白悲痛地写下一首诗，传诵至今：“日本晁卿辞帝都，征帆一片绕蓬壶。明月不归沉碧海，白云愁色满苍梧。”诗名《哭晁卿衡》，“晁衡”是日本人阿倍仲麻吕的汉名，当年日本著名遣唐留学生。

在今天很难想象，当年，唐朝都城长安，是全球最著名的留学圣地。由于唐朝经济稳步发展，文化高度繁荣，国力强盛，是当时世界上最先进的国家，处于世界历史的先导地位，亚非地区许多国家的使节、商人、学者、艺术家、僧侣愿意到唐朝长安来求学、做买卖等。当时与唐帝国交往的国家多达70多个，外国贵族多派子弟到长安的太学学习中国文化，对他们来说，汉语就像今天的英文，唐诗就像今天的好莱坞电影。他们把学到的带回自己的国家，当时日本、朝鲜的学校教育，从课程到考试内容和教材，都与唐代相似。

留学生最多的是日本人。自唐朝初年开始，日本就频频派遣使节到长安，以最大限度地从唐朝先进的文化中汲取养分，为日本社会的发展探求出路。遣唐使团的成员一般都有数百人之众，除了留学生和学问僧，还有船匠、翻译人员、医师、画师、史生、锻生、铸生等各种类型的专业人士和工匠。日本每次向唐朝派遣的留学生人数之多，学习内容之广，持续时间之长，都是相当惊人的。井上靖在《日本文化》中这么写道："唐代的文化是与印度、阿拉伯和以此为媒介甚至和西欧的文化都有交流的世界性文化，所以学习唐朝也就间接地学习了世界文化。"

导演何平曾经拍过一部电影《天地英雄》，故事围绕唐朝大漠边关两个敌对的武士军官、捕快和将军之女展开，讲述了一个因护送一件佛教圣物而结盟的传奇故事。片中作为皇帝侍卫的来栖，就是一名遣唐使，由日本演员中井贵一饰演。来栖还是个孩子的时候就被送到中国学习中国的文化，他请求皇帝让他重回日本，去探望他年迈的老母亲，但是皇帝不愿意失去这位令罪犯丧胆的侍卫，于是对来栖下了命令：找到李校尉并杀了他，才能回家。在情势复杂的西域大漠，来栖与李校尉最终并肩作战，抵抗马贼和突厥军队，在电影的结尾，来栖倒在战场上，最终未能回到自己的国家。

晁衡最终没能回到故土。他 19 岁来到唐朝，35 岁时，以双亲年迈，请求归国，被玄宗皇帝挽留，未能走成。55 岁时，终于得到允许回国，而且玄宗还任命他为唐朝回聘日本使节——任命一个外国人为中国使节，历史上是罕见的。于是晁衡踏上回国之旅，但在海上遭遇风暴，被吹到了安南，长安的朋友们都以为他遇难了，于是有了李白的流泪之作。但晁衡幸存下来了，两年后，居然又辗转回到长安。他看到李白为他写的诗，百感交集，当即写下了著名诗篇《望乡》："卅年长安住，归不到蓬壶。一片望乡情，尽付水天处。魂兮归来了，感君痛苦吾。我更为君哭，不得长安住。"此后安史之乱爆发，他一直追随玄宗，避难四川，后又返还长安。公元 770 年，晁衡逝于长安，时年 72 岁。

在今天回溯公元8世纪50年代的唐朝，并非寻求阿Q式的自我安慰，历史让人不胜感慨，因为历史给后人提供了很多启示：唐朝疆域广阔，却是自秦汉以来，第一个不筑长城的统一王朝；唐朝的安全感与自信心，不仅源自其军事实力与经济基础，更源自其文化软实力。

这无疑是历史留给我们最宝贵的启示。

历史中的旱魃魔影

云南、贵州、重庆、四川等地的持续干旱，始于2009年末，其中云南旱情尤为严重。

西南大旱，牵动全国心。有一幅揪心的照片：龟裂干涸的水库底，一条拼命钻到泥里、寻找最后一点湿气的鱼，还是死了，它张着嘴，眼神空洞。一场抗旱大战也在紧张展开，从找水、增雨到民政救助、军队驰援，令人稍稍放心的是：灾区人虽缺水，但粮食不缺，民心安定。

中国历来旱灾频发，但大部分发生在北方地区。邓拓在《中国救荒史》中说，我国历史上水、旱、蝗、雹、风、疫、地震、霜、雪等灾害，自西历纪元前1766年（商汤十八年）至纪元后1937年止，计3703年间，共达5258次，平均约每6个月强便罹灾一次。其中，水灾1058次，平均约每3年5个月便有一次。尤为严重的是旱灾，这3703年中，共产生1074次旱灾，平均约每3年4个月便有一次。

二

在频繁的旱灾面前，古人既恐惧又无奈，归结于妖魔作祟，他们将其命名为“旱魃”。《诗·大雅·云汉》中说：“旱魃为虐，如惔如焚。”杜甫诗中也写道：“退藏恨雨师，健步闻旱魃。”《神异经》上还具体描写了旱魃的模样：“南方有人，长二三尺，袒身而目在顶上，走行如风，名曰魃。所见之国大旱，赤地千里。一名旱母，一名狢。”

根据古人的描述，旱魃为侏儒状，眼睛生在头顶上，这眼睛比《X战警》中那个“电眼侠”要厉害得多，只要往哪里瞧一眼，哪里就大旱。

堪称中国“神怪谱”的《山海经》，记载了大量中国远古时代的神仙、妖魔，书中所记雨神称“应龙”，与雨神对应的是旱神，称“女魃”。“应龙”和“女魃”还被引入黄帝与蚩尤之战中，足见此神话已开始历史化。《山海经》里最惨烈动人的故事，是黄帝与蚩尤大战。书中《大荒北经》等多处记载：蚩尤经过长期准备，制造了大量兵器，纠集众多精灵，向黄帝发起攻击。黄帝派应龙到冀州之野去抗击他。应龙是长着翅膀的飞龙，他发动滔天洪水围困蚩尤。蚩尤请来风伯、雨师，应龙的军队迷失在漫天风雨之中。黄帝听说雷泽里有雷神，长着人头龙身，经常拍打自己的肚子，能发出惊天动地的雷声，于是黄帝杀了无辜的雷神，用他的皮做成大鼓敲打起来，震破蚩尤的凄风苦雨。黄帝又派了女魃参战。女魃身穿青衣，头上无发，能发出极强的光和热。她来到阵前施展神力，风雨迷雾顿时消散，黄帝终于擒杀了蚩尤。应龙和女魃建立了奇勋，但也丧失了神力，再也不能回到天上。应龙留在人间的南方，从此南方多水多雨。女魃留居北方，从此北方多干旱，她无论走到哪里，都被人们诅咒驱逐，称为“旱魃”。

在中国民间文化中，“旱魃”影响巨大。山东作家孙方之有小说就题为《旱魃》，他写道：乡村中认为旱魃是死后一百天内的死人所变。变为旱魃的死人尸体不腐烂，坟上不长草，坟头渗水，旱魃鬼会在夜间往家里挑水。只有烧了“旱魃”，天才会下雨。鲁中一带乡村中烧旱魃习俗延续至20世纪60年代。

二

面对“旱魃”，古人是极其无奈的。

中学课本中，有一个西门豹的故事，讲他初到邺城为令时，了解到此地巫风很盛，女巫勾结当地官吏，假借河伯娶妇，榨取民财，百姓困苦不堪。于是西门豹将计就计，借口献给河伯的媳妇长相不佳，令女巫到河中跟河伯商量，把几个坏蛋都扔到河里去了，一下子把大家给镇住了。

“河伯娶妇”，其实就是以活人祭祀河神来防范洪灾。那么古人防范旱灾呢？更残酷——烧死活人来求雨。

古书中有一个“烄”字，即指焚烧活人来祈求下雨，卜辞中有“其烄大有雨”的记载。被作为祭品的，是奴隶，在甲骨文的记载中，这种牺牲品多是女奴隶。

不过，第一个“烄”，却是一位在历史上赫赫有名的君王——当然，他活了下来。

据古籍记载，商朝建立不久，商王畿内便发生一场罕见旱灾，旱情持续七年之久。《管子·轻重篇》说："汤七年旱，禹五年水，民有无糧卖子者。"《汉书·食货志》载："尧、禹有九年之水，汤有七年之旱。"甲骨文及《竹书纪年》等也均有这场大旱灾的记载。连续七年的大旱，对立足未稳的商王朝来说，无疑是一场最严峻的考验。当时的商王畿内，烈日暴晒，河井干涸，草木枯萎，禾苗不生。百姓四处逃荒，饿殍遍野。

商代信占卜，当时的卜辞中便有"不雨，是天遣"之意。商朝统治者笃信神灵，史载"殷人尊神，率民以事神，先鬼而后礼"。故自旱灾发生后，商王汤即命在郊外设祭坛，每日安排人行祭礼，祈求上天降雨。

这种祭礼的原始仪式是：燃烧木柴，用牛羊猪狗等牲畜做上供的牺牲。祭祀时史官手捧盛满牛羊等肉的三足之鼎，虔诚地向天地山川祷告："是否因王政事无节制法度？是否因让百姓遭受了疾苦？是否因官吏受贿贪污？是否因小人谗言流行？是否因女人干扰政事？是否因王宫修得太奢侈？为何还不降雨普度百姓呢？"这六个"是否"，其实是史官受汤之命，陈述六条责备自己的事以求天帝鬼神赐予甘雨。但尽管史官日复一日、年复一年地苦苦祭祀哀求，苍天毫无赐雨的迹象。

商汤是一个贤君。大旱持续至第七个年头时，汤再也坐不住了。他命史官在一个叫桑林的地方设立祭坛，亲率伊尹（商初重臣）等大臣祭祀求雨，但老天爷还是不给汤面子。汤即命史官占卜，占卜的结果是：烧柴祭天需用人牲。所谓"人牲"即人祭，就是将活人放在柴上焚烧，以此感动天地鬼神。

汤听后决定自己上，便命人架起柴堆，让左右将自己的头发、指甲剪掉，沐浴洁身，向上苍祷告说："我一人之罪，不可累及万民；若万民有罪，都由我一人承担。不要因我一人的无德，祸殃万民。"祷告完毕，汤便毅然坐到柴堆上，命左右点火。正在此时，突然乌云翻腾，狂风大作，一场大雨骤然降临。

这个结局似乎有些好莱坞的味道，可能完全纯属巧合，或者是演义，但商朝的人听闻此事，认定这是汤勇于牺牲自己而感动了上苍，老天才降下这场甘露，救济万民。因此，人们便作"汤乐"歌颂汤的伟德。

可惜的是，汤的后代缺乏汤这种牺牲自己为民求雨的精神，一旦遇到天旱，还是堆柴烧人，烧的就是奴隶了。

三

古时，天下大旱，必定流民遍地、天下大乱，历史上在位期间因为罕见旱灾而加速亡国的君主，并不罕见。

例如著名的周幽王，就是那个因为"烽火戏诸侯"而臭名昭著的昏君，他的爷爷是周厉王，在后人的多个排行榜中，这爷孙俩都有资格名列"十大昏君"或"十大暴君"之列。周厉王当政时，遭遇了一场连续 6 年的旱灾（公元前 858 年—前 853 年）。关于这场大旱灾，《诗经》描述道："浩浩昊天，不骏其德；降丧饥馑，斩伐四国"，"民之无良，相怨一方"。老百姓流离失所，周厉王依旧暴虐，甚至变本加厉压榨民众，结果引起暴乱。

周厉王死后，儿子周宣王主政后期，又遇到更长时间的旱灾，周宣王比他父亲要好，见如此大旱，很着急，又是祭天求雨又是“整身修行”，但他运气远远比不上商汤好。接下来周宣王的儿子周幽王登场了，一直到他做天子，旱灾才告一段落。但周幽王不顾大旱造成的民生凋敝，酷爱享乐，对国事不闻不问，后来又整出“烽火戏诸侯”的丑闻来，最终导致西周灭亡。

史载，周幽王最后几年，地震、旱灾频发，幽王变本加厉地剥削，任用贪财好利善于逢迎的虢石父主持朝政，引起国人怨愤。又听信宠妃褒姒的谗言，废掉王后申后及太子宜臼（申后之子），立褒姒为后，立褒姒之子伯服为太子。于是申后的父亲申侯联合西方部族犬戎，举兵攻打周幽王，在骊山下杀死幽王，夺走褒姒。

跟周幽王相比，同样是末代皇帝，明朝崇祯勤政得甚至有些过分了，但他运气实在太差。1637 年到 1643 年，晚明遭遇大旱，这场旱灾还被后人冠名为“崇祯大旱”，其持续时间之长、受旱范围之大，为百年不遇。当时南、北方许多省相继遭受严重旱灾。干旱少雨的主要区域在华北，河北、河南、山西、陕西、山东，这些地区都连旱 5 年以上，旱区中心所在的河南省，连旱 7 年之久，以 1640 年干旱最为猖獗。干旱之后，瘟疫盛行，崇祯十四年（1641 年），京津地区、江苏吴江都遭到大疫袭击，《吴江县志》称：“阖门相枕藉，死无遗类者。”崇祯十六年（1643 年）春，京师鼠疫大作，“十室九空，甚至户丁尽绝，无人收敛者”。李自成兵临城下时，明军哪里还有人能够抵抗？

西南干旱，北方沙尘，2010 年的异常天气，让人们在这个本应春暖花开的时节却很难轻松下来。虽然现在的救灾手段与救灾能力远非古时可以相比，但我们在争论究竟是什么原因导致异常天气的时候，是否应该像几千年前的商汤一样，对天地多一些敬畏？我们曾经认为“人定胜天”，现在却发现，我们并不能做到这一点。但有一点可以做到：敬畏自然。天灾难免，至少，我们不应去加剧天灾。

“旱魃”是没有的，如果有，也是存于贪婪的人心，所谓“心魔”也。

古人也迷高楼：从通天塔到武则天明堂

2010年，上海胶州路一幢28层高层住宅发生火灾，死伤惨重，整个城市为之哀恸。哀恸之余，人们再一次开始思考高楼的安全问题。当今中国，各大城市高楼大厦林立，北京、上海、天津、重庆、广州、南京、杭州都有300米以上的超高楼，甚至一些二、三线城市也在跃跃欲试，楼越造越高，不仅是酒店、写字楼，居民住宅高层化也越来越普遍。从地面往上看，大厦巍巍，如在云中。

高楼是工业化的产物，是水泥、钢筋、大型机械共同打造的现代神话。“又恐琼楼玉宇，高处不胜寒。”其实古人也有高楼梦。《圣经·旧约》里记载的“通天塔”，就是古人建高楼的尝试。

据《圣经·旧约》记载，大洪水劫后，天下人都讲一样的语言，都有一样的口音。挪亚的子孙越来越多，遍布地面，于是向东迁移。在示拿地（古巴比伦附近），他们遇见一片平原，定居下来。由于平原上用作建筑的石料很不易得到，他们彼此商量说：“来吧，我们要造砖，把砖烧透了。”于是他们拿砖当石头，又拿石漆当灰泥。他们又说：“来吧，我们要建造一座城和一座塔，塔顶通天，为要传扬我们的名，免得我们分散到各地。”由于大家语言相通，同心协力，建成的巴比伦城繁华而美丽，高塔直插云霄，似乎要与天公一比高低。

没想到此举惊动了上帝。上帝深为人类的虚荣和傲慢而震怒，不能容忍人类冒犯他的尊严，于是决定惩罚这些狂妄的人。他看到人们这样齐心协力，统一强大，心想：如果人类真的修成宏伟的通天塔，那以后还有什么事干不成呢？一定得想办法阻止他们。于是他悄悄地离开天国来到人间，变乱了人类的语言，使他们分散在各处，于是那座塔半途而废了。

高塔中途停工的画面，在宗教艺术中有象征意义，表示人类狂妄自大最终只会落得混乱的结局，从另外一个角度来讲，这又何尝不是古人建高楼的一次失败尝试。

二

西方有“世界七大奇观”之说，指的是古代世界上七处宏伟的人造景观，最早提出世界七大奇观的说法的是公元前3世纪的旅行家昂蒂帕克。这些奇观除了埃及金字塔外，均已湮没在历史长河中。七大奇观，不少是高层建筑，例如亚历山大灯塔。史载，遵照亚历山大大帝的命令，亚历山大灯塔于公元前300年建在一座人工岛上，它至少有122米高，用闪光的白色石灰石或大理石建成。

亚历山大灯塔建成后，其高度使它当之无愧地成为当时世界上最高的建筑物。一位阿拉伯旅行家在他的笔记中这样记载着：“灯塔是建筑在三层台阶之上，在它的顶端，白天用一面镜子反射日光，晚上用火光引导船只。”自建成至其后1500多年，亚历山大灯塔一直在暗夜中为水手们指引进港的路线。它也是已消失的六大奇迹中最晚消失的一个，14 世纪的大地震彻底摧毁了它。

世界七大奇观中，希腊罗得岛太阳神巨像是最神秘的一个。这座巨像建在罗得市港口的入海处，为希腊太阳神赫里阿斯的青铜铸像，高约 32 米。据说，在一场艰苦战争中，罗得岛人击败了侵略者。为了庆祝这次胜利，他们决定用敌人遗弃的青铜兵器修建一座雕像。雕像修筑了 12 年，建成于公元前 280 年。雕像是中空的，里面用复杂的石头和铁的支柱加固。

传说中，这尊巨像两腿分开，站在港口上，船只从腿中间过去，非常壮观。遗憾的是，巨像竣工半个多世纪后的公元前 227 年至前 226 年（一说前 224 年），一场大地震把这幢伟大巨像推倒，脆弱的膝盖成为巨像的致命伤。公元 654 年，阿拉伯人入侵罗得岛，把巨像遗迹运往叙利亚，这个奇观从此只剩下传说。

二

由罗得岛太阳神巨像，笔者想到了徐克导演的《狄仁杰之通天帝国》。电影里，有一座高达 100 米的通天高塔，为中空的女人像，其壮观盛大，令今人叹为观止。在这部类似中国古代版“007”的电影中，梁家辉饰演的沙陀，一个被复仇的怒火焚烧的官员，决心对武则天展开一场疯狂的报复——在女皇登基当天，用铁水熔断这座通天高塔，朝着皇宫倒去，将大殿内的人全部砸死。

《建筑设计防火规范》规定，建筑高度大于 27 米的住宅建筑和建筑高度大于 24 米的非单层厂房、仓库和其他民用建筑属于高层建筑。《民用建筑设计统一标准》规定，高度超过 100 米则属于超高层建筑。由此看来，这座大唐盛世的通天高塔，就是超高层建筑了。

《狄仁杰之通天帝国》里的高塔，只是电影中的想象。但是，从史料来看，倒也并非完全是想象，有趣的是，武则天还真是一个高层建筑迷。

建成于唐武则天垂拱四年（688 年）的明堂，是中国古代著名的木结构高层建筑。明堂是儒家的礼制建筑，为古代帝王宣明政教之场所，凡祭祀、朝会、庆赏、选士等大典均在此举行。因此，明堂的建造，都由皇帝亲自过问，非常重视。早在隋文帝、唐太宗、唐高宗时代就筹建明堂，都因条件不成熟而未建成。

到武则天时，大唐进入盛世，垂拱四年（688 年）春，她让内宠和尚薛怀义进宫主持修建明堂工程。同年十二月，明堂正式建成，历时不到一年。修建这个工程是国之大事，《旧唐书》《新唐书》《资治通鉴》等史书对此都有记述。

据记载，明堂建于唐东都洛阳乾元殿的基址上。高三层，建于三层台阶之上。下层为方形，象征春夏秋冬四时，每边长 300 尺。中层为圆形，一圈圆形屋顶“九龙捧之”。上层为圆形，屋顶为圆形攒尖顶，顶上有一饰以黄金的凤鸟。明堂中央有一根粗十围的巨木，“上下通贯”，是主要的承重柱。这一结构形式非常合理，当代钢筋混凝土结构高层建筑常采用框筒结构，明堂的结构原理与钢筋混凝土框筒结构原理相同。

明堂到底有多高？史载高 294 尺，后来考古专家折算下来，约为 91.43 米。在当时，真是巨大辉煌了。据《旧唐书》记载：“自明堂成后，纵东都妇人及诸州父老入观，兼赐酒食，久之乃止。”可见建成后天下轰动，游客纷至沓来之盛况。就像今天的上海金茂大厦、北京环球金融中心一般，明堂成为大唐著名旅游景点——当然，只是偶尔对公众开放。

不过，明堂并不算中国古代最高的木结构建筑。在明堂的北面，武则天又命薛怀义造了一座天堂。这天堂主要用来安放一尊大佛。《资治通鉴》说："太后命僧怀义作夹纻大像，其小指中犹容数十人"，"又于明堂北起天堂五级以贮大像，至三级，则俯视明堂矣"。也就是说，天堂比明堂高得多，在第三层就可以俯视明堂全景。

据《资治通鉴》卷第二〇五所载，"堂始构，为风所摧，更构之，日役万人，采木江岭，数年之间，所费以万亿计，府藏为之耗竭。"可见这一工程远大于明堂，其第三层已高于明堂的 86.44 米，其总高度有可能在 100 米以上，就如《狄仁杰之通天帝国》里的通天高塔了，堪称中国古代木结构第一高楼。

但是，"木秀于林，风必摧之"，古代高层建筑的命运，往往都比较悲惨。《狄仁杰之通天帝国》里，通天高塔毁于复仇的怒火，而历史上，天堂与明堂，则毁于吃醋的妒火。公元 695 年，正月十五元宵节刚过。薛怀义得知武则天与新宠御医沈南璆在宫中作乐时，醋意大发，妒火中烧。正月十七日，起更以后，薛怀义赶到天堂放火，火势迅速蔓延到明堂，更兼风势猛烈，愈烧愈旺。这把火，把一个洛阳城照得如同白天。等天明时，巍峨壮丽的天堂、明堂和绝无仅有的夹纻大佛全被烧光，变作一片废墟。薛怀义原名冯小宝，是武则天的第一个面首。放了这把大火之后，武则天没有立即杀死他，反而归咎于内作工徒，仍命薛怀义为营建使。过了半个月，武则天召他前来，这小子以为武则天旧情复燃，兴高采烈过来时，被建昌王武攸宁率领一群壮汉围住，殴打而死。

三

在古代，无论中外，高层建筑是权势的禁脔，得天命的标志，号令天下的场所，王朝的象征。平常百姓，哪怕富可敌国，也是不能擅建的。皇宫的大殿最高，其他建筑根据等级依次降低高度，平民的房子比大臣家的要矮，如果臣子、平民把房子建太高了，就算犯法。

高层建筑大量出现，还是在工业革命之后。1889 年，埃菲尔铁塔建成。这是为庆祝法国大革命一百周年和给巴黎世博会的举行添彩而设计建造的，这座位于巴黎战神广场上的镂空结构铁塔，高 300 米，加上天线，总高 320 米，它曾保持世界最高建筑 42 年，直到纽约帝国大厦的出现。

直至今天，人们还热衷于“世界第一高”之争，不断有令人瞠目结舌的高层建筑出现。但这些高楼，实用性远远比不上其象征意义。在古代，高楼用来奉祀神灵、显示权威，在今天，高楼彰显财富，还被国人尤其是一些官员视为现代化与国际化的标志。地面空间越来越小，楼造得越来越高，还有人设想，造一座摩天大厦，让几十万人能够生活在其中——那真是一种云端的日子了。

这种日子，是人们期望的吗？会让人快乐吗？不论是西方巨人安泰的故事，还是中国传统“接地气”之说，人的基因，还是倾诉着对大地与泥土的热爱。只是，这种“上接天下接地”的境界，对很多中国人尤其是住在大城市的中国人而言，只能是梦想了——我们住在高楼上，推开窗，似乎流云就能涌入屋内。在梦中，我们会不会恐惧地缩成一团，害怕自己像鸟儿一样从窝里掉下大树?

古人的免费游

一直以来，景点高收费、圈地卖门票屡遭诟病。笔者不由好奇：古人旅游，是如何收费的？为此翻书寻找，却有个惊奇的发现：古人旅游，景点基本是免费的。

“免费”，古人是如何做到的？

一

游山玩水，是人的天性。南朝诗人沈约在《悲哉行》中这么写道：“旅游媚年春，年春媚游人。”可见“旅游”二字，早就出现在中国人的生活中了。

在古代，名山大川，没有听说过要收费的，但是囿于财力与交通，城里人很少有长途旅游的机会，他们更多选择到附近的景点转一转，用今天的话来说就是“短途游”。公共园林，是古人最爱去的地方了。

唐朝长安城最著名的景点是曲江，位于城东南隅，因水流曲折得名。史载，盛唐时的曲江，风光旖旎，景色宜人。每年上巳、重阳之节，这里便游人如织，士女如云。皇帝赐新科进士游宴曲江之日，更是才俊齐聚，吟诗作赋，雁塔题名。百姓平时踏青访友，登高怀远，聚会宴饮，也常在此进行。

旅游之大境界，莫过于人文与自然融为一体。唐诗中有一类“曲江诗”，在唐代文人眼里，曲江具有独特的文化意蕴，无论得意还是失意，都会流连于此，一池曲水，亭台楼阁，竟成了唐代读书人的精神家园。

曲江景区是谁出资建的？当然不是这些读书人。此处由历代君王经营。秦代称隑洲，并修建有离宫称宜春苑。汉代在这里开渠，修宜春后苑和乐游苑。隋营建京城（大兴城）时，宇文恺凿其地为池。隋文帝称池为芙蓉池，苑为芙蓉苑。唐玄宗时，曲江得到很大发展。据记载，唐玄宗时引黄渠自城外南来注入曲江，且为芙蓉园增建楼阁。因此，曲江应属皇家园林或皇家园林的附属，但定期对公众开放，人人皆可来此游玩。

早在春秋战国时代，就有仁人倡导皇家园林对外开放。“孟子见梁惠王，王立于沼上，顾鸿雁麋鹿，曰：‘贤者亦乐此乎？’孟子对曰：‘贤者而后乐此，不贤者虽有此，不乐也。……文王以民力为台为沼，而民欢乐之，谓其台曰灵台，谓其沼曰灵沼，乐其有麋鹿鱼鳖。古之人与民偕乐，故能乐也……’”

“独乐乐不如众乐乐”，并非所有君王都不明此理。乐游苑是长安城东升士坊与新昌坊一带隆起的高地，地势平坦，早在西汉时期便是长安城郊的游览胜地。汉宣帝神爵三年（前 59 年）修建乐游苑，作为皇家园林。武则天的女儿太平公主也曾在此地添造亭台楼阁，使得乐游苑的游赏内容大大增加。唐玄宗时这里先后赐给宁、申、岐、薛四王做住所，经过经营后，风景大为改观，逐渐成为长安居民登高游赏的集中地。

二

徐霞客是世界公认的伟大旅行家。2011 年起，每年 5 月 19 日被确定为中国旅游日，为什么选这一天？因为这一天是《徐霞客游记》开篇日。

在徐霞客的一生中，他的足迹遍及北京、天津、河北、山东、河南、安徽、上海、江苏、浙江、福建、陕西、山西、江西、湖北、湖南、广东、广西、云南、贵州等 19 个省区市，即使在交通如此发达的今天，很多中国人也无法到达国内如此多的地方。更令人敬佩的是，徐霞客基本上是步行旅游，探幽寻秘。

《徐霞客游记》处处流露出旅途中的艰险与他的坚韧。游黄山一节中写道："过慈光寺，从左上。石峰环夹，其中石级为积雪所平，一望如玉。疏木茸茸中，仰见群峰盘结，天都独巍然上挺。数里，级愈峻，雪愈深，其阴处冻雪成冰，坚滑不容着趾。余独前，持杖凿冰，得一孔，置前趾，再凿一孔，以移后趾。"大雪封山，徐霞客就用手杖在冰上凿坑，脚踩着坑一步一步地缓慢攀登，终于爬了上去。山上的僧人看到他都十分惊奇，因为他们被大雪困在山上已经三个月了。

黄山险峻，2010 年还发生过大学生旅友被困，警察前往救助时不幸殉职的事。徐霞客雪后登黄山可见其勇气。在《徐霞客游记》

中可以读到，这位明代的大游客有很多冒险之旅，例如经历了福建武夷山的三条险径：大王峰的百丈危梯、白云岩的千仞绝壁和接笋峰的“鸡胸”“龙脊”。在他登上大王峰时，已是日头将落，下山寻路不得，他就用手抓住攀悬的荆棘，“乱坠而下”。他在中岳嵩山，从太室绝顶上也是顺着西沟石峡悬溜下来的。

在古代，虽然景点都是免费的，但长途旅游往往是达官贵人才能完成的壮举。徐霞客算不上达官贵人，但也有颇为丰厚的家底。他是名门之后，祖上曾是江阴巨富，到徐霞客时家道中落，不过仍比普通百姓要好很多，他分得的家产有200多亩地。这些家产，足以让他可以不事生产，有大量时间出门旅游。从后人整理的徐霞客年谱可以看出，徐霞客自21岁（1607年）新婚那年开始旅游之后，中间除了为母守孝以及续娶、妻子生产之外的几年，他基本上都是在外旅行。如果他像达官贵人一样出则车马代步、仆人环侍，多大的家产都给折腾没了，好在他基本上以步行为主，跋涉了许多前人未到的荒野地区，往往露宿于荒野。徐霞客在旅行途中曾三次遇到强盗，行李、旅费被洗劫一空，但他仍然坚定前行。没有粮食了，他就用身上带的绸巾去换几竹筒米；没有旅费了，就用身上穿的夹衣、袜子、裤子去换几个钱。

步行也让徐霞客拥有一个强健的身体。史载，在湖南一次夜宿客船时，强盗挥刀杀上来，只见徐霞客飞身跳入水中，逆流而行，躲进了别的船里。其时徐霞客年已五十开外，但仍精力旺盛，行动敏捷。

三

读《徐霞客游记》，还有一个重要发现，那就是他旅行途中有在寺院中免费吃住的记录。例如游黄山时，“余至平天矼，欲望光明顶而上。路已三十里，腹甚枵，遂入矼后一庵。庵僧俱踞石向阳。主僧曰智空，见客色饥，先以粥饷……下入庵，黄粱已熟。饭后，北向过一岭，踯躅菁莽中，入一庵，曰狮子林，即智空所指宿处”。可见，依靠寺院的免费食宿，也给徐霞客的壮行，省下了不少钱。

古代寺院，有昂然建于闹市者，但更多是悄然隐于大山之中，或为偏远乡村最辉煌之建筑，或为无边荒野最安全之所在。因此发生在寺院中的传奇，从来不绝于史籍与演义。

除了像徐霞客这样的职业旅行家以及商人，古代常常进行长途旅行的，还有书生，他们盘桓的好去处，就是寺院，当然不是为了去邂逅美女或者女鬼，而是为了功名。一代名臣范仲淹，从小读书十分刻苦，常去家附近山上的醴泉寺寄宿读书。晨夕之间，便就读讽诵，给僧人留下深刻的印象。他的生活极其艰苦，每天只用粟米煮一点稠粥，凉了以后划成四块，早晚各取两块，拌几根腌菜，吃完继续读书。后世便有了划粥断齑的美誉。范仲淹对清苦生活却毫不在意，而把全部精力放在书中，以读书为乐，为日后人生打下坚实的基础。

类似范仲淹这样的书生就寺苦读，是我国古代小说戏剧经常采用的素材，这风尚起于隋代以前而大盛于唐世。后人研究考证说，士人入居寺院的原因有三：第一，取其清静安宁，可专心读书以应科举；第二，清贫士子可获寺院同情而得到免费膳宿的优待；第三，寺院藏经阁中除了庋藏佛经，更有儒家经史，可供士人借阅。

事实上，古代的寺院也是人们旅游的好去处，而且不像今天的少林寺一样要收门票。古代寺院还有一大特点是，俗家女子经常入寺院游览，更访僧问道。《洛阳伽蓝记》中就记载当时士女入寺观看歌舞。

“唐贞元中，有张生者……游于蒲。蒲之东十余里，有僧舍曰普救寺，张生寓焉。适有崔氏孀妇，将归长安，路出于蒲，亦止兹寺。……是岁……军人因丧而扰，大掠蒲人。崔氏之家，财产甚厚，多奴仆……郑（崔夫人）厚张之德甚，因饰馔以命张，中堂宴之。复谓张曰：‘……弱子幼女，犹君之生也……’”这是唐人元稹所撰《莺莺传》，也是此后家喻户晓的《西厢记》的源头。

陈寅恪先生曾考证，《莺莺传》是元稹自述对一女子始乱终弃的事迹，而“张生”即元氏的化名。不管元稹是否在寺院引诱女子，妇女携家人寄居僧舍，应是唐代真实情况的描写。

那时的寺院，确实要有趣得多了。

君子尚武

前几年大家在讨论见义勇为的话题时，提到了一个新词——“键盘侠”。“键盘侠”就是那种遇事置身事外，只顾在网上装作义愤填膺一类人。孔子说过：“仁者必有勇。”君子尚武，是古代的高尚人格。今天谈起“键盘侠”这个话题，对比古人的修为，不禁生出颇多感慨。

一

2010年，胡玫版《孔子》发布电影海报时，有一张是周润发主演的孔子，凝神拉弓欲射。这张海报引起了很大争议：作为儒家宗师，孔子也会武术吗？大家的疑问是有道理的，这些年恶俗的武打片泛滥，很多历史剧中的文弱书生例如唐伯虎等，都变成了飞檐走壁、武功高强的大侠。

但考证之下，孔子会武术，可能并非后人恶搞。据史料记载，孔子的父亲叔梁纥是闻名于诸侯国的勇士。鲁襄公十年（前563年），偪阳（今山东枣庄市南）之战中，叔梁纥所在的联军士兵攻进城门，突然内城的人把闸门放下，意图“包饺子”。危难之际，叔梁纥挺身而出，双手撑住门，把已经攻入城里的将士放出来，为部队撤出争取了时间，从此“以勇力闻于诸侯”。孟献子称赞叔梁纥：这就是《诗经》所说的“像老虎一样有力气”的人。

能够力挺闸门，那可不是一般的好功夫，放在今天拿个奥运会举重冠军没问题。《说唐全传》中有个“紫面天王”雄阔海，为隋唐第四条好汉。在扬州“反王夺魁大会”上，隋军放下千斤闸欲尽杀反王，幸得雄阔海力举千斤闸，但因腹中饥饿外加劳累被压死。叔梁纥却能全身而退，更是了得，难怪他与鲁国的著名将领狄虒弥、孟氏家臣秦堇父合称为“鲁国三虎将”。

有其父必有其子。司马迁在《史记》中说“孔子长九尺有六寸，人皆谓之‘长人’而异之”，可见他是一个高大的汉子。《淮南子·主术训》中说孔子“勇服于孟贲，足蹑效菟，力招城关，能亦多矣”。其勇力与格斗技能，无疑类似其父。除此之外，孔子也懂军事谋略。孔子弟子冉有为季氏带兵打仗，取得胜利。当季氏问他关于军旅的知识从哪里来时，他说是“学之孔子”。在冉有看来，孔子乃是“大圣”，其学无所不包，“文武并用兼通”（《孔子家语》）。

在今天，要讨论孔子会不会武术，自然不能抛开孔子所处时代的大背景而论。春秋战国时期诸侯争霸、群雄逐鹿，尚武精神得到社会各阶层的崇尚。在当时时势下，贪生怕死、畏首畏尾的部落或国家，根本没有立足之地，更谈不上发展壮大。班固在《汉书》中这么描写当时的秦国：“秦之时，羞文学，好武勇。”

在今天温柔婉约的吴越地区，当时也有尚武民风，《淮南子·主术训》中说：“越王好勇，而民皆处危争死。”一直到了班固所处的汉代，吴越地区仍然是“君皆好勇，故其民至今好用剑，轻死易发”。在这种背景下，周游列国的孔子，虽然有弟子保护，但若自己没有一点护身之术，也是难以想象的。

二

小时候读《儿女英雄传》，总是纠结于一个问题：侠女十三妹为什么会爱上安骥这样一个㞞人？

《儿女英雄传》的故事是这样的：知县安学海生性耿直，因不愿贿赂，被上司参奏，革职拿问。其子安骥在救父亲的途中，被两骡夫骗至荒山，误投能仁寺，险遭凶僧杀害，幸亏立志为父报仇的侠女十三妹弹杀凶僧，始免于难。同时获救的有村女张金凤及其父母。十三妹做媒，将张金凤许配给安骥，并解囊赠金，借弓退寇，使安骥一行人平安到达淮安。待安骥父亲平反昭雪，十三妹也嫁给了安骥，这个享齐人之福的贵公子，锐意功名，最终位极人臣，与两个老婆从此过上了幸福生活。

这是一个“美女救狗熊”的故事。小说中这样描写安骥：“（小时候）就连见个外来的生眼些的妇女，也就会臊的小脸通红，竟比个女孩儿还来得尊重。”在救父途中仆人生病后，“公子吓得浑身乱抖，两泪直流，搓着手，只叫：‘这可怎么好！这可怎么好！’”凶僧欲杀安骥时，“公子一见，吓的一身鸡皮疙瘩，顶门上轰的一声，只有两眼流泪气喘声嘶的分儿，也不知要怎样哀求才好”。比起武功高强、豪爽大气的十三妹来，安骥就太文弱了。但就是这样窝囊的男子，却让侠女爱得死去活来，实在不合常理。难怪鲁迅这么评价《儿女英雄传》中的十三妹："当纯出作者意造，缘欲使英雄儿女之概，备于一身，遂致性格失常，言动绝异，矫揉之态，触目皆是矣。"

就像理解孔子会武术一样，同样要在当时的历史大背景下审视尿货一个的安骥为何能成完美男人。明清时期，尚武之风殆尽，明朝万历年间到达中国的传教士利玛窦意外地发现，中国的男人都如此文弱。他在写给友人的信中说："很难把中国的男子看作是可以作战打仗的人。"他惊讶地发现，这个帝国里最聪明的人看起来都像女人："无论是他们的外貌气质，还是他们内心的情感流露，他们看起来全像是温柔文静的女子。要是你对他们尊敬礼让，他们便会显得比你更加谦和。"

利玛窦不无轻蔑地描写："这些男人们不惜每天花费两个小时来梳理他们长长的头发，考究地整理他们的服饰，他们就这样悠闲自得地打发着美好的时光。"由此遥想春秋战国时期轻生重义、生死相许的侠客之举，再上溯到两千多年前的《周易》中所言"天行健，君子以自强不息"，不仅令人长叹息。学者张宏杰在《中国国民性演变历程》一书中这样写道："从春秋，到唐宋，再到明清，中国人的性格历程如同直跌下来的三叠瀑布，其落差之大，令人惊讶。源头的中国人，品格清澈；唐宋时的中国人，雍容文雅；及至明清，中国人的品质却大幅劣化，麻木懦弱，毫无创造力。"

三

公元前 36 年冬，大汉王朝西域都护甘延寿和副校尉陈汤统率汉胡大军四万余人，击杀郅支单于。历史上留下了一代名将陈汤的最强音：“犯强汉者，虽远必诛。”

从今天看，汉朝是一个朴拙而雄浑的黄金时代，生机勃勃。远征绝域、万里封侯，成了汉代男人的至高价值追求，汉代也涌现了一大批天才军事家。那时文武之分，远不如后世明晰，文武双全之人灿若星河，他们上马能击贼，下马能治国。史载，司马相如、田畴、崔琰善于击剑，王充朝夕练习骑马射箭，经学名家辕固在兽圈中刃毙野猪，班超能投笔从戎，率三十六名随从立功西域。

与后代辉煌一时的盛唐相似，汉代的尚武精神，是一种民族的自信心理和大国气度，是汉代朝野高昂的自信和对国家的坚信。到了近代中国，这种自信与强悍消失殆尽。张宏杰在《中国国民性演变历程》引用《南京大屠杀资料集》中日本军人的回忆说：“有一个日本兵十分惊讶于数千中国士兵驯服而默然地经过如山的同伴尸群，走向死亡，而毫不反抗。那个日本人说，他百思不得其解。是中国人太容易驯服，或者是中国人对死亡悟得太透？日本指挥部在处死中国俘虏时曾经日夜提心吊胆，因为日本人经常以一二百人的小分队来屠杀上千上万的俘虏。日本人担心数千俘虏一旦暴动，即使手无寸铁，也会将行刑的两个日本中队杀得一人不留。但这种情况从来没有发生过。”他们不是害怕死亡，而是害怕第一个站出来反抗而死。

在艰苦卓绝的抗战期间，中国的国民性得到极大锤炼，涌现出无数可歌可泣的英雄儿女，但我们又怎能忘记，那些麻木赴死的被俘士兵，他们，同样也是中国人。

两千多年前，孔子说过“勇者不惧”，“仁者必有勇”。他所说的“勇”，是面对危险和困难时表现出来的一种无所畏惧的行为品质，不是睚眦必报的匹夫之勇。勇，放在与仁、义、智的关系中鉴定，所谓勇敢，必须是仁、义、智、勇的结合，所谓“君子义以为上，君子有勇而无义为乱，小人有勇而无义为盗”。

谦谦君子，并不意味着就是毫无血性的阴柔。君子尚武，刚健与宽容交融，正是先人给今人的价值指引！

咱们还能愉快地聊天吗

电视剧《少帅》中的主人公张学良本是个任性轻狂的风流公子，却在历史的大风大浪中被推到舞台中央，肩头压上家国重任。这位传奇人物一直到垂垂老矣，都对各种采访三缄其口，但某一天却主动约史学家唐德刚，原因是他看到了唐德刚的一段评价：没有西安事变，张学良只能是个不同于老子的新军阀，成不了历史人物。这个评价打动了张学良，于是，有了《张学良口述历史》。

很多人把这段轶事作为有效沟通的范例。唐德刚短短几句话，为什么能够打动张学良？因为张学良一直耿耿于怀的是，众人皆认为他不过拾老子余荫而已，唐德刚数语，却点明了他并不亚于其父的历史地位。所以他不理睬别人，却能够跟唐德刚愉快地聊天了。

会聊天，绝对是种能力。

一

曾看过明朝开国皇帝朱元璋的一个故事：朱元璋出身贫寒，当过和尚讨过饭，当了皇帝后，昔日一个小伙伴求见。这小伙伴会说话，一进大殿，三叩九拜，说："我主万岁！当年微臣随驾扫荡芦州府，打破罐州城，汤元帅在逃，拿住豆将军，红孩儿当关，多亏菜将军。"朱元璋大喜，动情，长聊，重赏。

这几句话是啥意思？接下来就明白了。另一个小伙伴闻讯也来面圣，见到朱元璋，欢呼雀跃，生怕皇帝忘了自己，滔滔不绝地回忆"光辉岁月"："我主万岁！您还记得吗？那时候我们都给人家放牛，有一次我们在芦苇荡里，把偷来的豆子放在瓦罐里煮着吃，还没等煮熟，大家就抢着吃，把罐子都打破了，撒下一地的豆子，汤都泼在了泥地里。你只顾从地上抓豆子吃，结果把红草根卡在喉咙里，还是我出的主意，叫你吞下一把青菜，这才把那红草根带进肚子里。"然后，就没有然后了，此人被乱棍打出。

这个故事纯属民间演义，但从朱元璋登基后忌讳"光""秃"等字眼的表现来看，他确实忌惮别人提起往事，贫贱之交想跟他愉快地聊天，还真不是一件容易的事。

还记得那个相约"苟富贵，无相忘"的陈胜吗？他在大泽乡率众起义，点燃了焚烧大秦帝国的第一把火，一度声势浩大，于是自称陈王。有个当年一起耕田的小伙伴来找他，狂敲宫门，大呼小叫，守宫门的官吏要捆绑他。直到陈胜座驾出来，此人拦路呼喊陈胜小名，才被召见，一起乘车回宫。陈胜带他参观宫殿，乡下人哪里见过这场面，艳羡不已，艳羡倒也罢了，这小伙伴又兴奋过度口不择言了："夥颐！涉之为王沈沈者。""夥颐"是个惊叹词，这句话的意思大致是：哎哟，陈涉这么大的房子啊！伙计，你真是大发了！陈胜字涉，当时因此出了个流行语"夥涉为王"，意思是：贫贱出身的人，突然富贵之后，排场很大。这当然不是表扬的话。

陈胜很苦恼，他已经是王了，这个不会聊天的小伙伴，还把他当成一个农夫。于是有个擅长察言观色的佞臣，怂恿陈胜干掉他。正合圣意，那个还沉浸在“苟富贵，无相忘”誓言中的农民，就稀里糊涂掉了脑袋。

“没有共同语言”，曾一度是中国夫妻离婚的重要理由。其实聊天也是一样，电影《老炮儿》，胡同老流氓六爷和权贵子弟小飞发生冲突，他们之间隔着年龄和金钱的巨大差异，没有共同语言，根本无法聊下去，只能通过语言之外的暴力——“茬架”来解决。共同语言不仅来自曾经共同的经历，更来自如今共同的层面。即使是从小穿开裆裤的玩伴，但一个张开了时间的翅膀，另一个仍然凝固在穿开裆裤的阶段，他们又如何有平等的交流？如何还能愉快地聊天？那些不会聊天，早已天各一方却企图恢复当年愉快聊天状态的傻瓜，往往会落得一个类似被陈胜砍头的下场。

当然，陈胜砍掉那个伙伴的脑袋后，后果也非常严重，朋友们都离他而去，最终兵败身亡，也是意料中事。同样贫贱出身的汉朝开国皇帝刘邦，就聪明得多。

没有那帮一起赌钱吃狗肉的朋友帮忙，刘邦当不了皇帝，他当了皇帝，当然要笼络当年那帮一起赌钱吃狗肉的朋友，说：咱们是兄弟，不搞那一套繁文缛节，一切从简，喝酒吃肉，该干吗干吗。那帮粗豪惯了的开国功臣，当然高兴啊。但很快刘邦就受不了，尤其在宴会上，一群人喝多了，个个吹嘘当年自己的战功，互不服气，一言不合，大打出手，甚至有一些兵痞，趁着酒兴，拔出刀剑来，哼哼哈嘿地对着宫殿的柱子狂砍一气。刘邦那个郁闷啊。

皇帝身边最不缺的就是察言观色的人，不过刘邦身边这人比陈胜的佞臣强，他叫叔孙通，没有怂恿刘邦把那些不懂聊天的粗人们拖出去砍头，而是提议制订新的聊天规则，根据“尊敬皇帝、约束臣子”的精神，按照简洁、易学、仪式感强的原则，杂采夏商周的礼仪与秦朝礼仪，制订了一整套比秦朝更简洁完备的朝仪。刘邦大喜。

公元前200年，汉高祖七年，长乐宫建成，各诸侯王及朝廷群臣都来朝拜皇帝，参加岁首大典，新朝仪即日启用。经培训，文武百官按官衔大小，各就各位，面朝皇帝，俯伏、起立、行礼、就座，监察官员在旁执行礼仪法规，没有一个人敢有丝毫错乱。刘邦高兴坏了，不由脱口而出：“吾乃今日知为皇帝之贵也！”人总需要聊天，但连阿Q都想通过聊天来证明自己比小D强，更何况一个皇帝了。

叔孙通在历史上留下了自己的名字，因为他为后世确定了君臣聊天的规则，而这种规则的心理暗示，远远超过了对君臣关系的界定。

二

语言很奇妙。有的人，因为对方一句话，从此爱上对方，死心塌地。有的人，却始终在等待一句让自己爱上对方的话，但是一直没等到。情圣，永远是会聊天的人。

唐朝时有一书生崔怀宝，在郊游踏青时邂逅宫廷第一弹筝高手薛琼琼，心生爱意，作词一首，托人献给美女，美女瞬间被打动，毅然与崔怀宝私定了终身。这首词写的是：“平生愿，愿作乐中筝。得近玉人纤手子，砑罗裙上放娇声，便死也为荣。”有些类似当代王洛宾那首《在那遥远的地方》吧，为了跟美人在一起，愿意变作一张筝，或者一只小羊。香港电影《方世玉》中，方世玉他妈苗翠花，一听方世玉他爹方德吟诗，就情不自禁，堂堂女侠，瞬间进入花痴模式，百依百顺。这诗名叫《怨情》：“美人卷珠帘，深坐颦蛾眉。但见泪痕湿，不知心恨谁？”当然，不是方德写的，版权属于李白，但方德无疑很会跟女性进行文艺性十足的聊天。

人跟人真的不一样，有的人，几十年稀里糊涂，神经粗大，拥有渡边淳一所说的钝感力；有的人，一生精明，目标既定后，唯恐走错一步路说错一句话。但是，总有一句话，能够击中一个人的心，即使这颗心再粗糙，也会被语言找到缝隙，直抵内心柔软处。

南朝梁天监四年（505 年），一介武夫陈伯之，居然被一段话打动，率八千人归降，这段话很著名：“暮春三月，江南草长，杂花生树，群莺乱飞。”当时是南北朝混乱岁月，南朝梁武帝派兵北伐，与北魏大将陈伯之对峙，陈伯之本是南方人，后来叛逃到北边。眼看血战在即，南朝遂安排记室丘迟写信招降，丘迟以文采著称，写就一篇《与陈伯之书》，没多久，陈伯之就投降了。史载，他被描写南方风物的那 16 个字深深打动了。

陈伯之恶少出身，小时候身上总带把刀，四处游荡，看到别人家稻子成熟了，就偷偷去割，稻田主人发现，斥责他说：“小家伙不要动我的稻子！”陈伯之无赖地回答：“你的稻子这么多，割一担有什么要紧？”稻田主人准备捉住他，陈伯之就亮出刀子来，作势欲刺，说：“小家伙就是这样！”稻田主人被吓跑了，于是他慢慢挑着稻谷回家。长大后，他做了强盗，后来从军，打仗勇敢，慢慢混出来了，却还是流氓无赖的底子。但就是这样的人，也会被一段充满文采的话彻底打动，诚如法国大文豪雨果所说："语言就是力量。"

春秋战国时代，有一群把语言的力量发挥到极致的牛人，靠三寸不烂之舌混成高级干部。他们的职业叫"说客"。他们周游列国，跟君王聊天，或劝进军，或劝退兵，往往能奏效，这种聊天是卓有成效的。说客们可不是陈胜刘邦朱元璋面前的农民，他们都是出色的演说家、外交官、心理大师兼表演艺术家，直接影响到当时的风云变幻。

有个叫唐雎的牛人，被安陵国派遣出使秦国。安陵国是个小国，秦国久怀觊觎，企图威逼利诱，不战而得。秦王面对唐雎，完全不把对方放在眼里，一派你不配跟我聊天的架势，威胁要出兵灭掉安陵国。唐雎怒了，发表了一段著名的演讲：

此庸夫之怒也，非士之怒也。夫专诸之刺王僚也，彗星袭月；聂政之刺韩傀也，白虹贯日；要离之刺庆忌也，仓鹰击于殿上。此三子者，皆布衣士也，怀怒未发，休祲降于天，与臣而将四矣。若士必怒，伏尸二人，流血五步，天下缟素，今日是也。

这一番话，排山倒海，气势逼人，秦王给镇住了。类似唐雎这样的人，还有很多。所以刘勰在其名著《文心雕龙》里这样感叹："一人之辩重于九鼎之宝，三寸之舌强于百万之师。"

值得一提的是，唐雎跟秦王并非文绉绉地聊天，他像连珠炮一般向秦王抛出一串排比句时，还辅以"挺剑而起"的动作，秦王心慌了。

聊天的环境很重要。情人在彩霞满天的海边求爱，自然比在嘈杂的菜市场成功率要高得多。后人考证过，陈伯之是个文盲，他不认字，又怎么会被“暮春三月，江南草长，杂花生树，群莺乱飞”所打动？原因是，给他读信的人，声情并茂。古人讲究声律，苏东坡曾说过：“三分诗，七分读耳。”

关于聊天，后人更精确地总结出一个著名公式：信息沟通效果=7%的言词+38%的语音语调+55%的表情动作。遥想当年，应该是南北朝最著名的主播，酝酿了半天感情后，抑扬顿挫，热泪盈眶，在陈伯之面前念了这封信。

三

聊天交流，是需要很高技巧的，像高明的文书，把“屡战屡败”改成“屡败屡战”，感觉就完全不一般了。文字还是那些文字，但不同的组合，效果迥异。清代笔记小说《不下带编》曾记载了这么一个故事：明朝嘉靖皇帝召太医令徐伟诊脉，徐伟进殿后匍匐膝行，见皇帝坐在小床上，龙衣拖到地上，不敢以膝压衣，奏道：“皇上龙衣在地上，臣不敢前。”嘉靖皇帝马上拉了拉衣服，伸出手腕让徐伟诊脉。诊脉毕，徐伟回到值班室。皇帝下诏内阁重赏徐伟。徐伟见到诏书，惶惧失色，庆幸自己拣了一条命，以为有神灵在暗中保佑！

因为，诏书是这么写的：“伟适诊脉，称‘衣在地上’，足见忠爱。地上，人也；地下，鬼也。”也就是说，如果徐伟刚才不是说“衣在地上”而是说“衣在地下”，那就等于骂嘉靖皇帝是“鬼”了。嘉靖皇帝可不是什么好侍候的主，多疑，严苛，又迷信，所以徐伟吓出一身冷汗。

语言既是力量，同时又有“祸从口出”一说。古今中外，都对如何说话特别讲究，既要通过语言来表现自己，又担心言多必失，惹来大祸。比如，中国民间流传的“逢人只说三分话”“不要跟陌生人说话”。又如古埃及人很早就意识到话语具有多种神奇的功能，能够把身陷危险境地中的人拯救出来，也能够让那些逞口舌之快的人遭遇麻烦，甚至引来杀身之祸。古埃及文献中有这样的告诫：“恰到好处地说话是世上最难掌握的本领，谁驾驭了它，谁就能从中受益无穷。”

恰到好处地说话，难度太高了，所以很多人选择少说为妙。清朝乾隆、嘉庆、道光三朝元老曹振镛，用六个字概括了他毕生奉行的信条及官运亨通的诀窍——“多磕头，少说话”，并且以此教导其门生、后辈。他确实做官做得稳若泰山，皇帝也满意，他死的时候，道光帝还难过得哭了，说少了一个最懂自己的人。

但曹振镛作为如此重臣，在《清史稿》中只有不到千字之传。他确实没啥可写的事迹。多磕头，少说话，著名的庸才一个，又能有什么事迹呢？他当官只为逃避风险，以这种心态身居高位，个人是没啥风险，但国家的风险就大了。事实上，曹振镛给官场带来的不作为之风，危害巨大。他死后，被谥为“文正”。这是最高规格的谥号，可谓古代文人追求的最高哀荣，能获此谥号的少之又少，比如曾国藩，但曹振镛又怎么能跟曾国藩相比？所以后人讥讽说他“不文不正”。

不过，像“多磕头，少说话”这种极端自私的奴性与惰性，却被不少人奉为做人做事做官之圭臬，不求有功，但求无过，恨不能腿上绑护膝、嘴上戴口罩。相形之下，以“先天下之忧而忧，后天下之乐而乐”而千古流芳的范仲淹，则让人肃然起敬。

范仲淹文武双全，是当时大宋的栋梁之材。他“以天下为己任”，几乎不考虑个人荣辱，关乎国家大事，总是慷慨直言，坚持讲真话，由此得罪了不少人，他被当世视为“不会说话”的人，很多人感觉没法跟他聊天。他在仕途三起三落，都是因为爱说话、敢说话：先是因谏言太后还政，被贬；接着又在废郭皇后一事上二次被贬；此后，上《百官图》第三次被贬。后人笔记小说记载：范仲淹三次被贬，每贬一次，时人称“光”一次，第一次称为“极光”，第二次称为“愈光”，第三次称为“尤光”。

他自己固然“不以物喜，不以己悲”，但别人不理解，朋友也担心。有一次被贬后，在附近做县令的诗友梅尧臣，寄了一首《灵乌赋》给他：你老范在朝中屡次直言，都被当作乌鸦不祥的叫声，你这样下去，大伙儿还怎么能愉快地聊天呢？希望你拴紧舌头，锁住嘴唇，除了吃喝，只管翱翔高飞，寻自己的逍遥去吧。范仲淹立即回了一首《灵乌赋》：尽管人们怎样厌恶乌鸦的哑哑之声，我却宁鸣而死，不默而生！

“宁鸣而死，不默而生”，如黄钟大吕，响亮至今。

范仲淹逝后亦谥号“文正”，他是名副其实的。

四

古埃及人说：“舌头的灵活性决定其主人的成就。”但今天或许要换成这样的话了：“手指的灵活性决定其主人的成就。”

2015 年，美国摄影师皮克斯吉尔发布了一组名为《移除》的摄影作品，他拍摄日常生活的各种情景：同床共枕的夫妇，等待婚礼的新人，排排坐的小男孩，相拥的情侣，驾驶座上的司机……所有人都盯着各自手中的手机。当摄影师将他们的手机修掉以后，照片上每个人似乎都丢掉了灵魂。

这组作品在互联网上广泛传播，触动了很多人，也真实地剖析了我们身在其中的世界：我们的沟通方式，我们的聊天方式，还有我们的思考方式、生存方式，已经发生了巨大的变化。

是的，现代人越来越不习惯传统的聊天方式了，比如促膝谈心，如今是促膝看手机，近在咫尺的人被忽略，却通过手机生活在他处，寻找存在感。相比通话，人们更习惯通过文字输入来聊天，但用文字表达情感的能力，也在迅速退化，手机里那么多表情，用都用不完，是不是？

是手机依赖导致了语言表达能力的弱化，还是语言能力的弱化导致了手机依赖？或许手机的发明者预料不到：本来是为了方便人际交往而推出的手机，结果将人们从现实沟通推向了虚拟交流。很多人尤其是年轻人，现实中孤单寂寞，没时间谈恋爱，没时间会朋友，更没时间陪父母，但在朋友圈里热闹忙碌，发美颜自拍，发心灵鸡汤，发生活状态，给别人点赞，等别人给自己点赞……还有一条新闻说：一对年轻夫妻，同床共枕，却用手机互发信息道晚安，诚如一个段子所言："世界上最遥远的距离，不是生与死，而是我就站在你面前，你却在玩手机。"

还能愉快地聊天吗？

每逢春节难得的团聚聊天时光，手里是丢不开的手机，面前是热情关心你收入、前途、感情的七大姑八大姨，你又不能像陈胜刘邦朱元璋那样，还能愉快地聊天吗？

心存敬畏，是最好的孝道教育

关于“孝”的话题一直很热。比如，深圳一公务员殴打父亲辱骂母亲，引发一片鞭挞之声，最终以一幕苦情戏收场：父母原谅了跪地痛哭的儿子。某学会的慈孝文化专业委员会计划开展“中华小孝子培养工程”，据称该工程计划通过5年时间培养百万孝子，也引发一片争议：孝子能批量生产吗？

一

在中国传统文化中，“孝”是一个核心，既有理论的强调，又有典型的教育，还有法律的约束。孝的教育，可谓周密。

从孝道理论来讲，孔子起了相当大的作用，他认为，孝是一切道德的基础，是至善的美德。一个能侍奉双亲的孝子平时要以最诚敬的心情去周到地照顾父母；任劳任怨地服侍父母，精心照料；父母过世时，要以最哀痛的心情来追思父母。

古代有很多著名的道德典范，其中最具代表性的就是孝子。历史上最早的著名孝子应该是舜了。相传他的父亲瞽叟、继母以及异母弟象，多次想害死他：让舜修补谷仓仓顶时，从谷仓下纵火，舜很机智，手持两个斗笠跳下来，两个斗笠起了降落伞的作用，史上最早“空降兵”舜逃过一劫；后来，瞽叟又让舜掘井，瞽叟与象却往下倒土填井，舜掘地道逃脱。

这有些像西方童话故事，主人公在成长过程中要不断忍受折磨，甚至要一次次直面杀身之祸。跟西方童话《灰姑娘》中继母两个女儿被削足的悲惨下场不同的是，东方童话的结尾往往是皆大欢喜，孝心惊天动地，以德服人。在舜的故事中，他依然对父亲恭顺，对弟弟慈爱。完美的结果终于来了：帝尧听说舜非常孝顺，有处理政事的才干，把两个女儿娥皇和女英嫁给他；经过多年观察和考验，选定舜做他的继承人。舜登天子位后，去看望父亲，仍然恭恭敬敬，并封象为诸侯。

在中国的古籍中，有很多类似的孝道故事，甚至还有一本书叫作《全相二十四孝诗选》，即著名的《二十四孝》，是记载历代二十四个孝子孝行的故事集，虽然多是一些超现实主义的传奇，但依然成为中国古代宣扬儒家思想及孝道的通俗读物，影响深远。

除了正面的灌输，古代对不孝者也有严厉的惩罚，不像现在只是道德谴责。在古代，“忤逆”是一项罪行，而且是重罪，不孝顺父母者，尤其是对母亲有不孝行为的，父母可以到官府告子女“忤逆”，子女会受到最严厉的刑罚惩处。此外，还会株连县官，同时，县衙门的鼓楼要被截角，因为县里出了逆子，是一县老百姓的耻辱。要等今后县里出了孝子，申报朝廷获得旌报，方能将被截的鼓楼角恢复。所以，可以理解为什么古时忤逆大案少而传奇孝子多，因为孝子数量是大小官员们都追求的政绩。

二

除了个别重口味者，古代君主对朝臣的个人品德极为重视，朝臣的个人品德，重点就是“孝”。汉朝选拔官员，还有“举孝廉”之举，没有口才，没有文笔，也没有背景，没关系，只要你是孝子，就可以在大汉朝为官。其中的逻辑就是：孝敬父母者，自然对老百姓好，当然，更重要的是也会忠于皇帝。

孝同时体现在父母健在与过世时儿子的表现，古时官员孝道的一大硬指标就是所谓“丁忧”——朝廷官员的父母亲如若去世，无论此人任何官何职，从得知丧事的那一天起，必须回到祖籍守制 27 个月，也就是回籍守丧。

今人看来，这是一个很奇特的制度。两个官员在拼命竞争时，一方突然像“我们都是木头人”中的那个木头人，被施了定身法，眼睁睁地原地不动 27 个月。所以，对于那些孜孜以求功名的官员们来说，父母是否长寿，也是一种运气了。

与“丁忧”相对的是“夺情”。丁忧期间，丁忧的人不准为官，如无特殊原因，国家也不可以强招丁忧的人为官，因特殊原因国家强招丁忧的人为官，叫作“夺情”。简而言之，忠孝不能两全，忠排在前。

古代最著名的夺情故事，发生在明代张居正身上，引发了一场政坛风云。万历五年（1577 年）九月十三日，张居正的父亲张文明病死。按照祖制，张居正必须回老家江陵服丧，期满后才可回京继续做他的首辅——当时一人之下万人之上的显赫职位。但是张居正怎么舍得走啊，他费尽九牛二虎之力，刚登上巅峰，正顾盼自雄要做一番大事，离开三年，再回京城早就是另一番格局了，不能走，不能走。但祖制在上，又怎么能不走呢？

张居正有办法，“夺情”这话他不能说，只能暗示别人说。他找到了同党大宦官冯保出面挽留。冯保传中旨，命吏部尚书张瀚奉诏留张居正。张居正本人也一再要张瀚以吏部尚书的身份出面留他——吏部尚书，管朝廷人事的，提这个建议挺适合，然而张瀚却是个有骨气的官员，始终不为张居正所动。户部侍郎李幼滋想要讨好张居正，首倡夺情之议。内阁大臣吕调阳、张四维首先附和，并引前朝事例，请张居正夺情视事。御史曾士楚、吏科都给事中陈三谟亦上疏请留，自此，“和者相继”。

但是明朝就是那么一个党争甚烈的时代，擅长揣摩上峰意图的人很多，不愿看领导脸色行事的大臣也有的是。当年十月十八日，翰林院编修吴中行上书弹劾，说张居正夺情是违背“万古纲常”。第二天，检讨赵用贤上书，认为不能援引前朝故事为张居正夺情制造根据。十月二十日，刑部员外郎艾穆、主事沈思孝联名上书，弹劾张居正夺情是“贪位忘亲”——这四个字相当狠辣，然而精确。张居正大怒。十月二十二日廷杖吴中行、赵用贤各六十，艾穆、沈思孝各八十。这四人都被打得气息奄奄，不成人形，旁人都不敢多看一眼。

打屁股仍然不能阻止大臣提意见，于是反对者接着被打屁股。这其实是张居正与对手们的一场斗争，他想找理由留下来，对方想找理由让他消失。闹到最后，皇帝亲自出面，说张居正“亲承先帝付托，辅朕冲幼”，“朕深切依赖，岂可一日离朕”，命张居正在官守制，“夺情”风波才算平息了下来。直到次年三月，张居正才归家葬父。朝廷内外对“夺情”一事议论纷纷，反对张居正者抨击他是“贪位忘亲”，置“万古纲常”于不顾。张居正虽成功“夺情”，仍旧独执大权，但这件事也成为他死后被论罪抄家的祸根。

私德与其作为，其实并无必然联系，但往往被强行挂钩。所以，在古代官场上，“孝”还真的被当作一件武器，杀伤力惊人，就是君主帝王，也要受制于它。南北朝时期刘宋王朝的后废帝刘昱性情残暴，有一次王太后赐给他带有玉柄的羽毛扇，刘昱嫌扇子的玉柄太粗糙不华丽，因此就想害死王太后，命令太医去煮毒药，不过他的手下还是比较理智的，赶紧劝他：“若行此事，官便应做孝子。”意思是说：您要是真的把太后毒死了，那您就要为太后守孝了，怎能继续到处去游乐？刘昱一听觉得有道理，于是罢手。

三

按某学会的宏伟蓝图，孝子能够大规模批量生产吗？

父母与孩子的真挚情感，从来都能够直抵灵魂深处，产生巨大震撼。在生活节奏加快、大家庭瓦解、传统乡土社会与道德观念分崩离析的今天，“孝”字弥足珍贵，但也遭遇了前所未有的挑战。现在社会既缺乏适应这个时代的孝德教育，又缺乏对不孝行为的约束，甚至连褒扬与谴责的舆论场也已有些式微。

佛教故事里有一个“忤逆不孝来生变猪”的传说：讲的是清朝康熙年间，邯郸有个不孝子侯二，待人极为刻薄，吝啬异常，一天因为母亲施舍乞丐而拳打老母。侯二的忤逆不孝，很快就得到了报应。不久以后，他全身生了很多的毒疮，脓血淋漓，痛痒交加，痛的时候痛彻心扉，痒的时候痒入骨髓，终日呻吟呼号，有如置身活地狱一般。虽经名医诊治，投以清火解毒的药剂，可是侯二吃了很多，病势也不见减轻，病了一个多月，竟全身溃烂而死。死后托梦给儿子："我生前因为对你祖母忤逆不孝，昨经阎罗王审判，说我罪大恶极，要罚我投猪。我犯了忤逆不孝的罪行，现已后悔莫及，希望你好好孝顺母亲和祖母，不要蹈我覆辙。明天早晨京师宣武门张姓屠夫家中，有一只大母猪就要生产小猪。其中最瘦的一只就是我，你速到张家去赎回，救救你的父亲。"他儿子第二天果然在张屠夫家找到了一头小瘦猪，于是便把这故事广泛传播，让世人知道不孝的悲惨下场。

古人知识面远不如今人，但他们因此产生的敬畏感，今人除感觉愚昧的一面之外，或可视为道德警示。这类故事或可让古人为之悚然，而今人只是付之一笑。追逐金钱权力，蔑视金钱权力之外的所有一切，谈何孝子培养？

现在社会不需要荒诞的"割股救母""彩衣娱亲"，但更不需要殴打辱骂父母之辈。希望有更多更有效的孝道教育，但不要沦为一场新的敛财游戏。

如何才能控制炫耀的冲动

谁能想到，2020年竟然如此开局？新冠肺炎疫情来势汹汹，又恰逢中国人最重视的农历春节，熙熙攘攘的大街如今空荡荡，人们只能戴着口罩出门……

如此不真实，却又如此真实。

在众志成城抗击疫情的同时，人们也在沉痛反思，比如，“吃野味”的陋习何时才能根除？

细究嗜食野味之心理，或是猎奇，或是误以为有“特殊功效”，无论何种原因，背后都有一层炫耀心理：你吃不到，我吃得到，我赚了，我优越。

“炫耀”，真是人性中非常奇特而又根深蒂固的一个特征，影响深远，甚至因为炫耀改写了历史。

一

炫耀，可分为三方面：一是熟人圈炫耀，二是同量级炫耀，三是权力炫耀。

先说熟人圈炫耀。这方面最典型的，当然是西楚霸王项羽了，他有句名言："富贵不归故乡，如衣绣夜行，谁知之者！"这句话的背景是：鸿门宴上，刘邦逃过一劫，赶紧率部跑路，把关中给让了出来。项羽引兵进了咸阳，大肆屠戮，放了把大火，掳掠了秦朝的财宝美女，往东走了。有人赶紧劝他："别走啊，关中是个好地方，有山河为屏障，四方都有要塞，土地肥沃，可以建都成就霸业。"

但项羽想的不是成就霸业，或者他以为已经大功告成了，要赶紧回老家炫耀一把。"富贵了，不回老家，跟穿着一身漂亮衣服却在晚上行走有啥区别？"必须要显摆，必须要让老家那些人看到，必须要让他们羡慕嫉妒恨！

假如定都关中，项羽不是照样可以在关中人面前显摆吗？不行，因为关中人以前不认识项羽，必须在熟人面前才有感觉。

马克思说过："人的本质是一切社会关系的总和。"社会属性是人的本质属性，一个人多多少少都得在乎他人的感受。"他人"，不是陌生人，而是熟人。

项羽的社会关系，是在老家建立的。有人曾轻视、瞧不起他，也有人赏识他，帮助过他。现在，他要衣锦还乡了。他要让曾经赏识他的人欣慰，让曾经鄙视他的人羞愧，让家乡那些没有出过远门、没有经历过大事的芸芸众生，对他顶礼膜拜……

这一系列复杂的心理活动，只能在熟人间完成。如果项羽生在当代，完全可以定都关中，然后在朋友圈里图文并茂地发布自己暴虐咸阳的内容，点赞者、奉承者绝对成瀑布流了。

网络技术的发展造就了一个虚拟空间，现代人借助虚拟空间，极大拓宽了自己的社会交往。炫耀在现代也可概括为"群圈化传播"，即在微信群和朋友圈中炫耀。新冠疫情暴发之后，那些曾经在朋友圈、微博晒过吃油炸蝙蝠的，顿时成了过街老鼠，忙着删删删，出来道歉。

项羽是泗水下相（今江苏宿迁）人，他放弃了建都关中的最佳选项，喜滋滋地回到老家，定都于彭城（今江苏徐州）。历史证明这是项羽的战略失误。

史载，项羽还把建议他定都关中的聪明人给扔进锅里煮死了，因为后者见项羽没采纳其意见，说了句牢骚话："人言楚人沐猴而冠耳，果然。"项羽听了，大怒：怎么能把我这样功勋盖世的霸王，比喻成戴了帽子的猴子？

后来，项羽兵败，宁可乌江自刎，也没听乌江亭长的建议，回到江东以图东山再起，因为"无颜见江东父老"。

咂摸项羽热衷炫耀的一生，才能理解他的悲壮结局。

再说同量级炫耀。炫耀之发生，除了是在熟人社会，还多是在同一个阶层中。比如，在西晋那个三观混乱的时代，有个以"斗富"著称的炫耀狂石崇。

石崇斗富，只跟与自己差不多量级的王恺斗，他不敢跟皇帝斗，更不会在大街上随便拉一个老百姓来斗。

鲁迅先生笔下，写过阿 Q 与王胡比赛捉虱子，阿 Q 一向瞧不起王胡，不料王胡捉虱子比他稳准狠，更忍受不了王胡身上的虱子居然比他身上的大。他认为这是王胡的一种无耻炫耀，于是大战一场。阿 Q 不会跟太爷和假洋鬼子比赛捉虱子，他的对手只有王胡、小 D 一类。不是同一量级或者同一阶层的炫耀，容易翻车。

陈胜称王后，脱离了农民阶级，昔日发小寻来，陈胜带他游宫殿，自然也有些炫耀的意思，但这发小不识趣，羡慕之余，滔滔不绝地讲陈胜的陈年糗事，陈胜很郁闷：本来是让你开开眼，谁让你瞎扯这些？在身边小人唆使下，他居然把发小杀了，从此失了人心。想想也是，“鸿鹄”与“燕雀”根本就不是一个量级的，谁找谁炫耀，都是自讨无趣。

最后再讲讲权力炫耀，这是诸般炫耀中最常见、最“情不自禁”，但也最危险、最容易翻车的一种。权力是把“双刃剑”，需要正确使用，需要监督制约。

不受监督约束的权力，是毒药；炫耀，就是毒药上裹着的一层诱人糖衣。

二

炫耀的心理，究竟是如何产生的？

心理学家阿德勒在《自卑与超越》中说：炫耀的本质就是自卑，因此喜欢过分炫耀的人，通常自卑感强烈。这话很精辟，《红楼梦》中男主角贾宝玉就不会去炫耀身边有多少美女，家里有多少珠宝。

因为自卑感强烈而热衷过分炫耀的人，都有些啥人？

明朝初年的大太监王振，可对号入座。王振原本是蔚州（今河北蔚县）一个落魄的乡村教师，被人瞧不起，他也自认为靠走科举这条独木桥出人头地，实在道阻且长，于是毅然自宫，进了皇宫。

明初太监有文化的很罕见（源于朱元璋的规定，防止太监干政），王振在读书人中不算什么，但在一群文盲太监中，就堪称大有学问了。加上王振“狡黠”，善于伺察人意，入宫后颇得明宣宗喜爱，被安排服侍皇太子朱祁镇，也就是后来的明英宗。朱祁镇继位后，王振成了他最信任的人，称他为“先生”，悲剧的种子也因此埋下了。

导致明朝国运转折的“土木堡之变”，其实完全可以避免。即使在悲剧即将发生时，也有机会可以避免。毁在王振，死要面子，死爱炫耀。他怂恿皇帝亲征瓦剌，带着明朝精锐，浩浩荡荡出了京城，到了大同，感觉不妙，准备退兵。

生死存亡时刻，王振还一心要炫耀，想从紫荆关（今河北易县西北）退兵，以便途经他的家乡蔚州，让英宗驾幸他的府第，向家乡父老显示自己的威风，一扫当年自卑——“瞧瞧，当今天子都是我学生”。

结果走了 40 里，王振又忽然想起，大队人马经过蔚州，一定会损坏他家乡的田园庄稼，于是又火速传令改道东行，向宣府（今河北宣化）方向行进，结果被瓦剌军队追上。

即使如此，还未到不可挽救之时。明英宗有机会退入居庸关（那就意味着平安），但王振考虑到有几辆大车未跟上，那可满载着他一路搜刮和地方孝敬的财宝，于是让大家停下等候，夜宿土木堡，结果陷入重围。然后，就没有然后了。

无疑，太监王振是个很自卑的人，他有着不堪的过去，只能依靠炫耀权势、皇帝和金银财宝这些身外之物来证明自己今天的优越感。

追求他人面前的优越感，是炫耀行为的本质。细究之下，炫耀心理有这么一个逻辑：与众不同→高人一等→我比你牛→你服不服。前三者是层层递进的自我心理推论，“你服不服”是终极目标。比如，分析“野味”嗜食者的心理，无外乎“物以稀为贵”，野味很难吃得到，价格昂贵，有时吃起来还有点法律“小风险”。所以，“一般人都吃不到”，咱能吃到，咱就不是“一般人”。

这样的场景很多：几个人闲聊，有人不经意间说起自己曾吃过种种天上飞的、地上跑的，其他没吃过的人听其描述，垂涎欲滴，满眼羡慕。吃野味，俨然成了一种炫富，甚至暗示权力的行为。

当然，嗜吃野味者，除了不是“一般人”的感觉所带来的精神愉悦外，更重要的是自以为的身体收获——“野味”功效独特，“大补”，炫耀行为由此有了清晰的逻辑，这也是炫耀者动物性本能的显现：我吃了，我补了，我壮了，我身体比你好，我更能吸引异性。

什么叫“炫耀者的动物性本能”？美国学者纳塔莉·安吉尔在《野兽之美》一书中，列举了繁殖季节大量雄性禽类动物通过炫耀羽毛或啼声来吸引雌性的案例，羽毛越绚烂，啼声越响亮，对雌性的吸引力就越大，一起生下第二代的可能性也越大。

英国动物学家德斯蒙德·莫里斯在《裸猿》一书中则做了更有趣的探讨，他写道：人类虽是一种高级动物，但也是从低等进化而来，今天的很多习惯做法，可能有着古老的基因背景。说来说去，都是自私的基因在作祟：在激烈的竞争中，找到身体好的另一半，才能把自己的基因传续下去。

炫耀，是人的一种本能，由来已久，遗憾的是，变异了。相比洪荒年代站在异性面前骄傲又质朴地炫耀着健硕身体的原始人，当前试图靠吃“野味”来“补身子”的人们，多么猥琐啊！

三

“野味”很美味吗？否，野生动物生长的环境和饲养的动物完全不一样，饲养的动物，就是为了给人类提供食物，而野生动物是为了活着，一身肌肉，没有什么脂肪，肉质柴而紧。“野味”很有营养吗？否，所谓通过“野味”来“进补”，堪称最荒谬的养生方法。

相反，食用野生动物，一方面导致某个种类的动物濒临灭绝，另一方面引发的恐怖传染病，触目惊心。恩格斯说得太对了：“我们不要过分陶醉于我们人类对自然界的胜利。对于每一次这样的胜利，自然界都对我们进行报复。”

由此来看人类炫耀种种，多数是自我欺骗，格外荒谬，完全经不起时间考验。一个昨天的炫耀狂，到今天或许就会捂脸长叹：我咋这么愚蠢呢！

蒋雯丽主演过一部电影《立春》，讲 20 世纪 80 年代小县城文艺青年们在梦想与现实之中的挣扎。片中有个县城群众艺术馆的舞蹈老师，老是穿着一条紧身的白色芭蕾舞蹈裤，处处遭受县城人的嘲笑。事实上，即使在个性彰显的今天，一个男人穿这么条裤子，也难免让人瞠目结舌。但是在许多年前，比如 18 世纪前后的法国，贵族男人流行穿一条绷得纤毫毕现的白色紧身裤，想想那画面，也是醉了。今天看来，男人穿白色紧身裤，不仅是邪恶的审美，而且会给健康带来很大隐患。

流行，永远是炫耀的主题，以前有句俏皮话：“流行都是好的，除了流行性感冒。”其实，很多流行的又被用来炫耀的，也不是好的，而是无意义甚至是有害的。比如，古罗马贵族女人们，流行美白。但她们居然用铅来美白，铅是有毒的，日积月累几代人，恶果终于爆发，很多女性失去生育能力，仍保持生育能力的，生出了很多低能儿。

可以说，炫耀行为虽然跟悠久的人类文明如影随形，但有时也是一种时代病。比如二战时的日本军人，大凡有点级别的，都喜欢随身挎一把军刀，盟军就很纳闷：一些飞行员，为什么也要挎把长长的军刀？结果该跳伞时跳不出来，被军刀卡在窄小的机舱，活活烧死。名著《菊与刀》说得很清楚，“刀”是武士道文化的象征，对于日本军人来说，挎一把长刀，远远超过了武器的意义，更多是身份的炫耀。

炫耀无意义，又有代价，为什么人们还不能免俗？说来说去，还是追求虚幻的优越感。法国文豪莫泊桑写过一篇短篇小说《项链》，讲小公务员的妻子玛蒂尔德为参加一次晚会，向朋友借了一串钻石项链，来炫耀自己的美丽。不料，项链在回家途中不慎丢失。她只得借钱买了新项链还给朋友。为了偿还债务，她节衣缩食，为别人打短工，整整劳苦了十年，美貌不再。最后，得知所借的项链，原来只是一串假钻石项链。还有比这个更能精辟说明炫耀行为的荒谬吗？

四

如何控制炫耀的冲动？不是件容易事。

经济学家完全可以开发一个公式，让炫耀者炫耀之前，套用这个公式，来计算一下“炫耀成本”，大抵是炫耀行为带来的优越感减去可能带来的麻烦，如果是负数，那就不要炫耀了。

已故作家王小波写过一个关于他弟弟的故事：

困难时期，有一天开饭时，每人碗里有一小片腊肉。我弟弟见了以后，按捺不住心中的狂喜，冲上阳台，朝全世界放声高呼：我们家吃大鱼大肉了！结果是被我爸爸拖回来臭揍了一顿。

可以想象，王弟弟以后会长记性，毕竟精神上的片刻愉悦，换来的是肉体上的痛苦，当天连一小块腊肉都可能遭罚没了，还是埋头吃肉最安全。中国人的处世之道，一直推崇“闷声发大财”，不是没有道理的。

但是，有的时候，相比于一个城府极深的“闷声发大财”者，人们更觉得一个快快活活的炫耀者更安全，这就是人性的复杂——既反感动不动就炫耀的人，又对沉默而不可捉摸之人心生恐惧。后者，往往不是大德大善，就是大奸大恶。

这个问题，还是得靠法律来解决，惩戒那些通过不法手段“闷声发大财”的人，也给热衷炫耀者，划下一条红线。

新冠病毒疫情发生以来，如何有效保护野生动物的呼声，空前高涨。十三届全国人大常委会第十六次会议于 2020 年 2 月 24 日下午表决通过了《关于全面禁止非法野生动物交易、革除滥食野生动物陋习、切实保障人民群众生命健康安全的决定》。这是很重要的信息，没有嗜食“野味”的老饕，就没有买卖，没有买卖就没有杀害。

用法律管住这些食客炫耀性消费的嘴，让他们吃得爽、罚得惨，从此不敢以身试法。“不能吃，不敢吃，不愿吃”，通过法律约束，逐步形成习惯，从文化上来改变这一陋习，才是保护野生动物的治本之策。

当然，法律红线之外的有些炫耀，法律还真管不着，归根结底是一个“三观”的问题。既考验炫耀者自身的“三观”，也考验一个社会的“三观”。

“炫耀”是个贬义词，相对应的中性词是“表现”，而褒义词应该是“彰显”了。人总是不断追求变得更好，通过自我表现来获得更多机会。这种心态，甚至是人类文明进步的一种动力。马斯洛需求层次理论很精辟地指出：人的需求，从低到高，依次分为生理需求、安全需求、社交需求、尊重需求和自我实现需求。炫耀涵盖了社交需求、尊重需求和自我实现需求，也有一部分是安全需求，毕竟有些人要通过炫耀来寻找安全感的。比如电视剧《新世界》中，那个让人憎恨的铁林，完全是靠炫耀权力来支撑着自己的存在感。

如何界定是积极的表现还是刻意的炫耀？实事求是很重要，尊重初心很重要，本性流露很重要。

《野兽之美》写道：雄鸟热衷于在雌鸟面前炫耀自己绚烂的羽毛或高亢的啼声，是因为雌鸟懂得欣赏这种美。雌鸟有个基本的共识：拥有绚烂羽毛或高亢啼声的雄鸟，年轻健康，值得交往。这是一个健康的鸟类社会，能够健康发展，生生不息。一个健康的人类社会也是如此，对于生命与美，对于公序良俗，有基本的共识。

疫情无情，却也让人们有机会脱离浮躁，进行很多基于人类本原的反思。相信这种反思，会让疫情之后我们身处的这个社会更健康。比如，以后再有剔着牙炫耀吃了野味的食客，没有人觉得他厉害，而会把其炫耀行为视为丑恶表演，怒斥：太缺德！

为什么人“丑”就要多读书

突然发现，中国涌现了一个庞大的热爱跑步的人群，奔跑已经成为很多人的生活方式。为什么爱上了跑步？原因很多，有句调侃最得人心：体胖还需勤跑步。别忘了，“体胖还需勤跑步”的下一句是“人丑就要多读书”。

一

清晨，淅淅沥沥的雨中，一个人类的孩子将一本厚厚的书送给了一头名叫毛里斯的红毛猩猩，并翻开书，教它认字。

这是好莱坞大片《猩球崛起 2：黎明之战》中的一个镜头。结合整部电影来看，这个镜头尤显意义非凡。《猩球崛起》系列是科幻片，但更像预言片，明面上说的是人与猩猩的关系，其实暗含着人类起源与进化的故事。

《猩球崛起 2：黎明之战》接着上一集的故事开始：致命病毒“猿流感”弥漫全球，遭此横祸的人类只有一小部分幸存下来。猿族首领凯撒（由人类养大，对人类情感复杂）在深山密林中建立了自己的猿族家园，过着幸福平安的生活。

然而随着一小队人类的到访，他们的宁静被打破。在接踵而来的人猿大战中，人类与猿类内部均各自分成了主和与主战两个阵营。凯撒希望与人类和平相处，但猿二号科巴因小时候被迫成为人类的实验品，遭受过虐待，所以对人类充满仇恨，渴望开战。在随后的剧情中，科巴凭借阴谋推翻了凯撒，夺得宝位，率猿军杀向城市。智商最高的是毛里斯，它类似猿类王国国师的角色，为首领出谋划策，还教小猿类识字——没错，教它们识字。

这完全就是无数年前原始社会人类挣脱愚昧时代之前夜的缩影：发明文字，传授知识。文字的出现，是人类社会步入文明时代的一大标志。

日本作家斋藤孝在《阅读的力量》一书中表示，读书不仅仅是一种兴趣、一种爱好、一种方法，更应该是一种能力。这种能力可以形成改变思维的能力、提升交际的能力、构成个人“进化”的能力。

只是在电影中，这一切发生在未来某一年的猿类社会。跟人类社会一样，猿类社会也很不团结，像科巴这样的“老二”，扮演着人类社会中屡见不鲜的野心家。

当然，这是一部正能量的电影。在人类与猿类均付出惨重代价后，阴谋家即便费尽心机还是失败了，凯撒因为得到人类的帮助而成为笑到最后的胜利者，毛里斯在其中起了重要作用，它在科巴夺权后带领一众猩猩宁可被关起来也不愿成为走狗，对前主忠心耿耿，并在关键时刻用自己的智商战胜了对方的蛮勇。

这其实说的就是知识的力量。

《猩球崛起 2：黎明之战》可以做各种解读，例如科巴是悍勇却保守的，对人类充满仇恨，它对人类的认知仅仅停留于像人类一样抠动扳机开枪杀人，也就是说，只停留在“器”这个最低层面，却不知上面还有“术”，往上还有“法”，最高的还有“道”。相比之下，凯撒与毛里斯，学习的境界就高多了。

在这部电影中，科巴是诸猿之中模样最为丑陋的一个，它为了骗取人类枪支，假装小丑模样，被骗枪的傻哥们开心地叫它“丑宝宝”。旋即，“丑宝宝”以特别不被人关注的方式开枪杀掉了第一个人，然后用武器库里的枪支武装了更多的战斗猿，开始杀戮更多的人类。

但杀戮带不来进化，进化需要学习。这部电影讲的是进化与文明的故事。人丑就要多读书，猿类也一样，所以最后“丑宝宝”挂了。

“人丑就要多读书”中这个“丑”，不限于颜值这个层面，更多指向人在社会中所陷入的某种困境，比如电影《肖申克的救赎》中的那个男一号——安迪。入狱前，安迪是一个银行家，收入丰厚，受人尊敬。但蒙冤入狱后，原来的环境已经彻底被摧毁，他陷入了绝境。灰褐色的监狱，是个隐喻意义强烈的所在：在这里，囚犯被打回动物原形，文明在此不起任何作用，完全是丛林法则中的弱肉强食，没有道德约束而又膀大腰圆的恶人，在此处于食物链的顶端，横行无忌。

《肖申克的救赎》改编自斯蒂芬·金的同名小说，这是斯蒂芬·金为数不多的没有涉及恐怖或者灵异题材的小说，但从另一个层面上说，这同样是令人毛骨悚然的恐怖题材。

试想，这完全像一场噩梦：人类文明社会的规则在这里统统不起作用，你读了再多的书、知识再渊博，也不如一个没有任何底线的文盲恶棍。

但是，这部电影最打动人心之处，恰恰在于绝境中心存希望，而最终变成一个知识改变命运的励志故事。因为一次劳役时听见狱警在埋怨自己的税额过高，安迪主动插话提供帮助——在监狱里囚犯试图跟狱警说话，是要冒着巨大风险的——但前银行家安迪毕竟深谙如何用利益打动他人之道。很快，他开始替越来越多的狱警处理税务问题，然后是小孩升学、洗黑钱……他读过很多书，其他人没有，这是他的优势。

他不用再承担繁重的体力劳动，还巧妙地借狱警之手打残了监狱恶霸——在没读什么书的狱警眼中，读过很多书的安迪，能够帮他们解决他们无法解决的问题，其重要性自然远远超过一个没读过什么书的囚犯。虽然这个囚犯孔武有力，但在狱警眼中，他也不过是一只强壮的蟑螂。

安迪凭借知识在监狱里为自己赢得了地位。但他深知，监狱长和狱警们也深知：即便他很重要，但他还是动物。或许只是从一只羸弱的蟑螂，变成一只智慧的狐狸，但还是动物。狱警们再粗鄙无知，安迪再学富五车，前者仍然掌握着后者的命运。

在深陷牢狱的漫长岁月里，安迪始终在为能够自主掌握命运亦即重获自由而默默努力，他不是一个书呆子，他知道行动的重要性。当他最终逃出生天，气急败坏的狱警才发现了他越狱的工具——嵌在《圣经》中的一把岩石锤。

这是一个读书人像蚂蚁一般的艰难自救。

在电影史上，《肖申克的救赎》拥有超卓的地位，人们有如此高的评价，恐怕还来自这部电影给人的代入感：如何用顽强突破逆境，如何用知识改变命运。所以，电影中很多场景，让人激动不能自抑，例如，安迪因为在监狱里放歌剧唱片而被关禁闭，但他说：“这就是意义所在。你需要它，就好像自己不要忘记。不要忘记世上还有不是用石头围起来的地方。不要忘记自己的内心还有你自己的东西，他们碰不到的东西。”

就像玄幻小说中的情节：一个人，即使被噩运冲击得支离破碎，但只要保有元神，终会留住一线生机，以待日后复原。是的，元神，最珍贵的教养、学识、智慧……这是外界碰不到的东西。

二

明朝人曹臣编有一本《舌华录》，上面记有这么一则轶事：

苏轼一日饭后散步，拍着肚皮，问左右侍婢：“你们说说看，此中所装何物？”一婢女应声道：“都是文章。”苏轼不以为然。另一婢女答道：“满腹智慧。”苏轼也以为不够恰当。爱妾朝云回答说：“学士一肚皮不合时宜。”苏轼捧腹大笑。

这笑，其实很酸楚。苏轼以潇洒风流著称于世，是中国古代读书人的典范。但他恰恰因为书读得多了，独立思考能力强，拒绝随波逐流，先是批评如日中天的王安石，因此吃尽苦头，险些丧命；王安石倒了，那个小时候砸缸砸出名的司马光逆袭成功，正红极一时呢，苏轼又开始跟司马光唱起对台戏来，确实“不合时宜”，仕途再遭挫折。

是的，读书往往并不会让一个读书人拥有比从不读书的村夫农妇更娴熟的趋利避害的能力，反而因为读书多了，更不甘心于苟且偷安、听天由命。

苏轼曾写过一首诗，开头两句就是“人生识字忧患始，姓名粗记可以休”，可谓字字沉痛。

苏轼是一类读书人，严嵩是另一类。

笔者若干年前曾游江西新余，驱车于乡间公路，忽然看见有一行简陋石刻，上写“宰相读书洞”，问同车的本地朋友是哪位宰相。朋友面露窘色，顾左右而言他，始终不予正面回答。后来笔者查阅资料，才知道此宰相原来是严嵩，当年曾在此山洞苦读。如果不是奸臣，严嵩绝对也是中国古代读书人的典范：布衣出身，刻苦攻读，9岁入县学，10岁过县试，19岁中举，25岁时考中进士，从此步入官场。相比苏轼，严嵩很会“做人”，心机缜密，城府极深，因此几经周折，位极人臣。但他最终背负奸臣之名，饱受唾骂，儿子被诛，他被削官还乡，以八旬高龄，寄食于墓舍，死时甚至无棺木下葬。

电影《生死朗读》，讲的又是另外一个关于读书的故事：二战结束之初，德国少年米夏和一名比他大21岁的中年女子汉娜展开了一段疯狂的忘年恋，汉娜特别喜欢在激情之后，倾听米夏慢慢朗读文学名著中的经典篇章给她听。

某一天，汉娜失踪了，当两人再次见面时，是在八年之后，米夏作为法律系大学生，在旁听一次对纳粹战犯的审判时，见到了审判席上的汉娜，后者因为在战争期间担任集中营警卫而成为被告……

汉娜由因主演《泰坦尼克号》而出名的凯特·温斯莱特饰演，在《生死朗读》中，她倾听少年情人朗读时的表情，那满眼的温柔和热爱，令人难忘，她那么喜欢书上的故事，像个孩子似的时而痛哭，时而大笑。

但直到审判席上，米夏才发现一个秘密：汉娜居然是个一字不识的文盲。他终于明白了，汉娜为什么不看他的旅行计划，为什么会在拿到菜单时神色紧张，为什么总是不厌其烦地听他朗读……

但更震惊的事情是，汉娜为了隐藏自己是文盲这个秘密，不愿提笔在白纸上写下黑字做笔迹比较，坦然认罪，甚至跟她无关的罪名，也背了下来。

米夏本来可以说出真相，但他既震撼于汉娜的过往，又担心彼此间的事情暴露，最终没有发声……汉娜被判终身监禁。

故事并未结束，在复杂的情绪中，米夏开始给狱中的汉娜寄自己朗读的磁带，让她通过磁带和书的逐字对比学会了阅读和书写。汉娜开始给米夏写信，但米夏从未回信。

20 年后，汉娜即将提前出狱，米夏在监狱催促下前去监狱会面。他们终于见面了，她已白发苍苍，而他冷漠敷衍，不愿回忆过去。她伸出手来，他犹豫着握住，却始终没有给她一个拥抱。出狱前夕，她踩在他寄进监狱的一堆书上，自缢身亡。

这是一部意蕴庞杂的电影，人们进行了各种解读，诸如像汉娜这样的一字不识的德国普通人，是如何扭曲了人性作为纳粹帮凶卷入犯罪。而像米夏所代表的德国战后一代人，又是如何看待前一辈人集体犯下的罪行。

其实，也可以从读书的角度，来看待这部电影。

如果汉娜始终是个文盲，她或许能够挨过这漫漫牢狱生涯，但她在狱中学会了阅读，她读了很多书，她的内心受了很多煎熬，她那般怀念那个曾经为她朗读、如今给她寄来磁带和书本的少年……她终于绝望，她曾经渴望的读书识字，并不像她之前想象的那么美好。

没有人否认，读书能够改变一个民族、一个国家。

德国大诗人席勒，将18世纪视为“一个被墨渍铺盖的世纪”“一个读书成瘾的世纪”，并认为是阅读塑造了当时强盛的德国。

在二战时的汉娜那一代德国人中，像她一样的文盲并不多，但即便是受过良好教育的人，为什么依然成为希特勒的帮凶？这是德国人至今还在反思的话题。

无疑，读书是很美好的，但不能神化读书的作用。读书，并不能彻底改变人类丑陋的一面。

三

读书不能彻底改变人类丑陋的一面，但不读书，人类肯定会更丑陋。

“文革”之后，中国人曾经有过非常美好的读书时光，由此获得的精神盛宴，构成并不充裕的物质生活的另一面。稍稍上了点年纪的人，都有刻苦攻读的美好回忆。读书人，一度是备受尊敬的。

路遥的长篇小说《平凡的世界》，曾这么描写农家青年孙少平在城里建筑工地当小工时依然不忘读书的场景。当时女大学生田晓霞和孙少平的哥哥孙少安在一个还没竣工的楼房的一间屋里找到了孙少平：

孙少平正背对着他们，趴在麦秸秆上的一堆破烂被褥里，在一粒豆大的烛光下聚精会神地看书。那件肮脏的红线衣一直卷到肩头，暴露出了令人触目惊心的脊背——青紫黑瘢，伤痕累累……

这是一个心灵与肉体对比非常强烈的画面，震撼了读者，也震撼了田晓霞。她马上付诸行动。孙少平与哥哥分别后回到自己的住处：

当他进了自己那个门窗洞开的房间后，吃惊地站住了。他看见，麦秸草上的铺盖焕然一新。一块新褥子压在他的旧褥子上，上面蒙了一块淡雅的花格子床单，那块原来的破被子上摞着一床绿底白花的新被子……一切都像童话一般不可思议！孙少平刹那间明白了这是怎么一回事。他一下子忘情地扑倒在地铺上，把脸深深地埋进被子里，流着泪久久地吸吮着那股芬芳的香味……

是的，田晓霞——省委副书记的女儿——爱上孙少平了 。当年凤毛麟角的女大学生，还是高干的女儿，为什么会爱上一个建筑工地的小工？因为他爱读书，他有志向，他有光明的未来。

那个热爱读书的黄金时代，还会重现吗？

科学

先进与落后

一边是满汉全席，一边是珍妮机

十八大后，朴实之风扑面而来，从中央开始，厉行节俭，尤其在迎来送往、宴请接待方面，上行下效，对喜好铺张的官场习气，是一次从上而下的洗涤，令人赞赏。

一

朴实与奢靡，决定了国家的命运，而国运之兴衰，往往始于看似微末之事。1764 年，历史上一个看似平淡无奇的年份，却恰恰是观察当时东西方两个国家命运走向的良机。

1764 年，中国农历甲申年，生肖猴年，大清朝乾隆二十九年；这一年，英国处于汉诺威王朝统治下，是英王乔治三世即位第五年。

这一年被记入史册的大事有：在中国，《红楼梦》作者曹雪芹去世了；在美洲，一座名叫圣路易斯的城市建立了；英王乔治三世和王后夏洛特在伦敦欢迎到访的莫扎特一家；意大利刑法学家贝卡利亚提出了无罪推定的理论构想。

一些不经意的历史记载，往往在很多年后，才能让后人悟出其意义与征兆来。

1764年，在中国，一个名叫李斗的戏曲作家在其所著的《扬州画舫录》中，记有一份满汉全席食单，“满汉全席”四个字，首次出现在文字记载中。

次年，在英国，兰开郡一个名叫詹姆斯·哈格里夫斯的纺织工，某天晚上回家时，不小心一脚踢翻了他妻子正在使用的纺纱机，这个偶然的机会，让他发明了后来鼎鼎有名的珍妮机。

这似乎是毫无交集的两件事，但事实并非如此。

2012年，伦敦奥运会，英国人在开幕式上大篇幅地展现了工业革命对他们这个岛国带来的巨大影响，而工业革命开始的标志，正是珍妮机的出现。中国的记者们在伦敦感叹一个老牌资本主义国家的种种现代与文明之余，也同时感叹英国美食的匮乏，除了炸鱼，就是土豆。

如果历史能够假设，中国愿意时光倒流到1765年，用满汉全席去换珍妮机吗?

二

“满汉全席”被誉为中华菜系文化的瑰宝和最高境界，原是清代宫廷中举办宴会时满人和汉人合做的一种全席，史载上菜起码108种，包括南菜54道，其中30道江浙菜、12道福建菜、12道广东菜；北菜54道，其中12道满族菜、12道北京菜、30道山东菜。这些菜分三天吃完。

这三天到底吃些什么？流传下来的满汉全席菜谱，分川式、广式、鄂式，各地因口味不同，菜目也大有变异，但几乎都以山珍海味为主。李斗的《扬州画舫录》中这样记载：

上买卖街前后寺观皆为大厨房，以备六司百官食次。第一分头号五簋碗十件：燕窝鸡丝汤、海参汇猪筋、鲜蛏萝卜丝羹、海带猪肚丝羹、鲍鱼汇珍珠菜、淡菜虾子汤、鱼翅螃蟹羹、蘑菇煨鸡、辘轳锤、鱼肚煨火腿、鲨鱼皮鸡汁羹、血粉汤，一品级汤饭碗。第二分二号五簋碗十件：鲫鱼舌汇熊掌、米糟猩唇猪脑、假豹胎、蒸驼峰、梨片伴蒸果子狸、蒸鹿尾、野鸡片汤、风猪片子、风羊片子、兔脯、奶房签，一品级汤饭碗。第三分细白羹碗十件：猪肚假江瑶、鸭舌羹、鸡笋粥、猪脑羹、芙蓉蛋、鹅肫掌羹、糟蒸鲥鱼、假班鱼肝、西施乳、文思豆腐羹、甲鱼肉片子汤、玺儿羹，一品级汤饭碗。第四分毛血盘二十件：獲炙哈尔巴小猪子、油炸猪羊肉、挂炉走油鸡鹅鸭、鸧䲢、猪杂什、羊杂什、燎毛猪羊肉、白煮猪羊肉、白蒸小猪子小羊子鸡鸭鹅、白面饽饽卷子、十锦火烧、梅花包子。第五分洋碟二十件：热吃劝酒二十味，小菜碟二十件，枯果十彻桌，鲜果十彻桌。所谓满汉席也。

满汉全席有吃一席撤一席的习俗。遥想当年，连续三天，一群吃货，从早到晚，不停地塞，一个个俨然吃喝的机器。当然，能够吃上满汉全席的人，都是有身份的人，但如此狂吃滥饮、脑满肠肥，他们真的快乐吗？

或许，1764年，在东方的中国，酒池肉林中一群官员豪绅饕餮之际，在西方的英国，草根发明家正在为灵光一闪而带来的生产力的解放欣喜若狂。

还是说回纺织工詹姆斯·哈格里夫斯的故事。他回家踢翻了纺纱机后，弯下腰来准备扶正，但突然愣住了，他看到那被踢倒的纺纱机还在转，只是原先横着的纱锭现在变成直立的了。他猛然想到：如果把几个纱锭都竖着排列，用一个纺轮带动，不就可以纺出更多的纱了吗？哈格里夫斯非常兴奋，马上试着干，第二天他就造出用一个纺轮带动 8 个竖直纱锭的新纺纱机，功效一下子提高到原来的 8 倍。

新纺纱机以他女儿的名字命名为珍妮机，他们家因为这款机器而迅速富裕。1770 年，哈格里夫斯获得了专利；到了 1784 年，珍妮机已增加到 80 个纱锭。4 年后，英国已有 20000 台珍妮机了。

一个小人物的创造，改变了一个国家，进而改变了历史：珍妮机的出现，使大规模的织布厂得以建立，并引发了发明机器、进行技术革新的连锁反应，进而开启了第一次工业革命。

1764 年的中国，正处于康乾盛世，GDP 占到世界三分之一，但这只是一次回光返照，当时官场奢靡成风，而科技与思想一派凋敝，对外更是闭关锁国。

1840 年，英国已基本完成了工业革命，成为世界第一个工业国家，然后在鸦片战争中打败了中国。

三

历史是一个复杂的构成，中国与英国令人喟叹的国运转折，并非简单因为满汉全席或者珍妮机，但是，即使是细枝末节，亦是观察历史的极佳参照物。

一个泱泱大国，不会被单纯吃垮，但奢靡之风，从上而下，侵蚀的却是一个国家的精神。清军入关之前，宫廷和八旗贵族的宴席并不复杂。《满文老档》记："贝勒（王子）们设宴时，尚不设桌案，都席地而坐。"大伙儿席地而坐，菜肴通常是火锅配以炖肉，吃的是牛、羊、猪和打猎得来的兽肉。皇帝举办国宴，设筵十几桌、几十桌，也不过吃些牛、羊、猪以及兽肉，用解食刀割肉为食。历史的八旗兵，曾以骁勇善战著称，但是到了清朝后期，几乎成为世界军事史上的笑柄。

清朝确实有繁缛的礼节、丰盛的饮食，以及各种精巧得让后人瞠目结舌、叹为观止的玩意儿，但是没有昂扬的精气神支撑，这些不过是沙滩上的巍峨城堡。在今天回望大清帝国，那个曾经威武雄壮的华丽王朝，似乎只留下一桌冷清的剩菜残羹，就像圆明园的断墙残柱一样，让后人叹息不已。

今天，中餐馆开遍欧洲，颇受欢迎，但这是一个国家真正的竞争力吗？而时至今日，"英国的厨师"仍然不被看好，但这意味着英国是被嘲讽的对象吗？

文化战略学者曹世潮曾系统总结了世界上不同国家的性格，他说，世界构成了三个文化带，北纬 50 度以上为北部地区，北纬 50 度至 30 度之间为中部地区，北纬 30 度以下为南部地区。在欧洲（尤其是西、北欧）生存条件艰辛的时代，人们养成了勤劳、节俭、理性、市场、科学等观念和方式。到欧洲人普遍自觉遵循这些观念和方式时，欧洲的科学发明和工业制造就有了空前的发展，成为最先进的工业化国家集群体。而南部地区由于农业资源丰富，抬头是香蕉，低头是稻米，自古不愁没饭吃，因此神学非常发达，科技创造方面，却大大弱于北方了。美国经济学家兰德斯在他的《国富国穷》一书中，也从地理角度解释了为什么北部国家富有，而南部热带国家贫穷。

根据曹世潮的理论，中国处于中部地带，不似北部地区艰苦，但也不如南方地区安逸，这或许从另外一个角度说明：珍妮机没出现，却出现了满汉全席，是历史上的中国偏离了“中部地带”，走入了歧途。

支撑未来中国走向世界的，绝对不是满汉全席。

人类需要机器，但人不能变成机器

1936年2月5日，卓别林的《摩登时代》在纽约利沃里剧院首映。在影片开始的镜头里，先是羊群拥挤在一起走过，紧接着是一大群工人拥挤着走进工厂，形式接近，暗喻工人的命运和羊群一样，令人哑然失笑，同时又引发人对那个造成“机械化”的社会形态的深深思索。在工厂里，人是机器的奴隶。卓别林以独特的视觉形象概括了摩登时代的矛盾本质。卓别林自己评论说：那部电影是从一个抽象的概念——批评我们的机械化生活方式——发展而来的。

看过这部电影的很多观众都无法忘记一些经典镜头：主人公查理被机器卷进卷出；为了挤出尽可能多的工作时间而发明了吃饭机器，让工人在吃饭时能腾出手脚来继续干活；被流水线弄得变成麻木机械的主人公，因为长时间负责扭螺丝，最后当见到稍微像螺丝的物件时，都不能自控地要拧上一下，甚至想要在人的鼻子、纽扣上拧紧螺母……

其实，《摩登时代》描写的是人和机器的冲突，其背景是当时的美国工业因为使用机器而大量解雇工人所造成的失业浪潮，男主角是那个时代的悲剧代表人物：他在不断加快的传送带式的作业线上被弄得精神失常、被卷入巨大的机器齿轮中、出了毛病的机器在他悲戚惊恐的脸上不住扇打……这些影像无不反映了机器时代所带来的恐惧与打击。观众在看到人被生产线当成机器后出现的滑稽状态捧腹大笑时，又为人类在强大的机器面前身不由己而顿生恐惧与迷惑。

时至今日，机器的发达以及重要性已经深入人心，人类对机器的依赖已不是卓别林那个年代所能想象的。但是，对机器扭曲、异化人性的恐惧，却一脉相承。在好莱坞，描写人离不开机器又担心被机器所控制的电影，多如过江之鲫。

二

机器大发展，是科技进步的产物，但科技从来都是双刃剑，造福人类又困扰人类。世博会由工业革命催生，早期世博会就是巨型机器的大展览，从巨大的蒸汽机到火车头，让人对科技的强大啧啧称赏。1867 年巴黎世博会，普鲁士人带来了一个巨大的钢铁怪物：重达 50 吨、能发射 1000 磅炮弹的大炮，它的制造者是克虏伯钢铁公司。

盛大的巴黎世博会闭幕三年后，普法战争爆发。三年前在巴黎世博会上展出的 50 吨重克虏伯大炮，把法国人轰得魂飞魄散，轰开了巴黎大门。在这场战役中，法军损失超过 12 万人，而普军只损失了 9000 多人。拿破仑三世无奈投降，法兰西第二帝国垮台。

两千多年前的庄子就曾注意到了技术进步的负面影响，他讲过一个著名的寓言故事：孔子的学生子贡经过汉水南岸时，见一老人抱瓮入井，汲水灌田，就询问他为什么不用机械装置取水。老人说出了

“有机事者必有机心”的一番大道理。

使用机器是有危险的。“有机械者必有机事，有机事者必有机心。机心存于胸中，则纯白不备；纯白不备，则神生不定；神生不定者，道之所不载也。吾非不知，羞而不为也。”（《庄子·天地》）庄子的观点是：使用机器会滋生机心，机心会破坏、干扰灵魂的淳朴和宁静。

两千多年过去了，技术迅猛发展使得人性来不及适应新的生活环境。于是，人变成了机器，竞争的机器。大家都狼吞虎咽地吃着快餐，都疯狂地工作，都玩命地挖掘潜力，都在极端的压力下痛苦地呻吟。即使是小孩子，也几乎成了读书竞争的机器。父母无可奈何，因为我们目前的教育体制是要生产一批批机器人似的竞争者。正如法国学者拉·梅特里所说：“这些自大的、虚荣的，与其说以人的称号毋宁说以他们的傲慢著称的生物，任凭他们怎样一心抬高自己，归根结底却只是一些动物和一些在地面上直立着爬行的机器而已。”

对曾经习惯了“慢生活”的中国人而言，骤然被抛入了高强度、快节奏的工业化时代，这种陌生、惶惑与挣扎是不言而喻的。科技带来了世界的巨大进步，机器、技术本身，并不是人变得渺小、无助的原因，但是，如何平衡效率与人性，是当前无法回避的挑战。

二

擅长情感题材的日本作家渡边淳一曾写过一本另类的书《钝感力》，在书中，他抛开情感话题，告诫现代人不要对日常生活太过敏感，“钝感力”（迟钝的能力）是非常必要的。

“钝感力”，作为一种为人处世的态度及人生智慧，相比激进、张扬、刚硬而言，更易在目前竞争激烈、生活节奏飞快、错综复杂的现代社会中生存，也更易取得成功，并同时求得自身内心的平衡及与他人和社会的和谐相处。渡边淳一据此分章论述了“钝感力”在男女爱情、婚姻、事业、人生、家庭等诸多方面的表现和作用，并从医学角度出发（作者为医学博士），阐述其合理性。“钝感力”作为一种独特的人生智慧，对当代社会中的人们都有全新的启示。

问题是，诸如富士康员工连续跳楼事件，是外因与内因交织而导致当事人绝望与崩溃，光有“钝感力”还远远不够，必须依靠外部环境的改善。

现在，无论是当地市政府，还是富士康公司，都承诺采取切实措施来改善现状。例如富士康表示公司已将所有员工按50人一组分成近4000个“相亲相爱小组”，并组织培训这些小组的组长，以此来加强员工之间的沟通互助。更重要的是，让公司及时发现存在心理问题的员工，以便采取针对性措施。与此同时，专业心理医生已进驻富士康深圳厂区，开展专业心理辅导，及时治疗有心理和精神疾病的员工。当地市政府也表示，将从改善公共服务配套设施、加强心理干预的针对性等方面进一步加大工作力度，多管齐下，多策并重，防止再次发生类似事件。

人之所以为“人”而不是机器，有一个重要的界定：尊严。2010年的《政府工作报告》这么说：“我们所做的一切都是要让人民生活得更加幸福、更有尊严，让社会更加公正、更加和谐。”什么才是“有尊严的生活”？至少，人不能成为机器。

凛冬将至？

在北京进入“烧烤”模式之际，有一则科技新闻吸引了很多人的关注：英国一位女科学家瓦伦蒂娜·扎尔科瓦表示，根据她提出的太阳活动的新模型，在2030年左右，太阳活动将会急剧减少，地球将进入小冰期。这一说法引起很大争议，但很多人还是饶有兴致地想象：地球将会变得凉爽，不，寒冷——就像《权力的游戏》中那句著名的台词“凛冬将至”。

凛冬若至，是一番什么景象？我们“穿越”回去看看。

一

公元1628年，崇祯元年，这一年，22岁的李自成失业了。

失业前，李自成是大明王朝的基层小公务员，在负责传递朝廷公文的驿站当驿卒，负责照看马匹。因为朝廷财政收入捉襟见肘，发不起工资，裁掉了很多基层公务员，李自成就是其中一个。

祸不单行。失业后的李自成回到家里。他22岁，已婚，正是需要大把花钱的年龄，但丢了铁饭碗，这日子怎么过？只能借债。到了冬天，要还债了，却还不上，债主举人艾诏就把他告到米脂县衙，县令晏子宾将李自成“械而游于市，将置至死”，后由亲友救出。出狱了，还是得还钱啊，尤其到了年底，是还债的关键时期，李自成走投无路，把债主艾诏杀死了。杀了一人，止不住手，又把自己老婆给杀了，原因是他发现老婆韩金儿与同村一人通奸。杀了两人，肯定死罪，李自成跑路了，在1629年春天，偷偷跑到甘肃当兵，从此开始了轰轰烈烈的造反生涯。

后来有无聊者编段子，说韩金儿的出轨，导致了中国复兴推迟350年，逻辑是：如果韩金儿不出轨，李自成就不会杀妻出走，明朝就不会亡于他之手，清军就没机会进关，就不会有鸦片战争……当然，这只是段子。

李自成的崛起，与明朝的灭亡，当然不是由某个人的作风问题或者家庭问题引发，而更多的是经济问题导致的一系列危机。细细分析，这一切都跟该死的天气有关。

《剑桥中国明代史》说：“1628年春，萧条的西北省份陕西受到严重干旱的打击；到冬天，一些地区的情况骇人听闻，卖儿卖女很平常，人相食的事时有所闻。当政府不能提供食物以减轻饥荒时，就爆发了叛乱，特别是在这个省的东部和中部。”

那一年，无论是在疏落的皇宫之中端坐龙椅之上的崇祯皇帝，还是满心愤懑在西北的荒野中逃离家乡的李自成，都会感到刺骨的寒意，心冷，身体更冷，他们正在经历着中国5000年以来最为寒冷的第四个寒冷期。

后代研究者认为，明朝所遭遇的“小冰河期”（Little Ice Age），尤其是末期的1580—1644年是最为寒冷的。研究者称，这是一场

"千年极寒"，放在一万年中，寒冷程度能排到第二，在一百万年里也能排进第六、七位，1628 年正好是最寒冷的一段时期之中段，整个气温回暖是在明朝已经灭亡的 1650 年左右。

这是一场漫长的寒冷。在李自成失业 16 年之后的 1644 年，仍然是一个寒冷的春天，他坐上了崇祯的宝座，而崇祯在寒风中自缢身亡。

二

李自成打下北京后，起义军拷掠百官，获得了数以千万两的白银。史料没有细腻描摹李自成站在堆积如山的白银前的感受，但我们能够想象，他面对这白花花的一堆金属，是又恨又爱，百感交集。

如果朝廷有财力给每个驿卒发银子，他不会失业，也不会欠人银两，老婆也不会在他蹲监狱的时候，因为家里没有生活来源而与人通奸。

是的，即使在背负两条人命的时候，李自成还是想努力成为一个体制内的人。但朝廷又一次把他逼得无路可走了：1629 年，下级军官李自成在金县（今甘肃兰州榆中县）杀死参将王国和当地县令，发动兵变，从此走上与朝廷对抗之路。原因是欠饷，国家财政没有办法给部队发银子。

今天，很多人从白银角度，来审视晚明的困局，很有见地。

白银是明朝的通用货币，尤其是著名的"一条鞭法"实施之后，所有的赋税改用白银纳税，而最初税是可以用粮食来计量缴纳的。在明朝，最适合换银子的是丝绸和瓷器，西北不产这些，可以说，明末农民起义最先在西北爆发，是因为西北的农民要弄点白银太困难了，有人形容为“西北成了一个白银灌溉不到的地方”。西北一向是传统的粟麦作物区，农民为纳税只能以粮食换银子，但当时物流条件低下，粮食卖不出去，只能本地廉价销售，丰收了，谷贱伤农，农民破产；遇到“小冰河期”这样的天灾，粮食减产，那更没法换银子纳税了，没银子纳税，政府就以暴力相逼。西北农民，只剩下“李自成式道路”可供选择了。

明朝白银产量很少，即使在财迷皇帝万历年间，竭力开采白银，平均每年也只有20多万两，而明朝的国家财政收入为每年600万两左右。这么多的白银从哪里来？国际贸易。据统计，明末的国际贸易顺差积攒了数亿两白银，美国学者魏斐德研究说，在17世纪的前30多年中，每年流入中国的白银，总量达25万至26.5万公斤。

所以，明朝是一个严重依赖货币进口的国家。在今天看来，很难理解，一个不富藏银的国家，竟然去选择别的国家所富藏的贵金属白银作为自己的货币！而且，当年没人教明朝皇帝金融学知识啊。

国际贸易形势好的时候，白花花的银两涌入明朝，大家日子过得不错，甚至还出现了“资本主义萌芽”。但是国际贸易形势差的时候，输入明朝的白银骤减，金融命脉被掐住了，巨大灾难的多米诺骨牌，被推倒了第一张。

没钱发饷、没钱救灾，结果叛兵与饥民合流。崇祯日子最难过的时候，正是境外输入明朝白银骤减的时候。魏斐德在《洪业——清朝开国史》一书中，开头就用马尼拉的港口档案揭示了明朝遭遇的金融危机：17世纪20年代初，停泊于马尼拉的中国商船每年多达

41 艘，到 1629 年（即李自成兵变造反那一年）便降为 6 艘。从此白银进入中国的洪流被截断：西班牙国王强令斩断对中国的贸易，菲律宾发生屠杀中国商人事件，葡萄牙也减少了对华贸易，日本断绝了与澳门的所有贸易往来。

不幸的是，此前国际贸易输入明朝的大量白银，被既得利益群体珍藏深藏着，沉积在一座座豪宅中，舍不得拿出来纾解国难，结果货币危机、粮食危机、军事危机接踵而来，最终天下大乱，权贵们的白银储备，被农民起义军用残酷的手段拷掠出来。

三

那年头，李自成不可能跟日本、西班牙、葡萄牙串通一气，搞一场货币战争。那阵子，国际上到底发生了什么事，导致输入明朝的白银骤减？

原因很简单：当时世界经济很不景气，甚至可以说是陷入了一场巨大的危机，即所谓的“十七世纪普遍危机”。

“十七世纪普遍危机”，由英国著名史学家霍布斯鲍姆于 1954 年首先提出来。他指出此时期欧洲发生了由中世纪社会向近代社会的关键性转折，发生了经济衰退、谷物生产萧条甚至下降、人口死亡率上升、资产阶级革命、社会叛乱等众多现象，从而认为欧洲经济“在十七世纪经历了一场普遍危机”。这一说法引起很大反响，有人反对，但更多学者开始从更多角度来论证“十七世纪普遍危机”的存在，研究范围逐渐向人类所有生活领域扩展。

一个有趣但确凿的观点是：危机之出现，跟该死的天气有关。“小冰河期”的气候变化，导致了饥荒的发生、流行病的肆虐、粮食种植面积的缩减等，进而造成农业的衰败，最终导致“十七世纪普遍危机”的爆发。美国天文学家约翰·埃迪更进一步指出，在17世纪，更确切地说是1645到1715年之间，几乎无太阳黑子可被看见，实际上它是太阳活动几乎停止的时代，由此导致到达地球热量的下降，影响到地球的气候。

据记载，当时欧洲人的日子很难过，有位英国牧师在日记中清楚记载了气候影响导致的艰苦时期：“寒冷季节，日子艰难，玉米和商品的价格上涨，找不到工作。”当时，人们还发现，一向美味的葡萄开始变酸了。追究原因，是由于天气变冷，日照减少，温差变小，以致葡萄里的糖分含量过少。由于连年的饥荒，这一时期欧洲的人口急剧减少。

那时，整个世界都很冷。在英国，连泰晤士河都被冻上了。而同一时期，一位名叫谈迁的中国历史学家，写了一本叫《北游录》的书，书中的一段记载，可以还原当时中国江南的寒冷程度：顺治十一年（1654年）十月，吴江运河冰厚三寸多，而且从吴江一直冻到嘉兴，要壮士凿冰，每天才能前行三四里。十月南运河封冻，这在历史上是极其罕见的。根据谈迁的记录能够看出，顺治年间，北运河每年封冻的时间长达110天，比20世纪50年代华北最冷冬天时北运河封冻的时间还要长。

四

中国著名气象学家竺可桢根据考古资料及历史文献中气象学和物候学的记载，将中国近五千年来的气候变动，大致划分为四个时期：约公元前 3000 年—公元前 1100 年的温暖时期；公元前 1100 年—公元 1400 年的寒暖交错时期；公元 1400 年—1900 年的寒冷时期；公元 1900 年以来的气候波动时期。根据历史学家研究，中国历史上的暖湿期，大部分是国家统一的强盛时期，相反，干冷期则大多是国家分裂、政治多元时期——天寒地冻，骁勇的北方游牧民族活不下去了，只能南下抢钱抢粮抢地盘。

例如，崇祯是个勤勉至极的皇帝，他本不应该成为亡国之君，但他确实没赶上好时候；又如，1127 年，北宋亡于金；1279 年，南宋亡于元。辉煌灿烂的两宋经济文化，在严寒的历史中化为两个冰凉与怅然的句号。

遥想当年，那些在寒风中身心颤抖的汉人们，恨不能朝太阳吼一嗓子：你就不能热乎一点吗？后羿能射日，灭掉多余的太阳，但又有谁能振作一个蔫乎乎的太阳呢？

著名科幻作家刘慈欣写过一部短篇小说《全频带阻塞干扰》，非常有趣，说的是未来某一年，北约突然向俄罗斯发动袭击，精确的激光制导导弹让俄罗斯损失惨重、溃不成军，尤其是战场干扰部队损失殆尽，眼看就要输掉这场战争，但最后俄罗斯人反败为胜。其扭转战局的关键在于：俄军列夫森科元帅的儿子、远离战场一亿公里之外正驾驶飞船“万年风雪”执行近日轨道飞行任务的科学家米沙，操纵飞船对太阳进行了精确撞击，使太阳向空间喷发出强烈的电磁辐射，将地球表面除毫米波外的绝大部分无线电通信全部中断，这种强烈的干扰持续一周时间，从而使主要靠电脑作战的北约部队土崩瓦解。

小说动情地描写了“万年风雪”撞击太阳的最后影像：“从‘万年风雪’号发回的最后的图像中，人们看到米沙从巨大的监视屏前起身，按钮打开了透明穹顶外面的防护罩，壮丽的火的大洋展现在他面前，他想亲眼看看他童年梦幻中的世界。火之海在抖动变形，那是半米厚的绝热玻璃在熔化，很快那上百米高的玻璃壁化作一片透明的液体滚落下来。像一个初见海洋的人陶醉地面对海风，米沙伸开双臂迎接那向他呼啸而来的6000摄氏度的飓风。在摄像机和发射设备被烧熔之前发回的最后几秒钟图像中，可以看到米沙的身体燃烧起来，最后他的整个身体都变成了一根跳动的火炬，和太阳的火海融为一体……最后，这美丽的火凤凰消失在浩渺的火海之中。

在小说最后，坚守阵地的美军帕克将军看着已像死亡屏障一样在他们面前展开的俄罗斯坦克群，命令士兵上刺刀，“战场的浓烟后面，太阳时隐时现，给血战中的雪野投上变幻的光影”。

这个太阳，已经是另一个太阳了。

五

科幻小说让人脑洞大开，以当前人类日新月异的科技，15年后，或许地球人能够有效撞击一次太阳，让太阳活跃起来，改变小冰期。

但是，以人类今天的文明成就，又怎么会惧怕小冰期呢？在没完没了、吊足胃口的《权力的游戏》中，“凛冬将至”一直在说，可怕的异鬼也终于惊悚登场，它们确实很难对付，但也并非无敌，人类擅长在战斗中学习战斗、在绝境中扭转绝境。事实上，每一次凛冬来临之际，都在撞击着、逼迫着人类更上一个台阶：在17世纪那个小冰河期，欧洲采用了更为复杂的新耕作制度以促进农业产量提高，而在中国，人们依赖高产量、高热量的从美洲引进不久的抗旱高产作物土豆、玉米和红薯，减少了大量人口损失。

美国电影《后天》中，严寒摧毁了纽约，人们被迫躲进图书馆，只能烧书取暖。在影片的最后，获救者之一，紧紧抱着他不愿意烧掉的经典。这无疑是一个意味深长的镜头——再严酷的环境，也不要放弃精神力量，还有知识的力量。

在这方面，要向北欧人致敬：这么一片寒冷之地，却能够成为世界的模范，也就是说，极为艰难困苦的生存环境，磨砺出了他们卓越超群的生存能力和竞争能力，一旦与现代文明相结合，每个人，都像光芒四射的小太阳。

“神器”“神人”为何挽救不了宋朝

科技创新能力，决定一个国家的兴衰。试想想，没有蒸汽机的发明，会有一个纵横全球的“日不落帝国”吗？而鸦片战争爆发前的大清帝国，GDP世界第一，但封闭愚昧、科技落后，一旦强敌上门，只剩下一个毫无还手能力的虚胖之躯。

但拥有蒸汽机这样的“神器”，就能立于不败之地？宋朝，科技文化辉煌灿烂的一大巅峰，各类时代科技“神器”层出不穷的年代，为何仍然难逃悲惨的覆亡命运？

一

1840年，当拿着弓箭和鸟枪的清军士兵遭遇装备步枪的英军士兵时，俨然就是当时世界上最大的农业文明与最先进的工业文明的对决，胜负并无悬念。

英军使用的是经过第一次工业革命打造的火器，除了步枪还有大炮；而经过闭关锁国与长期安逸生活的清军士兵，仿佛在一个时间停滞的空间突然醒来，然后进入一个难以想象的噩梦。

虽然有人经考证，认为当时英军与清军的武器差距并未如后人所言那般巨大，而且清军完全可以凭借人数的优势来弥补武器的差距，意思就是说，清军发动人海式冲锋，前仆后继，待你英军子弹打光后，总能围上来贴身近战吧。但关键问题是：一、清军有这样的勇气吗？二、贴身近战，清军就是对方的克星吗？别忘了英军当时还装备了另一种“神器”——刺刀。

当天朝大国的将士们溃败时，他们想不明白又自以为是，企图用一些奇葩的办法，来对付敌人的神器。譬如，1841 年英军进攻镇江，驻防副都统海龄命令在城内街道上撒黄豆，士兵发竹竿，理论依据是洋人的腿是弯不了的，只要用竹竿将他们扫倒，洋鬼子们就爬不起来，任咱们砍杀。类似的荒诞故事，不胜枚举。

但是，在宋朝的士兵与当时的辽兵、金兵、西夏兵、蒙古兵遭遇时，他们掌握的是堪称当时世上最高科技的“神器”，达到了冷兵器时代的巅峰：士兵装备有精钢甲胄和刀枪，其中尤以北宋骑兵大量装备的精钢环锁铠和精钢重刀闻名。因为缺马，对付机动速度快的北方游牧民族的铁骑，宋军大力发展远射与守城武器。步兵拥有射程达 360 米—400 米的当时世界上射程最远的单兵武器神臂弩。骑兵拥有射程近 200 米的大型复合弓。炮兵则拥有冷兵器时代射程最远、威力最大的重型三弓床、车弩炮。据《武经总要》记载，车弩炮射程达惊人的 1600 米，这是火炮出现前人类直射武器所能达到的极限，同一时期，欧洲最先进的大型希腊弩炮的极限射程，只有 400 米。

用今天的视角来看，车弩炮堪称今天的重炮，其发射的长近 2 米的重型箭镞——史书记载为“木干铁翎”——就是穿甲弹。史书记载了当时北宋灭南汉时的一场决战：在韶州城下，南汉近千头重甲战象轰轰隆隆地冲过来，进入 1600 米的射程后，宋军近千部重型车弩炮开始齐射，数千支巨型穿甲箭镞带着死亡的火焰和刺耳的尖啸声，轻易撕碎战象坚固的铠甲，甚至直接击穿了战象最坚固的钢制护面和胸甲。一轮发射结束后，看似坚不可摧的战象，已倒下一大片，当剩余的战象继续接近时，宋军的单兵强弩开始密集射击……就像现代战场，先是炮火覆盖，精确打击，然后是重机枪密集扫射。这一仗，南汉主力十余万人被全歼。

但车弩炮神臂弩一类，还不算是宋军最可怕的神器，他们还掌握并熟练运用当时世界上最先进的神器——火药武器，即配合单兵弓弩或重炮的各种火药箭、火蒺藜等。宋军还研制出了第一种管状火器——突火枪，第一种火焰喷射器——猛火油柜，第一种开花炸弹——震天雷。

这些火药武器并未只停留在实验室。公元 1126 年，金兵围攻汴京，名将李纲用霹雳炮击退金兵，“夜发霹雳炮以击贼，军皆惊呼”。公元 1161 年，金主完颜亮发动侵宋战争，宋金双方在采石矶进行了一场决定性的水战，宋军以 1.8 万人大败 17 万金军。在这场以寡敌众的决战中，宋军的火药武器霹雳炮发挥了重要作用，史载，当时宋军海鳅船横冲直撞，霹雳炮声震如雷，金兵溃败。

但是，掌握了这么多当时最新高科技神器的宋朝，为何会有靖康之耻、崖山之亡呢？

二

网上有个段子挺火：如果潘金莲不开窗户，武松就不会上梁山，接下来方腊就不会被抓住，枭雄方腊就会取得江山，也不会有什么靖康之耻，就会赢得战略机遇期……说不定中国就率先发展了资本主义，然后成为最发达最强悍的国家。

这自然是戏谑之作，跟宋之前的汉隋唐和宋之后的元明清相比，宋朝的农民起义均未形成燎原之势，影响多在一省之内，方腊灭亡不了宋朝，也拯救不了宋朝。

方腊不行，岳飞呢？无数读过宋史或者《说岳全传》的人，都曾有痴痴一想：如果岳飞不死，宋朝的国运会如此之差吗？

岳飞能力很强，把金兵打得叫他“岳爷爷”，堪称“神人”，他的名言“武官不怕死，文官不贪财”至今仍发人深省，他确实有大才。但如果没有十二道金牌，岳飞就能率他的岳家军直捣黄龙府，踏破贺兰山缺，为宋朝收复大好河山并赢得战略屏障？

在历史上，以一人之力挽一国之颓势，只是美好的想象。且不说岳家军已犯宋家皇帝的大忌，就看宋朝的军制，岳飞也不可能成功。有宋一朝，朝廷对武将猜忌之心从未消除，为严防军中出现个人势力，打仗时主帅皆由文官或太监担任，而且改变战略必须经过皇帝同意。这仗确实不好打。

宋朝实行自愿性的募兵制，军队分为四种，即禁军、厢军、乡兵、藩兵。禁军是中央军，也是宋朝军队的主力。林冲就是 80 万禁军教头，禁军并非保卫皇帝的御林军。厢军是各州的镇兵，由地方长官控制。乡兵则是按机关抽调的壮丁。藩兵是防守在边境的非汉民族军队。宋朝维持着一支庞大的常备军，最多时接近130万人。

从军队的历史来看，宋朝与清朝有惊人的相似：北宋初年纵横南北的宋军，极像清朝入关时骁勇善战的八旗。八旗很快因为养尊处优，丧失了战斗力，在平定“三藩之乱”时，只能派绿营兵上阵了，但过了一段时间后，绿营兵也打不动了，到太平天国起事，只能依靠地方团练武装与之抗衡，湘军、淮军迅速崛起。岳飞的“岳家军”，也是在靖康巨变后禁军、厢军失去战斗力的情况下形成的地方武装。在宋朝，岂容一家一姓的地方武装做大?

不得不提的是，宋朝因为部队太过庞大，出现了众多的“军饷一族”，军官吃空饷、士兵赖到60岁还不肯退伍的现象，比比皆是。虽然宋朝很富，但军费也很紧张，于是便允许军队经商，此风一长，军队训练废弛。平日多从事“纲运”(即成批编组运货的办法)杂役，士兵织毛缎还成了官员的财源。

岳家军长年维持着10万左右的兵力，大军如何过日子?岳飞也经商，史载岳家军博易场、放债、经商、造酒、房租、营田杂收钱，襄阳府酒库、关引等都是从事的项目，每年光放贷的利息多达100多万贯。

岳飞经商，被迫无奈。但一支靠经商养活自己的军队，能够走多远?难怪有人言：十个岳飞，也救不了宋朝。

三

“武器决定论”“英雄决定论”早已过时，自然不能用武器和英雄来解释宋朝覆亡之谜。但宋朝绝不仅仅拥有高科技武器和不世出的名将。

无论从哪个角度来看，宋朝都是一个辉煌灿烂的朝代，是中国历史上经济、文化高度繁荣的时代。宋朝经济繁荣，后人估算北宋咸平三年即公元1000年，宋朝人均GDP为450美元，而当时西欧人均GDP只有427美元。宋朝百姓日子过得很不错，史载，守门小卒都穿着丝绸织的鞋子。宋朝不仅仅有钱，科技水平在当时也居世界第一，举一个简单的例子：活字印刷术诞生于宋代，指南针用于航海始于宋代。当然，除了有钱与高科技外，宋朝也是一个思想开放、人文精神昌盛的年代，皇权得到限制，宋朝老百姓叫皇帝为“官家”，京城闲人业余爱好是爬在墙上偷窥皇城；而文人地位大幅提升，虽然党争不断，但皇帝立誓碑“不得杀士大夫及上书言事之人”。宋朝有胆略的改革家也不少，甚至有现代学者评论说：青苗法、方田均税法，是具有近代国家资本主义特点的法令。

有钱、科技发达、政治开明，为什么宋朝还是覆亡了呢？有人认为宋朝重文抑武，宋人文弱，敌不过野蛮好战的游牧民族。但事实上，宋人也是刚烈尚武之辈，崖山海战，极为惨烈，当宋朝最后一支主力部队失败后，有十万人自杀殉国。这般壮烈，已超过秦汉“田横五百士”。还有人认为，宋朝军队太差劲，无法保卫国家。但事实上，两宋名将辈出，有人统计，超过万人的大规模会战，宋军胜率超过七成，这个比例相当可观了，连素以战斗力强著称的唐朝军队也无法比肩。

此外，有宋一代，没有严重的宦官乱政和地方割据，兵变、民乱次数与规模在中国历史上也相对较少。那么，集诸多优点于一身的宋朝，为什么只存在了三百二十年？

或许，宋朝自立国以来就先天不足，失去了燕云十六州的战略屏障，门户洞开，任北方骠骑自由南下，而河西走廊河套一带也不在手中，宋朝没有了养马的草原，马匹极为稀有，始终无法发展强大的骑兵。或许，宋朝更遭遇了历史的诅咒，不幸处于冰河期，无法忍受严寒的辽、金、蒙古游牧民族不得不全力向南拓展生存空间，使宋朝长时间处于战争的威胁之中。但无论如何，宋朝是坚强的，即使遭遇横扫亚欧大陆的元军，仍然苦苦支撑数十年。

宋亡之后，大量学者都研究过宋朝灭亡的原因，见智见仁，腐败论、北患论、军制论、怀柔论、文人当国论、君主昏庸论、外交战略失当论、野蛮毁灭成熟文明论……不一而足。其实，决定一个朝代兴亡的，是各种综合因素的结果，宋朝不幸遭遇了各种强力纠结的“完美风暴”。宋朝本来可以成为中国封建社会中最有希望的一段、本来可能带领中国完成质的飞跃，但却在崖山如血夕阳下留下了悲壮的句号。

假如崖山不败，宋朝会怎么样？假如宋朝不亡，中国会怎么样？只是，历史无法假设，历史只让后人慨叹与深思。

放眼大宇宙 VS 埋头故纸堆

最近，以美国著名趋势学家杰里米·里夫金为代表的学者关于“第三次工业革命”的呼声引起全球范围内的极大关注。他在新著《第三次工业革命》中预言，一种建立在互联网和新能源相结合基础上的新经济即将到来。

说起工业革命，心头总有些隐隐作痛。很多人曾充满遗憾地设想：假如18世纪中国没有错过第一次工业革命，多好。但历史从来不能假设。

中国为什么会错过第一次工业革命？这是一个复杂的问题，不过，我们或许可以回溯300多年前的历史，从当时一些人的命运故事中寻找若干启示。

一

1728年，一个名叫钱大昕的男孩出生在江苏嘉定（今属上海）的一个富裕家庭；3年后，万里之外的法国尼斯，同样一个富裕家庭，诞生了一个男孩，取名叫亨利·卡文迪许。

这两个相差3岁的富家子弟，从小就以聪明著称，长大以后，均淡泊名利，沉迷于自己的追求，而他们富裕的家庭，也给他们提供了施展才华的充足的物质保障。但他们走向了完全不同的人生道路。

钱大昕做过官，因为学问好，是皇帝身边的大红人，但他后来借故辞官，回到家乡，潜心学问；卡文迪许少年时期求学伦敦，毕业于剑桥大学，后来定居英国，他不好交际，终生未婚，大部分时间也是隐居在家里做学问。

两个人做的学问不一样。钱大昕是乾嘉学派的重要人物。何谓“乾嘉学派”？那是清代乾隆、嘉庆时期思想学术领域逐渐发展成熟的，以考据为主要治学方式的学术流派。简而言之，就是把大量时间和精力用在古代典籍的整理上，寻章摘句，费心考据。钱大昕治学严谨，在经学、史学、目录学、文字音韵学、舆地、职官、氏族、金石等方面均取得成就，堪称中国18世纪知识最为渊博和专精的学术大师。

但是，钱大昕脱离不了学术大背景。后人在肯定乾嘉学派对古代经典细心整理、为后来学者的学习研究工作提供坚实基础的同时，批评了乾嘉学派存在着严重的缺点：脱离实际、烦琐细碎。学者们毕生的精力，耗于一字一句的正讹，一名一词的渊源，无疑是巨大的浪费。

相比之下，卡文迪许对古籍研究毫无兴趣，他研究的是身边现实世界的奥秘。他一生都在实验室和图书馆中度过，在化学、物理等方面都有卓越成就。1784年左右，他研究了空气的组成，发现普通空气中氮气占五分之四，氧气占五分之一；他确定了水的成分，肯定了它不是元素而是化合物；他还发现了硝酸。在物理学上他最主要的成就是通过扭秤实验，验证了牛顿的万有引力定律，确定了引力常数和地球平均密度。

卡文迪许确实低调，他的大量发明都没有公布，也就是说，发明了，就扔在一边。1810 年他去世时，留下 20 捆实验笔记。1871 年，电学大师麦克斯韦应聘担任剑桥大学教授并负责筹建卡文迪许实验室时，仔细阅读了卡文迪许的手稿，不由大惊失色，连声叹服："卡文迪许也许是有史以来最伟大的实验物理学家，他几乎预料到了电学上的所有伟大事实。"麦克斯韦因此做出一个决定：搁下自己的一些研究课题，呕心沥血地整理这些手稿，使卡文迪许的光辉思想流传了下来。

离群索居的卡文迪许有很多外号："科学怪人""科学巨擘""最富有的学者，最博学的富豪"……他确因富有，才拥有了 18 世纪世界上最好的实验室。他把客厅改作实验室，在卧室的床边放着许多观察仪器，以便随时观察天象。逝世前夜，他还在做实验。

卡文迪许活到 79 岁，钱大昕活到 76 岁，在他们的时代，已属高寿，他们相隔甚远，互不知晓。但这两位时代智者不同的研究方向，就像一个隐喻，决定了他们国家此后一个世纪的命运。

二

18 世纪，对人类文明来说，是一个奇特的时间段。欧洲的此时是一个狂热的科学年代，出现了很多像卡文迪许那样的科学怪人。美国作家比尔·布莱森的著作《万物简史》中，生动幽默地写了那些为科学发狂的人们。例如，在英国，有学问的人每年都会下乡去干一点他们所谓的“敲石头”的活儿。这项工作还干得一本正经。他们往往打扮得很有吸引力：头戴高顶大礼帽，身穿黑色套装。这些人出去找矿石不是为了挣钱，在大多数情况下甚至也不是为了学问，只不过是既有钱又有时间的绅士在不大专业的层面上持有的一种爱好。

一种社会风潮，是时代的最好注解。就像大唐盛世，有点儿学问的人，都渴望一次边疆大漠之行，以便寻找灵感，留下几首传世的边塞诗。所以，唐朝的气质是热烈与开放的。18 世纪的欧洲，充盈着对宇宙的探索热潮，这种精神为第一次工业革命提供了源源不断的知识与激情支撑。

回望第一次工业革命前夕的欧洲，我们会发现科学的地位如此之高，研究科学竟然成为一种社会风尚，那时的人们，就像今天青少年追星一样狂热追逐科学，留下无数趣闻轶事。我们还会发现，那个时代开创历史的大师如此之多，他们跨越多个领域，就像《圣经》上所说上帝创造世界一样，用自己的智慧与勤奋，让一处处黑暗充满了科学的光芒。

《万物简史》中讲了詹姆斯·帕金森的故事。年轻的时候，他是一个愤青，写过许多富有鼓动性的小册子，比如《不流血的革命》。1794 年，有人策划了一个听上去有点儿疯狂的阴谋——“玩具气枪计划”。有人打算趁国王乔治三世在剧院包厢里看戏的机会，用带毒的飞镖射中他的脖子。帕金森跟这件事有牵连，差一点被戴上镣铐发配到澳大利亚。但是，对他的指控后来不了了之。他渐渐对生活采取比较保守的态度，并开始对地质学产生兴趣，最终成为地质学会的创始人之一和一部重要的地质学作品《上个世界的有机遗骸》的作者。有半个世纪时间，这本书不停地重印。

但是当我们回望18世纪的中国学术界时，却只能遗憾地发现一些佝偻着背、把脸埋在故纸堆中的学者，他们跟欧洲的科学发烧友一样，家境优越，但他们很少把眼光投向浩瀚的宇宙，更多时间是紧盯着那些发黄的典籍。所以我们今天描述清朝的气质，总免不了会想起“迂腐”“病态”这些字眼，或者还能隐约闻到故纸堆里发出的一些久远而腐朽的味道。

清代是训诂学的复兴时代与黄金时代，一代代学者皓首穷经，在学术研究方面作出巨大贡献。然而，一个时代的智者，大多选择扎进故纸堆里，是智慧的极大浪费。

对中国人来说，这是历史的悲剧。

我们已经错过，如何不再错过？

假如，中国不错过第一次工业革命？人们喜欢假设历史，是因为历史有很多偶然，让后人心有不甘。

英国著名生物化学家李约瑟，曾因胚胎发育的生化研究而取得巨大成就，后来他又以对中国科技史研究的杰出贡献成为权威，并在其编著的《中国科学技术史》中正式提出了著名的“李约瑟难题”：为什么像伽利略、托里拆利、斯蒂文、牛顿这样的伟大人物都是欧洲人，而不是中国人或印度人呢？为什么近代科学和科学革命只产生在欧洲呢？……为什么直到中世纪中国还比欧洲先进，后来却会让欧洲人着了先鞭呢？怎么会产生这样的转变呢？

“李约瑟难题”引起了无数争议，但至今没有定论，犹如科学王国一道复杂的“高次方程”摆在了世人面前。

但人们形成的一个基本共识是：闭关锁国政策，使清朝错过了历史的选择。

1792 年，英国人马戛尔尼率领一支船队开始了一次特殊的中国之行，希望与中国建立大规模贸易关系。英国船队带来了工业革命后的产品：天文、地理仪器，乐器，钟表，武器……英国人来到中国后，对自己的产品充满自信，例如有弹簧的四轮马车，跟当时中国没有任何缓冲装置的大车相比，无疑能够让乘客舒服得多。但是英国人败兴而去，中国皇帝对英国产品不感兴趣。

关于这次会面，有许多记载，多数人以为是因为英使不肯行“三跪九叩”之礼得罪了乾隆，但事实上，礼节上的冲突不过是借口，清朝贵族无知自大，根本不愿意与外界发生关系。所以，即使马戛尔尼跪了，也只是跪了而已，大门依旧是关闭的。

中国失去了历史给予的一次弥足珍贵的机会，历史的报复是：当年随马戛尔尼访华时年仅 12 岁的少年斯当东，在近半个世纪后，成为极力鼓吹发动对华战争的英国贵族。

历史无法假设，就像无法假设钱大昕研究自然科学一样。事实上，清代乾嘉学派的出现，是清朝统治阶层残酷镇压和羁縻知识分子政策的产物。雍正、乾隆时期，清朝的统治获得了相对的稳定，对文人采取了严酷的统治政策。尤其是乾隆时期，屡次禁毁书籍，大兴“文字狱”。当时的文人学士不敢抒发己见，议论时政，因为即使是诗文奏章中有一言一名的疏失，也有招致杀身灭族惨祸的危险。

文网罗织之下，学者无不噤若寒蝉。唯有埋头考据，才有立锥之地。故纸堆，是最安全的地方。

钱大昕们注定只能在故纸堆里耗尽一生。早在康熙晚年，这个堪称英明的皇帝已禁止公开讨论天文预兆和历法研究，因为这些内容涉及清朝统治的合法性。1715年，康熙在科举考试中也禁止了相关内容。此前两年，乡试和会试的策问，都已禁止涉及天文、乐律和计算方法等内容。

后人研究说，盛极必衰，清朝衰败其实是从看似辉煌至极的乾隆年间开始的。实际上，自诩一代名君的康熙，已经埋下了隐患。

我们今天面对“李约瑟难题”，无法埋怨历史的无情，而是要反思：我们已经错过，今后如何不再错过？尤其是我们看着满屏幕的辫子戏，看着仍然以一代明君面目出现的清朝皇帝，我们知道：我们应该看到的是历史的另一面。由此，才能更加体会到改革开放对我们这个古老民族的意义。

天花覆灭启示录

人类的历史，就是一部与疾病抗争的历史。天花，曾经肆虐数千年，杀人无数，但如今在全球范围内已被人类消灭。

天花，是如何覆灭的？对今天的我们，又有哪些启示？

一

1656 年，在今天北京北长街北口路东的福佑寺，两岁的爱新觉罗·玄烨辗转病榻，命悬一线。两岁，是刚刚记事的年龄，玄烨终其一生，都记得这次患病时的情景。玄烨后来成为康熙帝，中国封建时代非常有作为的一位皇帝，他在位期间，平定三藩之乱、反击沙俄收复失地、平定准噶尔贵族叛乱……但玄烨即位成为康熙帝，并不容易。

玄烨的生母佟佳氏，只是宫中一名不受宠的贵妃。玄烨降生时，父亲顺治皇帝专宠贵妃董鄂氏。后人附会，称董鄂氏是秦淮名妓董小宛，大名士冒辟疆的小妾，被洪承畴送入皇宫，得顺治宠爱。这么讲纯属演义，董小宛比顺治足足大了 14 岁。董鄂氏是满洲正白旗人，超级美女，性格也好，甚得顺治喜爱。玄烨重病那年，正好董鄂氏进宫，顺治一颗心全放在她身上，反正他儿子多，不是太在乎玄烨生病。

玄烨何以顺利即位成为康熙？这要从他得的病说起。天花，是人类千年来谈之色变的烈性传染病。人一旦感染天花，能不能撑下来，全靠免疫力和运气，侥幸不死，脸上也会留有麻子。天花病人的皮肤会依次出现斑疹、丘疹、疱疹、脓疱，最后结痂、脱痂，遗留痘疤，“天花”由此得名。真实的情况是：天花面前，人人平等，管你是王公贵族还是贩夫走卒，只要得过天花，放眼看去，多是麻脸，区别在于有的是大麻脸，有的面颊浅浅几颗，寥若晨星。

当年，玄烨撑过来了，脸上也有麻子，后人放大康熙年轻时的画像，能够清晰看到他两颊上的斑斑点点。见过康熙的外国传教士就写得更清楚了，法国传教士在给路易十四的报告中就这么写道，康熙“威武雄壮，身材匀称而比普通人略高，五官端正……鼻尖稍圆略带鹰钩状，虽然脸上有天花留下的痕迹，但并不影响他英俊的外表”。

清朝发迹于白山黑水，当地寒冷干燥，原来没有天花。八旗军南下与明朝争天下后，得天花的日渐多了。可以想象，之前跟天花没有任何接触的满族人，在天花病毒面前，抵抗力自然比不上已与这一恶疾抗争了上千年的汉人。不论当时清朝铁骑何等豪横，都是被天花一击即溃。很多大人物都死于天花，比如皇太极的亲哥哥莽古尔泰和亲弟弟多铎。顺治也是因天花而死，并非演义中所说因爱妃病亡悲伤过度，到五台山当了和尚。

顺治在大年初二得了天花，朝廷传谕全国“毋炒豆、毋点灯、毋泼水”，并颁布大赦令，无效，他于正月初七半夜崩于养心殿，年仅

24 岁。临终前，要选人继承大统。他最心爱的董鄂氏，前一年生有一子，但不久夭折（董鄂氏因此悲伤而死）。亲生儿子中，只有两个选择，一是 9 岁的福全，一是 8 岁的玄烨。最终商议结果是玄烨。

天花虽然恐怖，但感染后撑住不死，就能终身免疫。中国民间流传着这样一句谚语："孩子生下才一半，出过天花才算全。"玄烨出过天花，但福全未出。假若福全以后出天花，也不一定就会死，但顺治不敢打这个赌。福全后来也很能干，曾带兵出征，大败噶尔丹叛军。福全活了 51 岁，康熙则享年 68 岁，在当时算是长寿的了。康熙在位 61 年，"康熙"因此成为中国历史上使用时间最长的年号。

慈禧太后的儿子——同治皇帝，也是死于天花，而不是后世讹传的死于梅毒。同治帝的爸爸咸丰帝，也出过天花，一张麻子脸，但同治的运气没有老爹好，纵欲过度，身子虚，得了天花很快不治，才活了 19 岁。清代档案中，有记录同治脉案的《万岁爷天花喜进药用药底簿》。此外，《翁同龢日记》中也有记载。翁同龢是帝师，他在日记中记载同治的病情时用了"花极稠密"四字，说的是当时皇帝的头、面和胳膊上尽是灌浆饱满的痘粒。

当时对付天花，没有别的办法，只能隔离。清朝入关后，把京城中天花患者赶得离紫禁城很远，而一旦附近出现天花患者，皇帝就非常恐慌，有个专用词叫"避痘"。玄烨就是为了"避痘"搬到皇宫外的，但没避过。所幸保姆孙氏精心照料，未来的康熙大帝逃过大劫。这份情谊，康熙铭记终生。

补充一下：孙氏的丈夫叫曹玺，康熙对曹家很好，曹玺的儿子曹寅，17 岁时就当上康熙的侍卫，深得赏识。后来曹寅任江宁织造，康熙先后六次南巡，其中四次住曹寅家。但因为在康熙晚年的皇储拥立问题上，曹家站错了队。雍正一继位，马上收拾了曹家。据说，曹寅有个著名的孙子，就是写了《红楼梦》的曹雪芹。

二

迄今最早一例天花患者，出现于古埃及，这是从一具木乃伊身上的痘痕推断出来的。天花出现的时间，可能还要往前推许多年。

根据现代科技研究成果，不同类型的天花致死率不同。大天花的死亡率为30%，小天花的死亡率约为1%，最可怕的是出血性天花，有5%到10%的患者会在感染天花病毒后出现出血性天花，死亡率高达97%。

中国明代名医万全在《痘疹世医心法》上写道："嘉靖甲午（嘉靖十三年）春，痘毒流行，病死者十有八九。"可见得的是可怕的出血性天花。

天花是恐怖的人类杀手。18世纪，天花夺走了欧洲1.5亿人的生命。法王路易十五、沙皇彼德二世等都死于天花。仅仅在20世纪，天花就造成了全球3亿到5亿人的死亡。

辉煌一时的罗马帝国，曾遭受天花重创。美国学者凯尔·哈珀在《罗马的命运：气候、疾病和帝国的终结》一书中写道：

过去认为影响罗马命运的主角是：皇帝、蛮族、将军、军士、奴隶。现在换个角度，认知到"非人因素"其实更有决定性：细菌、病毒、火山、太阳黑子周期。换言之，气候变迁与疾病瘟疫，才是决定剧本的匿名作者，将相英雄只是棋子。

作者认为，罗马帝国曾三次受到大范围死亡事件的冲击，第一次就是天花导致的安东尼瘟疫，时为公元 2 世纪中后期。

书上写道：大部分估算安东尼瘟疫总体死亡人数的结果都落在 10% ~ 20% 之间。这场瘟疫唯一的流行病学模型（基于病原体是天花的假设），得出整个帝国的死亡率为 22% ~ 24%。安东尼瘟疫持续了约 20 年，值得一提的是，这次疾病对罗马军队的打击非常大。到 172 年，军队几乎消失殆尽，帝国不得不向奴隶和角斗士开放紧急征兵，甚至对强盗进行特殊征召。

今天人们已经知道，传染病会跟着人员流动而迅速蔓延。在古代，战争和贸易是瘟疫跨区域传播的两大途径。罗马帝国最鼎盛时，是一个以地中海为中心，跨越欧、亚、非三大洲的大帝国，四通八达的陆路和海路，频繁的战争与繁荣的贸易，不仅运送了人、货物和财富，也传播了病毒。

天花何时传入中国，已不可考。晋朝葛洪的《肘后备急方》记载说："以建武中于南阳击虏所得，乃呼为虏疮。"说的是，在东汉时期，天花就随当时交趾的战俘传入了中国，因为是俘虏带来的，所以叫"虏疮"。

众所周知，《肘后备急方》中"青蒿一握，以水二升渍，绞取汁，尽服之"的记载，为屠呦呦从中草药中分离出青蒿素提供了灵感。《肘后备急方》还在中国古代第一次准确且详细描述了天花病情：

比岁有病时行，仍发疮头面及身，须臾周匝，状如火疮，皆戴白浆，随决随生。不即治，剧者多死；治得瘥后，疮瘢紫黑，弥岁方灭。

跟新冠病毒一样，天花也是通过飞沫和接触传播，但天花病毒的生命力明显要顽强得多，可以在疮痂中存活数年。当初欧洲殖民者来到美洲，给印第安人带来浩劫，美洲原住民死于殖民者带来的天花病毒的人数，远远多于被枪炮杀死的数量。殖民者发现天花这一“妙用”后，居然把天花患者用过的毛毯作为礼物送给印第安人，造成更多的死亡，确实恶毒！

新大陆的印第安人，已同其他大陆的人类隔绝了上万年，对传染病缺乏免疫机能，也缺乏防疫知识，无法抵抗。天花之后，由欧洲传来的腮腺炎、麻疹、霍乱、淋病和黄热病等也接踵而至，印第安人在劫难逃。史学家后来称这是“人类史上最大的种族屠杀”事件。

三

面对天花这个恐怖杀手，人类一直没有停止对抗，史料中留存了大量中外医生对天花的认识与治疗方案。今天再看，由于时代局限，这些治疗方案有效性不高，但给后人很多珍贵启示。比如，10世纪的波斯医生阿巴斯建议：刺破天花脓疱，并涂上含盐的药膏，这种疗法，会给病人带来剧烈的疼痛，但却告诉后人，天花脓疱里释放出的物质如果不控制住，就会污染空气，旁边的人容易感染。

比阿巴斯稍早一些的另一位波斯医生拉茨，写过《专论天花与麻疹》，系统地提出了在不同阶段如何治疗天花，比如出现皮疹后，就要想办法促进皮疹的透发，越早越彻底发出，对病人越有利。清代文献中有名医叶天士治痘的医案，与此异曲同工。

叶天士是江苏吴县（在苏州市郊）人，活跃于乾隆年间，医人无数。一则医案说，叶天士有天坐着轿子下乡，碰到一位正在采桑叶的少妇，他端详了一下少妇的脸色，就悄悄吩咐轿夫突然从背后搂住少妇。少妇大怒，一边挣扎一边大骂，少妇的丈夫也冲过来扭住轿夫，欲大打出手。这时叶天士现身，解释说："这个女人即将出痘，其痘症已在皮膜间，因火太盛闭住了，不能发出来。刚才我设计刺激她大怒，让她的痘症发出来，否则，她的性命就危险了。"果然，到了晚上，少妇发了痘症，保住了性命。

"治痘"的真正突破，在于"种痘"。今人对于"种牛痘"都不陌生，但"种牛痘"之前，是"种人痘"。"种人痘"的原创，属于中国人。

何谓"种人痘"？即用天花浆预防天花的方法，医生取痘疮浆液，或把带有天花病毒的疮痂磨成粉末，放在未出痘者的鼻腔，使其感染上轻度天花，产生抗体，痊愈后获得终身免疫力。为提高种痘的有效性，医生探索了各种办法。清初医家张璐在《张氏医通》中综述了痘浆、旱苗、痘衣等多种预防接种方法，分别是：用棉花蘸取痘疮浆液塞入接种儿童鼻孔中（痘浆法）；将痘痂研细，用银管吹入儿童鼻内（旱苗法）；将患痘儿的内衣脱下，着于健康儿身上，使之感染（痘衣法）。

这是“以毒攻毒”理论的成功实践，也可理解成，为防大火，先烧出一片缓冲带。总而言之，中国人开创了免疫接种的先河，也是世界上人工免疫法的开端。18 世纪法国启蒙思想家、哲学家伏尔泰曾这样赞扬中国的人痘接种：

我听说一百年来，中国人一直就有这样的习惯；这是被认为全世界最聪明、最讲礼貌的一个民族的伟大先例和榜样。

种痘术在中国源于何时？有人认为早在唐开元年间中国就流传有鼻苗种痘术以预防天花。学界公认的是，北宋初年，种痘术已经存在了。清代朱纯嘏《痘疹定论》、吴谦《医宗金鉴》等书都记载了宋仁宗时丞相王旦找名医给自己儿子王素种痘的故事。王旦长子死于痘症，他为王素忧心忡忡，这时有人推荐了峨眉山的神医，王旦遂邀请神医前来，这位神医给王素种了痘，7 天后，王素发热，再过 12 天，所种的痘已结痂。王旦大喜，其他医生也借机学会了种痘术。王素后来官至工部尚书，不畏权势，正直敢言。

到了清代，种痘术得到进一步发展。经历过“天花惊魂”的康熙，尤为重视种痘术，他推动了清宫中皇子种痘防天花制度的建立。档案中保存有清宫《阿哥种痘档》。皇子种痘过程神秘复杂，颇具仪式感。先照皇子生辰八字查好种痘吉时，奏请皇帝、皇后、皇太后等。然后在紫禁城或圆明园的密室内进行，密室要严格避光，旁边房间还设一个神堂，供奉各路神仙，既有药王、药圣、天仙娘娘，也有所谓的痘疹娘娘、痘儿哥哥等，种痘小组由太医和太监组成，24 小时监护，一直等到阿哥平安度过感染期，走出密室。

康熙同时也在八旗中推广种痘法，还作为福利赐给漠南、漠北蒙古，他与王公大臣谈及此事时曾说："国初人多畏出痘，至朕得种痘方子，诸子女及尔等子女，皆以种痘得无恙。"俄罗斯、西欧等国在康熙年间还派专人从清朝学去了种痘技术。

"种人痘"有一定风险，死亡率在0.5%~2%。《天花的历史》上评价"种人痘"说："在此期间，由于被接种人本身具有传染性，很可能导致疾病的进一步蔓延。在少数情况下，接种而引起的天花病毒并不轻微，甚至可能是致命的。"在康熙推广种痘术百年后，英国乡村医生爱德华·琴纳实现了预防天花的革命性突破：种牛痘。

18世纪末，爱德华·琴纳发现：英国乡村一些挤奶工的手上常常有牛痘，而有牛痘者全都没有患上天花。他开始致力于对种牛痘的观察和试验。1796年5月14日，他从一位挤牛奶女工手背上的牛痘里，吸取少量脓汁，接种在一名儿童身上。2个月后，他又给这名儿童接种天花病毒，结果该儿童并没有出现天花的症状。

今天看来，这是一次伟大的实验！1798年，爱德华·琴纳发表了著名论文《关于牛痘的原因及其结果的研究》，牛痘接种法正式诞生。牛痘病毒的致命性，比天花低很多，这种方法比"种人痘"要安全。爱德华·琴纳也堪称伟大，虽然牛痘接种法一时不被接受，但他忍受着嘲讽，不去争辩，而是在乡村继续推广牛痘接种，终于获得广泛认同，为人类最终战胜天花迈出了关键一步。1805年，牛痘接种法传到中国，很快被中国人所接受，但当时接种牛痘收费较贵，许多穷人还是免不了受到天花的荼毒。

四

20 世纪中叶，世界卫生组织在全球开展灭绝天花运动。跟新冠病毒不一样，天花病毒只有人类一个宿主，当牛痘接种法推广开来，天花再也没有了生存空间。

1980 年 5 月 8 日，世界卫生组织在第 33 届世界卫生大会上正式宣布：全球消灭了天花！

中国则早在 1960 年，就已经消灭了天花。

民国时期，种痘得到极大发展，但主要是在城市，受人力、物力及陋习影响，广大农村地区种痘率低，天花仍然流行，甚至大规模暴发。即使在上海这样的大城市，也无法避免，《上海防疫史鉴》记载：1926—1949 年的 23 年间，天花在上海有 6 次流行。

新中国成立之初，天花肆虐不止，遍及全国。仅在 1950 年，安徽省天花发病高达 11620 例，发病率为 3.87/10000，死亡 1534 人，病死率为 13.2%。

向天花开战！从 1950 年开始，全国范围广泛发动群众，开展了轰轰烈烈的“种痘运动”。1950 年，全国接种牛痘的人数达 6400 余万人，这是一个惊人的数字，要知道，民国时期接种牛痘人数的最高点，是 700 万人。但相比于当时 5 亿多人口，6400 万还远远不够。

中央多次部署接种牛痘工作，1950 年 10 月 12 日，当时的卫生部颁布《种痘暂行办法》，规定凡中华人民共和国境内之居民均须种痘。在中央人民政府的号召下，各地纷纷行动起来，全国的种痘运动，由卫生基础条件好的地区，逐渐扩展至缺医少药甚至无医无药的边远地区。

到 1951 年底，全国已有约 3.05 亿人接种了牛痘。1952 年，乘胜追击，又有约 2.41 亿人接种。至此，全国完成牛痘接种的人数达 5.46 亿人，约占当时总人口 88.9%。这意味着在严密的组织和医护人员的努力下，除少数边远地区外，中国大部分地区已基本完成普种牛痘的工作。到 1954 年，全国大、中城市未再有天花流行。

中国最后一个天花病例，出现在 1960 年 3 月，患者名叫胡小发，时年 23 岁，拉祜族，云南人，是粮管所员工。病发后追溯传染源，发现是这么回事：1959 年 12 月，缅甸斑岳寨天花流行，寨子里一名 9 岁女孩感染后，在出疹期间，到中国境内舅舅家探亲，将天花病毒也带了过来，最终传染给了胡小发。1960 年 6 月，胡小发痊愈出院。1961 年以后，中国再未发现一例天花病例！

值得一提的是，在全球扑灭天花的战役中，中国的“天坛株”是全球应用最广泛的四大痘苗病毒之一。说起“天坛株”，要提两位科学家。一位是齐长庆。1926 年，他在北平医院从一个来自西北军的天花患者身上，分离出天花病毒，经动物传代减毒，获得疫苗减毒株，命名为“天坛株”，用于国内天花疫苗生产，直到天花消灭。还有一位是李严茂。七七事变后，他先南迁南京，后西迁长沙和昆明，颠沛流离，却始终精心保管“天坛株”。新中国成立之初，一度“事事学苏联”，采用苏联疫苗。1960 年莫斯科天花流行，人们对苏联疫苗产生怀疑，李严茂拿出精心保存的“天坛株”。比较研究证明，“天坛株”更有效。于是重新更换生产“天坛株”，直至全球消灭天花。

回首与天花的漫长斗争，不得不感慨人类不屈从命运安排的抗争精神。下一个在全球范围内被消灭的传染病会是什么？有人说是脊髓灰质炎（俗称小儿麻痹症）。希望这个名单越来越长，希望新冠病毒被早日战胜。

但人类与瘟疫的斗争，将是长期而艰巨的，“道高一尺，魔高一丈”，下一个病魔将在何时何地以何种面目出现，是未知数。不确定，永远是人类的宿命。如何面对？唯有依靠不断求索的智慧、众志成城的组织动员、科学健康的生活方式和不甘于宿命的勇气。

那些没有汽车的日子

一直以来，跟汽车相关的新闻不少，基本上都是些比较“纠结”的，比如 ×× 品牌车召回了，又如京藏高速进京方向大堵车，3 天只走 2 公里，再如，关于国内汽油价格的口水仗，也在继续。

假如没有汽车，这些令人纠结的新闻就都没有了。当然，“假如没有汽车”，只是异想天开。但是，偶尔异想天开，也算是一件非常有趣的事。

假如没有汽车，我们将不再为惨烈车祸而痛苦，不用呼吸汽车尾气，也不用遭遇堵车之苦。假如没有汽车，我们的地球环境会好上许多，南极、北极的冰层不会融化得这么迅速，地球的温室效应不会来得这么早。

假如没有汽车，很多古典浪漫的场景又会在我们身边上演：她倚在小楼上，等着自己的白马王子过来。那嗒嗒的马蹄声，已经消失很久了，但是，却从未在我们的基因中消失。

一

世界上很早就有路，那是真正的“马路”。在中国，远古尧舜时，道路曾被称作“康衢”。西周时期，人们曾把可通行三辆马车的地方称作“路”，可通行两辆马车的地方称作“道”，可通行一辆马车的地方称作“途”。“畛”是老牛车行的路，“径”是仅能走牛、马的乡间小道。秦始皇统一中国后，“车同轨”，兴路政，最宽敞的道路，称为驰道，即天子驰车之道。唐朝时筑路五万里，称为驿道。后来，元朝将路称作“大道”，清朝称作“大路”“小路”等。清朝末年，中国建成第一条可通行汽车的路，被称作“汽车路”，又称“公路”，名称一直沿用至今。

“车同轨”，秦朝对中国道路的贡献相当大。在当时军队机动性能很差的情况下，秦军深知道路的重要性，他们曾经修建了一条从咸阳到北部边境的九原城的“军用高速公路”以巩固边防，长达700多公里，秦军三天三夜就可以从咸阳直奔北边前线。匈奴在秦军那里吃过大亏，不是偶然的。只是，当时这条路修起来肯定非常艰苦，后面也有着无数孟姜女的血泪。

史料记载，大唐盛世时，中国古代道路发展达到一个极盛时期。当时，京城长安不仅有水路运河与东部地区相通，而且是国内与国际的陆路交通的枢纽，已经成为世界上最大的都市之一。唐朝长安城墙的规模是空前的。皇城中间的南北大街称为承天门大街，宽441米，视野开阔。连接12座城门的有6条大街，其中朱雀大街，是盛唐时期长安城的一条贯穿南北的重要大街。它是中轴线，宽147米，把长安城划为东西两部分。各条大街车水马龙，熙熙攘攘，非常热闹。街道两侧多植树，加上错落其间的清池溪水、众多的园林、盛开的牡丹，使整个城市非常整齐美观。这些道路出了长安城，向东，向南，向西，向北，构成了四通八达的陆路交通网，不仅通向全国各地，而且促进了中外交通往来频繁。此外，像洛阳、扬州、泉州和广州等城市，随着唐朝政治、经济和文化的发展，也相继成为国内外交通的重要中心。

马自然是古人陆路出行的最主要工具，有鲜衣怒马的五陵少年，也有吸引无数眼球的香车美女。香车美女并非汽车出现之后才出现的，《玉台新咏》中有《钱塘苏小小歌》：“妾乘油壁车，郎骑青骢马。何处结同心，西陵松柏下。”唐代文学家张说在一首名为《安乐郡主花烛行》的诗里，对好车也充满了羡慕，“商女香车珠结网，天人宝马玉繁缨”。同样的感受也发生在大诗人王维身上，“罗帏送上七香车，宝扇迎归九华帐”。

古时有一种马车名叫“油壁车”，堪称当时的奔驰、宝马。油壁车是指一种车壁、车帷用油涂饰的华贵车子，驾以二马或三马。李贺有《苏小小歌》诗：“油壁车，久相待。冷翠烛，劳光彩。”陆龟蒙《奉和袭美太湖诗二十首・圣姑庙》中也有“空登油壁车，窈窕谁相亲”的句子。

油壁车不仅供美女私家乘坐、供人遐想，还成了公交车，大伙儿坐着在首都观光。南宋时，京城临安这种油壁车有了新的改进。车身做得很长，上有车厢，厢壁有窗，窗有挂帘，装饰华美。车厢内铺有绸缎褥垫，很是讲究，可供六人乘坐观光。这是最早的公交车，临安也算是世界上最早出现公交车的城市了。

二

因为没有汽车，古人出趟远门挺不容易。花的时间远非今人能够想象，但正是因为长路漫漫，才有那么多至今仍震撼人心的传奇留下。

传统诗画中昭君出塞基本都是骑马抱琵琶，但匈奴王庭远在万里之外，王昭君一个弱女子，万里出塞难不成都是策马狂奔？所以据考证昭君出塞是坐车的。唐令狐楚诗云："锦车天外去，毳幕雪中开。魏阙苍龙远，萧关赤雁哀。"秦观在诗里也肯定了这一点："汉宫选女适单于，明妃敛袂登毡车。"

昭君出塞，从长安到漠北，放在今天，或许飞两个小时就到了，但是在当年，走走停停一年多时间。但是正是因为这段苦旅，才有了千古流芳的哀怨故事。

唐代文成公主也是乘坐马车去拉萨的。公元 641 年，24 岁的文成公主在江夏王李道宗的护送下，动身到吐蕃去。据《吐蕃王朝世袭明鉴》等书记载，文成公主进藏时，队伍非常庞大，唐太宗的陪嫁十分丰厚，有"释迦佛像，珍宝，金玉书橱，360 卷经典，各种金玉饰物"。又给多种烹饪食物，各种花纹图案的锦缎垫被，卜筮经典 300 种，营造与工技著作 60 种，100 种治病药方，医学论著 4 种，诊断法 5 种，医疗器械 6 种。还携带各种谷物和芜菁种子等。

当时公主庞大的车队选择隆冬时节动身，因为由长安经陇南、青海到西藏要花一个多月，沿途要经过几条湍急的大河，隆冬季节河水平缓，便于送亲的队伍通过。他们沿丝绸之路东段西行，越陇山，经甘肃天水、陇西、临洮至临夏，渡黄河进入青海民和官亭，经古鄯、乐都、西宁、湟源，登日月山，涉倒淌河，到恰卜恰，然后经切吉草原、大河坝、温泉、花石峡、黄河沿，绕扎陵湖和鄂陵湖，翻巴颜喀拉山，过玉树清水河，西渡通天河，到结古巴塘，溯子曲河上至杂多，沿入藏大道，过当曲，越唐古拉山口，至西藏聂荣、那曲，最后到达拉萨。

其间走走停停，松赞干布当时亲自率领满朝官员与大队人马于柏海（即今扎陵湖和鄂陵湖）迎亲，并在此举行欢迎仪式。然后，松赞干布与文成公主结伴而行，前往逻些完婚。公主到达终点，共花了近3年时间。

三

当然，因为是送亲，所以车队走得比较慢，古时有的是快马传说，比如赤兔马、汗血宝马。有史料可考的是蒙古西征大军，如二战中机械化部队，进行一种飓风式战争。

《蒙古族古代战争史》载："从扬子江北岸至保加尔边境，从鸭绿江西岸至加尔边境，（蒙古）部队集结都是在2至3个月内完成的。这样，部队每天平均行军速度达到90至95公里。它的突击：攻占北俄罗斯，只用了两个月零五天的时间，每天的平均进攻速度达到85至90公里；攻占南俄罗斯，只用了两个月零十天的时间，每天的进攻速度达到55到60公里；攻占匈牙利和波兰，只用了3个月的时间，每天的进攻速度达到58到62公里。"

13世纪，亚欧等国的军队多以步兵和重骑兵为主，移动缓慢。

而蒙古军队却是清一色的轻骑兵，突击力强、灵活多变，适合远程奔袭，把欧洲搅得天翻地覆。

假如没有汽车，现在的亚欧大陆间，还是怒马飞奔吧。

假如没有汽车，人们旅行要多花上无数时间，这个世界要大很多。但是，从另外一个角度讲，没有汽车，人们或许会花更多的时间，来审视自我，这个世界，又要小很多。

今天，我们已经离不开汽车，但是为什么我们经常会怀念那些没有汽车的日子？

墨子：2500年前的科技牛人

2016年8月16日，世界首颗量子科学实验卫星发射升空，标志中国空间科学研究又迈出重要一步。对很多人来说，量子科学非常神秘，而世界首颗量子科学实验卫星命名为“墨子号”，也让很多人迷惑不解：墨子，不是先秦诸子百家中墨家的创始人吗？他跟量子有什么关系？难道是因为“量”与“墨”两个字看起来比较像？

当然不是。“墨子号”之得名，是为了纪念墨子在早期物理光学方面的成就。他最早提出过光线沿直线传播的观点，进行了小孔成像实验。墨子的贡献，还远远不止于此，用一代宗师、中国思想史研究专家杨向奎先生的话来说：“墨子在自然学上的成就，绝不低于古希腊的科学家和哲学家，甚至高于他们。他个人的成就，就等于整个希腊。”

墨子有多牛？有人曾形容说，历史上墨子和达·芬奇这样的牛人，都像是从现代穿越到古代的人。那么墨子更牛了——毕竟达·芬奇比墨子晚出现将近两千年。

一

除了通过“小孔成像”实验证明光线沿直线传播外，在墨子所提出的时空观念中，还有一个关于“端”的概念，是指不可分割的最小空间单位，这实际上就是粒子论，属于量子科学范畴——量子卫星取名为“墨子号”的理由再充分不过了。

大多数人对墨子最初的认识，来自中学课本上“墨子救宋”的故事。说的是战国时期最牛的工程师、来自鲁国的公输般为楚惠王造出了攻城神器“云梯”，楚惠王如获至宝，打算以此新式器械去攻伐宋国。

墨子听说以后，立即长途跋涉到楚国，几番劝阻无效后，墨子解下腰带，围出一座城，拿几块小木板当作工具，与公输般演习攻防。这是一场著名的“沙盘演练”，你使出一个大杀器，我就亮出一个克你的超级杀器，兵来将挡，水来土掩，魔高一尺，道高一丈，结果，公输般九大神器一一落败，而墨子还有终极杀器没掏出来呢。结局：公输般认输，墨子成功阻止了楚惠王伐宋。

或许有人以为墨子没碰到高手，那就只能这样解释了：公输般，即鲁班，中国建筑鼻祖、木匠鼻祖，但别误以为鲁班是个老实巴交的木匠，他同时也是个著名的“军火贩子”，那时没有专利申请一说，否则鲁班富可敌国。有句成语叫“班门弄斧”，嘲笑某人不自量力，但同时胆敢于班门弄斧而且碾压鲁班的，也只有墨子一人了。

在《墨子·公输》这篇文章中，鲁班输掉沙盘演练，却动了杀机，他告诉墨子说：“我知道怎么对付你，但我不说。”墨子何等聪明，答道：“我知道你想干什么，但我也不说。”

楚王见两个绝顶高手打哑谜，急了：“说嘛，快说嘛！”于是墨子回答：“鲁班想把我干掉，他以为把我干掉了，就没有人守城，但我有那么容易被干掉吗？”“然臣之弟子禽滑釐等三百人，已持臣守圉之器，在宋城上而待楚寇矣。”意思是，我的弟子已率三百门徒，拿着我刚才演示的各种守城神器，等着你们楚国大军呢。楚王一听，赶紧说：“罢了，罢了，这仗不打了。”

这就是墨子的可贵——在先秦诸子百家中，墨子是少有的既能讲大道理又能实际行动的大师。墨家的宗旨是“口言之，身必行之”，在墨子的带动下，墨家成为一个有着强烈社会实践精神的学派，文武双全，既能“纸上谈兵”，又能上阵杀敌。

后人评价说，墨子创立了墨家学派，是战国时期著名的思想家、教育家、科学家、军事家，或许还要加上政治家、外交家、发明家，其思想成果的门类之丰富，令后世感到惊叹。他大声疾呼“兼爱”“非攻”，是一个伟大的和平主义者，思想光芒闪耀至今；他在哲学上的建树，以认识论和逻辑学最为突出，远超同一时代的诸子百家。除了人文、哲学思想之外，墨子在自然科学领域也有惊人成果。在力的作用、杠杆原理、光线直射、光影关系、小孔成像、点线面体圆概念等众多领域都有精深造诣，创下一个个“历史第一”。

《墨子·公输》最后一段颇为有趣：大功告成的墨子回鲁国，经过宋国时，天下大雨，他想进城门洞躲雨，但宋国守城士兵不认识这位于宋国有大恩之人，不让进。鲁迅在小说《故事新编·非攻》结尾中则是这么写的：“（墨子）又遭着大雨，到城门下想避避雨，被两个执戈的巡兵赶开了，淋得一身湿，从此鼻子塞了十多天。”

墨子在雨中默默而去，深藏功与名。

二

西汉初年的陆贾评价说："墨门多勇士"；《淮南子》则称赞墨家弟子"皆可使赴火蹈刃，死不还踵，化之所致也"，视死如归。

遗憾的是，时光太过久远，我们今天对墨子的生平所知甚少。只了解他是距今 2500 年的名人，姓墨名翟，是春秋战国之交的宋国人。墨子的先祖相当显贵，是宋国的贵族，但他本人却出身于平民，曾任宋国大夫，其后身份逐渐下降，为"布衣之士"，成了普通老百姓。在创建墨家学派后，便在各地收徒讲学。

墨子生卒年已失传，他的模样，孟子说是"摩顶放踵"，从头顶至脚跟都摩伤。这都是碎片化的记载。香港作家黄易在《寻秦记》中，写男主角项少龙落难之际遇到的墨家高手元宗，应该与墨子神似。《寻秦记》中这么写道：

忽然间，庙内多了个人。项少龙骇然看去，原来是个麻布葛衣的中年男人，赤着双足，难怪他听不到脚步声。那人身形高大，差点有他的高度，容貌古朴，神色平静，一对眼却是闪闪有神，除了束发的巾外，身上全无配饰，颇有点出家人苦行僧的模样……

史载，墨子一生吃苦耐劳，生活俭朴，墨家弟子也差不多，吃的是"藜藿之羹"，穿的是"短褐之衣"（《墨子·鲁问》），脚上着的是麻或木做的鞋，即所谓"屐跂"。

《墨子》中形容墨子的弟子禽滑釐（即代替墨子替宋国守城的那位）："手足胼胝，面目黧黑，役身给使，不敢问欲。"在电影《墨攻》

中，由刘德华扮演的墨家高手革离，黑瘦，其貌不扬，留着板寸头，头发杂乱，流浪感十足。事实上，墨子与孔子一样，为了宣传自己的理想而四处奔波，“孔子无黔突，墨子无暖席”，孔子是有车一族，墨子基本是步行。

孔子与墨子，当年都是弟子满天下，一为儒家，一为墨家，但是，墨家是先秦诸子百家中唯一具有严密的组织、严格的纪律、鲜明的宗旨的学派。不，用“团体”比“学派”更贴近，他们近乎一个准武装团队，首领称“巨子”，令出必行。用“标题党”的话来说，墨子是中国最早的“黑社会老大”。这当然贬低了墨子，他岂是黑社会老大所能比拟？但墨家子弟的组织纪律性与战斗力是出了名的，他们来自草根，不贪恋物质享受，战斗力特别强。

春秋战国，是中国历史上一段非常有趣的时期，奇人异士、奇思妙想层出不穷，但像墨家这样的团体，找不出第二个——他们以维护列国间的和平为己任，堪称当年的维和部队，哪里有大国强国欺凌小国弱国，他们就组团去救援，用那个年代最先进的防御武器来帮助守城，击溃侵略者。

电影《墨攻》中，十万赵国大军围攻仅仅只有四千孺妇平民的梁城，梁王大恐，向以守城著称的墨家祈求一支可以抵抗十万大军的守军，但只等来一个墨者革离。赵军根本没把他放在眼里，但战斗打响后，革离显示了强大的战斗力，亲自制造各种先进的守城武器，让攻城大军死伤无数，一片狼藉，他甚至还会利用阳光、硫黄粉以及油与火的物理反应，重创赵军。在他的统率下，赵军始终被挡在城墙之外。

革离不仅技艺高超，而且精神强健，明枪暗箭都无法摧毁他的意志。

墨子的维和行动，卓有成效。史载，当年为了阻止诸侯之间的攻战杀伐，他亲自止楚攻宋、止楚攻郑、止齐攻鲁，多次化干戈为玉帛。在战争不可阻挡之际，墨家子弟便毅然战斗到最后。

《吕氏春秋·离俗·上德》记载，墨家巨子孟胜承诺替楚国阳城君守城，他只有区区180多个门徒，却不畏强敌攻城，最后，城守不住了，孟胜决定派两人突围带口信把巨子一职传给宋国的田襄子，然后自杀。他一死，手下180余人集体自杀，包括那两位突围出的墨门弟子——他俩完成任务后，没有听从新巨子田襄子的劝说，依然返回楚国，追随孟胜殉死。

在《寻秦记》中，项少龙遇到的元宗，即巨子孟胜的学生，他知道自己即将战死，便教会了项少龙墨家剑法，把能够号令天下墨家子弟的巨子令交给他保管，并赠送了自己的重木剑，此后很长一段时间，项少龙便拿着这柄重木剑名震江湖。这是千年古木制成的重剑，朴拙，沉重，木体黝黑。

其实这也是墨家精神的写照：朴实无华，一旦爆发，却有惊人的战斗力。

三

自秦朝大一统后，墨家的消亡命运就注定了。到了汉朝，“罢黜百家，独尊儒术”，儒家固然大红大紫，但法家也以“内法外儒”的方式延续下来了，而道家与后来传入中国的佛教，教人遁世与顺从，也能在中国找到一席之地。只有墨家，留在了逝去的时间中，转而以“侠”的方式零星出现。

历史的吊诡之处在于，曾经盛极一时的墨家，竟然悄无声息地消失了。战国时期，儒墨并立，号称当时两大显学，但儒家与道家、法家流传至今，墨家却在秦汉时湮没于历史中。司马迁在写《史记》时，都感叹墨家的资料太少，连墨子这个人的生卒年月都无法确定。只能说，这种现象在中国历史中实属蹊跷，曾经轰轰烈烈存在过的一群人物和一段历史，居然找不到多少痕迹了。

墨家哪里去了？应该是在秦国统一六国的战争中，成批地被强大的战争机器碾压殆尽。这个结局，是由墨家的性格特点决定的。他们追求侠肝义胆的理想人格，敢于为共同的理想而甘愿献身。什么是共同理想？就是阻止战争。

墨家弟子战斗力很强，在一次次与强国军队的对抗中，磨砺出极高的战斗素养，既有单兵作战的高手，又有结阵而战的军事传统。但是，他们能坚韧地固守一城一地，却又怎能抵抗秦国军队的来势汹汹？能够想象，在秦国铁骑的冲击下，英勇善战的墨家弟子一个又一个悲壮地战死。他们若知忍让，懂得妥协，或许能够留下一些种子，但他们偏偏就是这么刚烈，以身殉道，慷慨赴死，绝不向强权低头。一诺千金，舍生取义，这是自战国之后就开始式微的一种集体性格。

当年，孟胜率领 180 余位门徒坚守危城，明知不可为而为之，就是为了一个承诺：我要替你守住这座城市。守不住，我就死。别人劝他：这是不可能完成的任务，你已经尽力了，何必搭上自己的性命？孟胜回答说：“不死，自今以来，求严师必不于墨者矣，求贤友必不于墨者矣，求良臣必不于墨者矣。”

在他心中，集体的荣誉远远胜过个人的生命，墨家的“信”字，值得用生命来维护。他自杀了，180余位门徒也毫不犹豫地跟着自杀了，包括两个已经逃出生天的勇士。新巨子田襄子说：“我命令你们留下来，不要去送死。”他俩不听，返回楚国，就义。

由孟胜的故事，很多人想到秦末汉初“田横五百士”的故事：陈胜、吴广起义抗秦后，四方豪杰纷纷响应，田横举兵，称齐王。后来汉高祖消灭群雄，统一天下后，田横同他的战友五百人仍困守在一个孤岛上。汉高祖听说田横很得人心，担心日后为患，便下诏令说：如果田横来投降，便可封王或侯；如果不来，便派兵去把岛上的人通通消灭掉。

田横为了保存岛上五百人的生命，便带了两个部下，离开海岛，向洛阳进发。但到了离京城三十里的地方，田横便自刎而死，临死前嘱咐同行的两个部下拿他的头去见汉高祖，表示自己不受投降的屈辱，也能保全岛上五百人的生命。

汉高祖叹息不已，用王礼葬他，并封那两个部下做都尉，但那两个部下在埋葬田横时，也自杀在田横的墓穴中。汉高祖很感动，派人去招降岛上的五百人，但他们听到田横自刎，便都蹈海而死。司马迁在《史记》中感慨万千：“田横之高节，宾客幕义而从横死，岂非至贤！”

这种气节何似墨者！有人因此认为，田横五百士，是历史上最后的一支墨家队伍。

细究历史，像墨家这样有崇高的理想目标又有严密的组织和社会动员能力与武装斗争能力的团体，他们只能在春秋战国这样的列国纷争状态下夹缝中求生存，却不可能在一个大一统的封建国家中存在，统治者必然要想方设法将其消灭。

何况，墨子还提倡“非命”，反对“天命”——哪有什么命中注定？努力，可以改变命运。对于封建帝王来说，这种思想太反动了。

鲁迅明确提出：“墨子之徒为侠。”墨家作为一个组织没有了，化身为侠，但以除暴安良为己任的侠，亦因“以武犯禁”，而为朝廷所不容。

但中国人多么喜欢侠啊！

四

当年，墨子与孔子一样，为了建立自己理想中的社会，四处奔走，艰苦卓绝，却没有哪个国家的君王真正理解他。他俩身后，儒家如日中天，而墨家却湮灭无闻。但，这并不意味着墨子的失败。

鲁迅无疑是一个很欣赏墨子的人，欣赏他的实干精神，欣赏他的侠肝义胆，他在《故事新编·非攻》中写墨子长途跋涉去楚国制止战争，对墨子有这样的几段描写：

草鞋带已经断了三四回，觉得脚底上很发热，停下来一看，鞋底也磨成了大窟窿，脚上有些地方起茧，有些地方起泡了。

又走了一天和大半夜，歇下来，在一个农家的檐下睡到黎明，起来仍复走。草鞋已经碎成一片一片，穿不住了，包袱里还有窝窝头，不能用，便只好撕下一块布裳来，包了脚。

不过布片薄，不平的村路梗着他的脚底，走起来就更艰难。

“墨子在这里一比，旧衣破裳，布包着两只脚，真好像一个老牌的乞丐了。”就是这么一个衣衫褴褛的形似乞丐之人，内心却被理想的火焰炙烤着，迈动长满茧子的双脚，去完成一件伟大的使命。鲁迅在《中国人失掉自信力了吗》一文中有名句：“我们从古以来，就有埋头苦干的人，有拼命硬干的人，有为民请命的人，有舍身求法的人……虽是等于为帝王将相作家谱的所谓‘正史’，也往往掩不住他们的光耀，这就是中国的脊梁。”我一直认为，这段话中一个重要的原型，就是墨子。

是的，墨子在正史中很难找到身影。关于《墨子》，《汉书·艺文志》记载尚有七十一篇，但现在只留下五十三篇。幸亏葛洪把墨子写进《神仙传》。在中国历史上，墨子太超前了，太穿越了，确实像神仙一般的存在，让后人景仰——在很久很久以前，中国居然有这么一个神人，有这么一个男人，有这么一个理想主义者。